Christoph Andreas Marx

Das Geheimnis des unendlichen Raums

DAS BUCH

Der junge Benediktinermönch Alanus von Buchholz macht sich 1543 im Auftrag der Inquisition auf den Weg in die blühende Handelsstadt Nürnberg, um das letzte große Werk des Kopernikus zu prüfen. Sein Inhalt ist ein Skandal für die Heilige Mutter Kirche: Angeblich soll nicht die Erde im Mittelpunkt des Universums stehen, sondern die Sonne, und die Erde soll nur ein Himmelskörper unter vielen sein, die sich gehorsam wie Sklaven um die Sonne bewegen. Doch als er in Nürnberg ankommt, ist der Gehilfe des Buchdruckers tot und das Manuskript verschwunden. Alanus gerät unter Mordverdacht und flieht mit der schönen Julia Fugger, Spross des mächtigsten Handelsgeschlechtes der Frühen Neuzeit. Die Suche nach dem wahren Täter führt die beiden in den Untergrund der Stadt und in die Abgründe der damaligen Religionspolitik.

DER AUTOR

Christoph Andreas Marx, Jahrgang 1960, Studium der Philosophie, Geschichte, Germanistik und Theologie, nach der Promotion zwei Jahre Leiter eines historischen Museums, seit 1991 Lehrer am Gymnasium. Autor und Herausgeber von Schulbüchern für das Fach Geschichte. Regelmäßige Beiträge für überregionale Zeitungen wie *Zeitzeichen* oder *Publik Forum* und für den NDR. Er lebt in Minden und ist Mitglied der europäischen Autorenvereinigung *Die Kogge*. Historische Romane bei Herder: *Das Vermächtnis des Templers* (2007); *Das Pergament des Teufels* (2010).

Christoph Andreas Marx

Das Geheimnis des unendlichen Raums

Ein Kopernikus-Roman

HERDER

FREIBURG · BASEL · WIEN

HERDER spektrum Band 6860

Für Gerhard Lunde

MIX
Papier aus verantwortungsvollen Quellen
FSC® C083411

www.herder.de

Umschlaggestaltung: Christian Langohr, Freiburg

Satz: Arnold & Domnick, Leipzig
Herstellung: CPI books GmbH, Leck

Printed in Germany

ISBN 978-3-451-06860-7

GELEITWORT

Der Roman spielt im Jahr 1543 und verbindet zwei Geschichten zu einer Geschichte. Da stirbt zum einen Nikolaus Kopernikus, während sein revolutionäres Buch *De revolutionibus orbium coelestium* erscheint, nach dem die Sonne unbewegt ist, die Erde aber im Kreis um die Sonne läuft. Seit Jahrtausenden haben alle Menschen umgekehrt gedacht, die klügsten Leute eingeschlossen. Und dann die andere Geschichte, der Mord an dem Buchdrucker Siegfried Zell, der auf mysteriöse Weise ums Leben kommt.

Aber was hat Kopernikus in Frauenburg an der Ostsee mit dem Buchdrucker aus der Werkstatt des Petreius in Nürnberg zu tun, der dabei ist, sein großes Werk zu drucken? Nichts, könnte man sagen. Kopernikus war ein frommer Domherr, der jeden Tag am gleichen Altar die Heilige Messe gefeiert hat. Auch die späteren Förderer der Wissenschaft wie Kepler, Galilei oder Newton waren keine gottlosen Männer.

Nein, hier mordet kein Astronom. Aber es mordet ein neues Weltbild, es mordet der Nihilismus. Wer davon ausgehen muss, dass wir „nur winzige, ahnungslose Schatten in einem unvorstellbaren, unendlichen Raum sind", der mag sich in der Welt verloren fühlen, für den mag nichts mehr einen Sinn haben, für den „ist alles nur ein Spiel". Und in dieser sinnlosen Welt ist auch der Mord nur noch eine Variante der Spiellust.

Jene wegweisenden Astronomen des 16. und 17. Jahrhunderts waren keine Anhänger des Nihilismus, aber sie förderten ihn tatkräftig. Nihilismus entsteht durch den Willen zum Überblick über die Natur. Und der erste, der den Überblick versprach und auch etwas Überblick erreichte, war der Domherr aus Frauenburg, indem er sich in Gedanken über Sonne, Mond und Sterne stellte. Den noch viel größeren Überblick sollte dann Newton im Jahr 1686 mit der Formulierung seiner drei Gesetze über die Schwerkraft versprechen. Lange Zeit sah es so aus, als ob die Weltformel gefunden wäre, nach der alle Bewegungen in der Natur ablaufen – und zwar kausal, mechanisch, determiniert und in voller Notwendigkeit. Der Mensch wurde damit zum bloßen Produkt einer blinden Natur.

Das, was Kopernikus damals angestoßen hat, macht dieser Roman in vielfältiger Weise deutlich. Vor der historischen Kulisse von Nürnberg zeigt er die Herausforderung des neuen Weltbildes für das Denken und Fühlen und besonders für das religiöse Selbstverständnis der Menschen dieser Zeit mit großer Eindringlichkeit.

Doch blieb der Traum von der Weltformel nicht dauerhaft: Er war mit einem Schlag im Jahr 1900 zu Ende, als Max Planck in Berlin das Quantum entdeckte und den kopernikanischen Überblick wesentlich einschränkte. Die Wissenschaft hatte triumphale Siege gefeiert, aber mit der Quantentheorie ist sie wieder bescheiden geworden, sie ist aus ihrem Traum vom vollen Überblick erwacht. Nicht mehr allein die Notwendigkeit herrscht in der Natur, sondern der Zufall *und* die Notwendigkeit. Nachdem Einstein im 20. Jahrhundert endgültig seinen Kampf gegen den würfelnden Gott verloren hatte, war die Freiheit wieder denkbar geworden und mit ihr das echte Geschöpf und der echte Schöpfergott.

Von all dem sind die Protagonisten des Jahres 1543 freilich weit entfernt. Sie erfahren das Vermächtnis des Kopernikus noch in seiner ganzen Unmittelbarkeit und Bedeutung für ihr Selbst- und Weltverständnis.

Prof. Dr. Dr. Dieter Hattrup, Paderborn

PROLOG

Frauenburg, November 1542

EIN TRAUM HATTE IHN durch endlose Räume geführt. Vorbei an immer gleichen fremdartigen Erscheinungen, hoffnungslos verloren in allem, was er sah. Und es gab nur einen Weg, dem zu entkommen. Er musste aufwachen.

Etwas half ihm an die Oberfläche. Als er seine Augen einen Spalt breit öffnete, war da ein schwacher Lichtschein.

Nur langsam kam die Erinnerung zurück. Sie schwankte noch zwischen den letzten Eindrücken des Traums und dem wiederkehrenden Wissen darum, dass er nun in die Wirklichkeit zurückkehren sollte. Noch war ihm nicht klar, wo er sich befand. Dann spürte er die Lehne eines behaglichen Stuhls in seinem Rücken.

Er war also wach. Und es fiel ihm wieder ein: In der Nacht hatte er sich an das Fenster des Turms gesetzt, zu den Sternen geschaut und nachgedacht. Dann musste er eingeschlafen sein. Nun wusste er nicht, ob er sich erheben, zum Bett gehen oder einfach im Lehnstuhl sitzen bleiben sollte. Er fühlte sich schlaftrunken und träge, als die ersten schwachen Sonnenstrahlen durch das Turmfenster eindrangen. Fast schienen sie ihm über die Wange zu streichen. Doch spürte er sie nur auf der linken Seite. Das war ungewöhnlich, und so öffnete er die Augen ganz. Nur ein schwacher Schein war dort am Horizont. Es musste sehr früh sein. Die Tiere waren noch stumm.

Schon konnte er sich nicht mehr genau an den Traum erinnern. Nur an das Gefühl, immer wieder das Gleiche zu tun, ohne Hoffnung, sich jemals befreien zu können, immer wieder zurückgeworfen von einer unbekannten Kraft.

Doch dem war er nun entkommen. Die Wirklichkeit hatte eine besänftigende Wirkung. Alles war geordnet, alles an seinem Platz: der Stuhl, das Gemäuer des Turms und er selbst im Mittelpunkt dessen, was ihn umgab. Seltsam, dachte er, wir Menschen brauchen wohl diese Gewissheiten.

Dann begann sein Kopf zu schmerzen. Und er stellte fest, dass sich der rechte Arm schwer anfühlte. Mit dem Alter kam so etwas vor. Frühmorgens brauchte der Körper Zeit. Aber diese Schmerzen. Er wollte die rechte Hand zum Kopf führen, doch es geschah nichts. Mehr als das aufdringliche Pochen in seinem Schädel verwunderte ihn, dass sein Körper diese Bewegung nicht ausführte. So ist es manchmal, dachte er. Nur eine morgendliche Schwäche.

Auch beim nächsten Versuch geschah nichts. Sein Wille erreichte nicht mehr den Arm, nicht die Hand, nicht die Finger. Verwirrt blickte er an sich hinab.

Ein Schreck durchfuhr ihn. Er versuchte nach dem Gehilfen zu rufen, der in einer Kammer am Wehrgang schlief und ihn hören musste. Doch es gelang ihm nicht, klare Worte von sich zu geben. Nur ein unbestimmtes Gurgeln hallte durch den Raum. Einer bösen Ahnung folgend, versuchte er mit der linken Hand seinen rechten Arm zu greifen. Als es ihm schließlich gelang zuzupacken, konnte er dort nichts fühlen. Er schlug auf den Ellenbogen, erst vorsichtig, dann stärker, aber er spürte nichts. Immerhin, die linke Hand folgte seinem Willen noch. Er führte sie zum Gesicht und spürte die Berührung auf seiner linken Wange. Die rechte Wange schien dagegen wie tot. Und da verstand er, was mit ihm geschehen sein musste.

Eine Sekunde lang glaubte er sich wieder im Schlaf. Oft hatte er von aussichtslosen Situationen geträumt, war ohne Hoffnung gewesen. Aber die Rückkehr in die Wirklichkeit hatte ihn noch immer gerettet. Konnte das, was er soeben erlebte, nicht auch ein Traum sein?

Als er sich aufzurichten versuchte, war sein rechtes Bein nicht in der Lage, den Körper zu halten. Er verlor das Gleichgewicht, sackte in sich zusammen und fiel auf den Steinboden. Sein Gesicht spürte von dem Aufschlag nichts. Er wollte noch einmal um Hilfe rufen, aber wieder gelang ihm kein klares Wort.

Nun verstand er endgültig, in welcher Lage er sich befand. Mit einem Schrei versuchte er, all sein Entsetzen von sich zu werfen. Aber nicht einmal das gelang ihm.

Als die Stadt in Sichtweite gekommen war, hatte der Kapitän zwei Segel einholen lassen. Das Schiff wurde langsamer und glitt leise durch das Wasser. In der Ferne konnte Alanus bereits die Stadtmauer und die Umrisse des Doms erkennen. Tolosani war aus der Kajüte gekommen, wankte unsicher über das Deck und blickte ebenfalls zur Küste. Es fiel dem Alten schwer, seine Augen an die Helligkeit zu gewöhnen. Er hatte die Nacht und den Morgen durchgeschlafen. Seine braune Kutte flatterte im Wind. Es schien, als würde er heute stärker hinken als sonst. Nur wenig an ihm erinnerte an die sonst so würdige Gestalt eines einflussreichen Geistlichen.

„Sind wir bald da?“, rief er Alanus zu.

Der schüttelte den Kopf. „Es geht jetzt langsamer voran.“

Beide schauten zur Küste. Die Stadt lag unmittelbar am Haff. Fast konnte man meinen, das Wasser würde sie jeden Augenblick überfluten. Doch etwas entfernt vom Ufer ragte die Mauer empor. Ein Bollwerk gegen die Gezeiten. Dahinter sah man mehrere Baumreihen, dann erst die Häuser. Über all dem erhob sich der Dom, ein langgestreckter Backsteinbau mit einem Dachreiter in der Mitte und zwei schlanken Türmen an den kurzen Seiten.

Als sie sich der Stadt so weit genähert hatten, dass Alanus die Menschen am Landungssteg wie kleine Striche erkennen konnte, ließ der Kapitän auch die Segel des letzten Mastens einholen und befahl den Ruderknechten, mit ihrer Arbeit zu beginnen.

„Nie im Leben hätte ich geglaubt, einmal nach Frauenburg zu reisen!“, rief Tolosani. „Und schon gar nicht auf diesem Wege und zu dieser Jahreszeit! Es ist kalt!“

Er kreuzte die Arme vor der Brust und versuchte, sich vor dem Fahrtwind zu schützen. Alanus lächelte. Es gab keinen Grund zu klagen. Sie hatten alle Sandbänke und Riffs gut umfahren, waren nicht überfallen und ausgeplündert worden, und es hatte auch kein Unwetter gegeben. Selbst das Klima war für die Jahreszeit sehr mild.

„Wir haben es gleich geschafft", versuchte er Tolosani zu beruhigen und beobachtete, wie sich die Novembersonne in den unzähligen kleinen Wellen spiegelte. Ihre Strahlen waren so stark, dass man glauben konnte, an einem wundervollen Herbsttag unterwegs zu sein.

Inzwischen hatten sie sich einigen Schiffen genähert, die außerhalb des Hafens lagen. Ihre Masten und Segel versperrten die Sicht auf die Stadt. Auch Fischerboote lagen hier vor Anker. Der Navigator hatte alle Mühe, sie rechtzeitig zu bemerken. Dann war die Landungsbrücke wieder zu sehen, und die Ruderknechte stellten ihre Arbeit ein. Lautlos und gemächlich näherte sich das große Schiff. Nun konnte Alanus die Menschen am Hafen schon deutlicher erkennen. Einige winkten und riefen den Bootsleuten in fremder Sprache etwas zu.

Bald glitt der Bug des Schiffes unendlich langsam an den äußeren Balken der Brücke entlang. Taue wurden geworfen, Hafenarbeiter zurrten sie an den Pollern fest. Trotz allem spürte Alanus einen gewaltigen Ruck. Das Schiff zerrte weiter, bis es auch vom dritten und vierten Tau gehalten wurde.

Der Kapitän ging als Erster von Bord und kniete am Boden nieder. Während er das Dankgebet sprach, waren auch die Männer an Deck still und hielten die Hände gefaltet. Tolosani sprach für die Männer das Vaterunser und erteilte ihnen den Segen. Dann begann an Bord und auf dem Landungssteg ein ohrenbetäubendes Lärmen. Die Bootsleute waren Wochen unterwegs gewesen. Nun wurden sie von Frauen und Kindern freudig begrüßt. Das machte es den Hafenarbeitern schwer, zwischen all den aufgeregten Menschen mit dem Löschen der Ladung zu beginnen.

Auch die beiden Mönche hatten inzwischen das Schiff verlassen. Tolosani bat Alanus, nicht zu schnell zu gehen. Sie mussten sich durch die Menge drängen, bis sie die gut 20 Fuß hohe Stadtmauer erreichten. Am Schiffertor wurden sie von den Wächtern nicht aufgehalten. Alanus drehte sich noch einmal um und schaute hinaus aufs Meer. Sie hatten ihr Ziel erreicht, die gefährliche Reise hinter sich. Doch was jetzt auf sie zukam, würde nicht weniger schwierig sein.

Das Hospiz zum Heiligen Geist erwies sich als ein langgezogenes, zweistöckiges Fachwerkgebäude mit einem kleinen Glockenturm auf dem Dach. Der Pater erwartete sie bereits und führte sie zu zwei Zellen, die nur mit Tisch, Stuhl und Bett ausgestattet waren. Dort ließen sie die Leinensäcke zurück, in denen sich ihre wenige Habe befand, und machten sich dann auf den Weg zur Kapelle, die der heiligen Anna geweiht war. Während Tolosani sich dort vom Pater den Weg zur Domburg und zum Bischofspalast erklären ließ, betrachtete Alanus in der Apsis eine Wandmalerei, die offenbar das Jüngste Gericht darstellte. Auf der einen Seite war ein Engel zu sehen. Mit der rechten Hand hielt er die Waage des Gerichts, in deren Schalen sich Menschen befanden. Mit der Linken das Schwert der Gerechtigkeit. Etwas abseits davon war ein aufrecht stehender, geflügelter Greif abgebildet, vielleicht der Teufel, der einen Menschen festhielt. Das Bild sollte eine Warnung sein, den Weg Gottes nicht zu verlassen.

Alanus betrachtete dieses schlichte, eindringliche Bild noch immer, als Tolosani ihn an der Kutte zog und aufforderte, ihm zu folgen. Sie verließen das Hospiz.

Die Gasse führte an zweistöckigen Steinhäusern entlang. Die Menschen, die ihnen hier begegneten, waren gut gekleidet und machten einen wohlhabenden Eindruck. Frauenburg lebte vom Handel, das wusste Alanus. Und offenbar ging es den Menschen damit leidlich gut. Nirgendwo sah er Bettler, und es war auch nicht üblich, das Vieh auf der Straße zu halten.

Der Bereich, in dem sich Kathedrale, Kurie und Kloster befanden, war von einer mächtigen Mauer umgeben, so hoch wie zwei Stockwerke eines Hauses. Sie wurde alle 100 Schritt von vierstöckigen Rundtürmen verstärkt. Dieses Bollwerk war wohl kaum einzunehmen. Tolosani hatte einst erzählt, dass es vor 20 Jahren im Krieg zwischen den Ordensrittern und Polen einer Belagerung standgehalten habe. Nun konnte Alanus sich das gut vorstellen.

Sie gelangten zu einem großen Tor, wurden von den Wachen nach ihrem Ansinnen gefragt und schließlich durchgelassen. Wenige Schritte später standen beide in einem großen Innenhof und blickten direkt auf die Südseite des Doms. Tolosani ließ Alanus, der sich längst über die wiedergewonnene Energie des Alten wunderte, keine Zeit. Sie wandten sich nach rechts und liefen auf einen imposanten, dreistöckigen Palast zu, in dem Tolosani die Kurie vermutete. Kräftig schlug er gegen die Pforte. Ein Mönch öffnete und schaute ihn verwundert an.

„Gott zum Gruße“, begann Tolosani. „Wir sind von weit her gekommen und möchten den Domherrn sprechen.“

Der junge Mann in der Tür hatte ihn wohl verstanden, überlegte aber, was er sagen durfte.

„Es ist nicht möglich, den Domherrn zu sprechen.“

„Wir sind Abgesandte der Inquisition“, ergänzte Alanus eindringlich.

„Ich weiß“, bekam er zur Antwort. „Ihr seid angemeldet und wurdet erwartet, aber in der Nacht ist etwas geschehen.“ Er zögerte, bevor er weitersprach. „Es ist in der Nacht ein Unglück eingetreten. Der Domherr, er hat einen Schlag erlitten.“

„Einen Schlag?“, Tolosani sah den jungen Mönch fragend an. „Ist er überfallen worden?“

„Nein, den Domherrn Kopernikus hat der Schlag getroffen. Er ist gelähmt und verwirrt. Er kann nicht mehr sprechen.“

Tolosani war wie vor den Kopf geschlagen.

„Wo finden wir Euren Herrn?“

„Im Turm", antwortete der junge Mönch. „Gegenüber dem Westportal der Kathedrale."

Ohne ein weiteres Wort zu verlieren drehte sich Tolosani um. Alanus folgte ihm. Wieder liefen sie die Südfassade der Kathedrale entlang, zur Linken das große Tor, durch das sie Einlass gefunden hatten. Alanus konnte Tolosanis Enttäuschung deutlich spüren. Gemeinsam waren sie viele Monate an die Küste der Ostsee gereist und noch einmal zwei Wochen auf See gewesen. Alanus hatte den Auftrag nicht annehmen wollen, doch Tolosani war nicht gewillt, ohne einen geeigneten Begleiter aufzubrechen, und hatte ihn letztlich dazu gezwungen mitzukommen. Dem Alten war es nicht schwer gefallen, ihm die Bedeutung ihres Auftrags klarzumachen. Es gehe um Dinge, die die Welt für immer aus den Angeln heben würden. Alanus war bald klar geworden, dass die Inquisition diese Zusammenhänge richtig einschätzte. Nun hatten sie nach all den Strapazen das Ziel ihrer Reise erreicht, und es war ungewiss, ob sie überhaupt etwas ausrichten konnten.

„Ich will mit eigenen Augen sehen, was mit Kopernikus geschehen ist", sagte Tolosani, als sie die Westfassade der Kathedrale erreicht hatten. An der Stadtmauer war eine große Menschenmenge versammelt, die auf Einlass in den Turm wartete. Als Alanus und Tolosani auf sie zugingen, machten die Leute eine Gasse frei. Die Wächter zögerten kurz, ließen die beiden Mönche dann aber passieren. Eine schmale Wendeltreppe führte in den ersten Stock des Turms. Dort erblickte Alanus den alten Mann im Lehnstuhl. Eine Frau beugte sich über ihn und versuchte zu verstehen, was er sagte. Als sie die beiden Fremden bemerkte, schaute sie erst zu ihnen und dann zum Medikus, der neben ihr stand und nur den Kopf schüttelte. Sie brach in Tränen aus. Der Medikus wies zwei Wachen an, sie hinunter zu begleiten.

Als sie allein waren, sprach Tolosani ihn an.

„Wir sind gekommen, um den Domherrn zu sprechen."

Der Medikus musterte ihn nachdenklich. „Es tut mir leid, Monsignore, aber Domherr Kopernikus kann Euch nicht empfangen."

„Es ist wichtig. Wir sind seit Monaten unterwegs, um mit ihm zu sprechen."

„Er kann nicht mehr sprechen. Es ist entsetzlich. Der Domherr ist verwirrt, die rechte Seite seines Körpers völlig gelähmt, und ganz offensichtlich hat er die Sprache verloren. Sein Freund Rheticus fand ihn am frühen Morgen. Er lag auf dem Boden, völlig hilflos."

Alanus betrachtete den Mann im Lehnstuhl. Er war in sich zusammengesunken und schien das, was um ihn geschah, nicht zu bemerken. Auch machte er keine Anzeichen, sich bewegen zu wollen, sondern blickte nur starr zu Boden. Sein rechter Arm hing gerade herunter. Der Lehnstuhl war zum Fenster hin ausgerichtet. Sonnenlicht fiel herein. Vielleicht hatte der Domherr in der Nacht noch den Himmel beobachtet. Nun jedoch war er offenbar nicht mehr ansprechbar.

„Meint Ihr, dass er wieder zu sich kommt?"

Der Medikus schüttelte den Kopf. „Ich kenne diese Krankheit. Wenn die Schäden nicht so schwerwiegend sind, können sich einige der Einschränkungen zurückentwickeln. Selbst die Sprache lässt sich wieder lernen. Aber im Falle des Domherrn ist der Anfall so heftig gewesen, dass es ein Wunder wäre, wenn er noch einmal ein klares Wort von sich geben könnte. Ich bin nicht einmal sicher, ob er überhaupt bewusst wahrnimmt, dass wir im Raum sind."

Schweigend blickten sie zu Kopernikus, der noch immer keine Reaktionen zeigte.

„Wir sind gekommen, um etwas über sein astronomisches Modell zu erfahren", sagte Tolosani. „Ist es wenigstens möglich, einen Blick in seine jüngsten Schriften zu werfen?"

„Sicherlich", antwortete der Medikus. „Der Domherr hat einen Freund und Schüler, der sich mit all dem auskennt. Er hat auch den Auftrag, das neue Buch des Kopernikus drucken zu lassen."

„Wo finden wir ihn?"

„Rheticus? Er ist in der Kathedrale und betet."

Vom Turm bis zur Westfassade der Kathedrale waren es nur wenige Schritte. Alanus blickte an einer gut 60 Fuß hohen Wand empor. Über ihr zeigten die Arkadengalerien eines hohen Giebels hinauf in den Himmel. Die beiden schmalen Seitentürme verstärkten diesen aufstrebenden Eindruck noch.

Sie betraten das Gebäude durch ein großes gotisches Portal, das von Ornamenten geschmückt war. Durch die Vorhalle erreichten sie das Mittelschiff. Die Länge des Kirchenraums schätzte Alanus auf etwa 100 Schritt, die Höhe der Decke auf 60 Fuß. Dieser räumliche Eindruck überraschte ihn so sehr, dass er für einen Moment stehenblieb. Er kannte viele große Kathedralen, aber gerade hier, am Ende der Welt, hatte er nichts Derartiges erwartet. Durch die hohen Fenster im Chor fiel Sonnenlicht herein und blendete ihn. Für kurze Zeit meinte Alanus die Säulen zu beiden Seiten der großen Halle in einer Flut von Licht emporschweben zu sehen, als würden sie das sternenförmige Deckengewölbe auf magische Weise emporheben. Es war ihm, als könnte er in diesem Augenblick die Gegenwart Gottes erspüren.

Doch dann musste er Tolosani folgen, der von diesem Anblick offenbar völlig unbeeindruckt blieb. Einige Schritte weiter war Alanus nicht mehr vom Licht geblendet, konnte wieder den Raum vor sich erkennen und bemerkte einen Mann, der am Altar niederkniete.

Sie blieben stehen und warteten, bis sein Gebet beendet war. Der Mann wandte sich um und sah überrascht auf.

„Ihr seid Rheticus?", fragte Tolosani leise.

Der Mann nickte. „Was wollt Ihr von mir?"

„Wir sind Abgesandte der Heiligen Inquisition. Dies ist Alanus von Buchholz, und mein Name ist Giovanni Maria Tolosani, astronomischer und mathematischer Berater am Heiligen Stuhl.

Wir sind gekommen, um den Domherrn Nikolaus Kopernikus zu sprechen, doch offenbar ist in der Nacht etwas Furchtbares geschehen. Man sagte, dass Ihr uns weiterhelfen könntet."

„Was wollt Ihr?"

„Wir haben den Auftrag, das letzte Buch Eures Freundes einzusehen."

Rheticus blickte misstrauisch auf.

„Ihr sollt prüfen, ob es verboten gehört", erwiderte er schroff.

„Das ist nicht unsere Absicht."

„Lasst uns gehen." Rheticus deutete mit der Hand zum Ausgang. „Derartige Gespräche gehören nicht an diesen Ort."

Er ging davon, und den beiden Mönchen blieb nichts anderes übrig, als ihm zu folgen. Sie verließen die Kathedrale und betraten rechts gegenüber dem Westportal ein langgestrecktes Gebäude, von dem Tolosani Alanus gesagt hatte, es sei der Amtssitz des Domherrn. Rheticus führte die beiden eine Treppe hinauf in das Arbeitszimmer, in dem sich kunstvoll verzierte Stühle, ein großer Tisch und zwei Lesepulte befanden. Durch das Fenster sah Alanus den Hafen. Noch immer waren die Arbeiter damit beschäftigt, das Schiff zu entladen.

Rheticus bat die beiden Platz zu nehmen.

„Wie Ihr Euch vorstellen könnt, bin ich von dem, was in der Nacht geschehen ist, erschüttert. Jetzt ist kein guter Augenblick, Fragen zu stellen."

„Es würde uns weiterhelfen", begann Tolosani, „wenn Ihr uns das letzte Buch des Kopernikus zur Einsicht geben könntet. Wir würden es in Ruhe studieren und hier niemanden stören."

„Das geht nicht", erwiderte Rheticus. „Es ist nicht mehr hier. Das Manuskript befindet sich zur Zeit auf dem Weg nach Nürnberg, wo es bald gedruckt werden soll. Ihr versteht, ich kann Euch nicht helfen."

Alanus und Tolosani sahen sich an.

„Es wird sicher eine Abschrift geben", wandte Alanus ein.

Rheticus schüttelte den Kopf.

„Wollt Ihr damit andeuten, dass Ihr es nicht kopiert habt?"
„So ist es. Der Domherr tat sich in den letzten Monaten schwer damit, kontinuierlich an dem Werk zu arbeiten. Ich bin froh, dass dieses Buch überhaupt fertig geworden ist."
„Aber es muss doch wenigstens einige Aufzeichnungen geben, Skizzen oder einzelne Kapitel."
Wieder schüttelte Rheticus den Kopf.
„Mit den verstreuten Blättern, die im Arbeitszimmer des Kopernikus im obersten Stock des Turms zurückgeblieben sind, werdet Ihr kaum etwas anfangen können. Es steht Euch frei, sie zu begutachten, aber ich kann Euch schon jetzt sagen, dass Ihr nur Eure Zeit verschwendet."
Tolosani war verblüfft und enttäuscht zugleich. Er schwieg einen Augenblick.
„Es tut mir leid", sagte Rheticus. „Euch bleibt nur die Möglichkeit, nach Nürnberg zu reisen. Eine lange, strapaziöse Fahrt, aber der einzige Weg, das Buch zu sehen. Wenn Ihr dort angekommen seid, wird es bereits gedruckt sein."
Alanus meinte, in den letzten Worten des Rheticus eine gewisse Genugtuung gehört zu haben.
„Es geht uns nicht um ein Verbot", sagte er. „Es geht darum, dieses neue Weltbild zu verstehen und den Heiligen Stuhl darüber in Kenntnis zu setzen. Schon vor zehn Jahren hat sich der Papst davon berichten lassen. Auch mit Blick auf die Kalenderreform, die seit Jahrzehnten nicht vorankommt."
„Das klingt gar zu harmlos", erwiderte Rheticus.
„Es ist aber so."
Alanus überlegte einen Moment.
„Ihr seid über viele Jahre Freund und Mitarbeiter des Kopernikus gewesen. Ihr wisst alles über sein Buch. Und könnt uns berichten."
Rheticus sah ihn misstrauisch an.
„Warum sollte ich Euch helfen?"
„Ihr könnt uns Eure Einschätzung der Dinge mitteilen. Da

Ihr derjenige seid, der dieses Buch angeregt hat und das Weltbild des Kopernikus aus erster Hand vermittelt bekam, ist uns Eure Sicht der Dinge sehr wichtig."

Rheticus stand auf, ging zum Fenster, schaute hinaus und dachte nach. Schließlich wandte er sich um, sah die beiden an und begann zu erzählen.

„Wenn ich Euch von Kopernikus berichte, so kann ich das nicht, ohne auch meine eigene Geschichte einzubringen. Ich bin ihm ja eigentlich erst recht spät begegnet. Vor 29 Jahren kam ich in Feldkirch zur Welt. Mein Vater war dort Stadtmedikus. Er starb sehr früh, und nur durch das Wohlwollen einiger guter Menschen konnte ich die Lateinschule besuchen und später sogar in Zürich Mathematik studieren. Mein Glück brachte mich nach Wittenberg, wo Luther und Melanchthon auf mich aufmerksam wurden. Vor sieben Jahren erwarb ich dort den Titel des Magisters der freien Künste, und schon ein Jahr darauf wurde ich auf Vorschlag Melanchthons Professor für Mathematik und Astronomie. Damals war ich in der Sternenkunde noch wenig bewandert und begab mich deshalb auf eine Studienreise nach Süddeutschland zu namhaften Mathematikern und Astronomen. Ich wusste noch nichts von Kopernikus, kannte nicht einmal seinen Namen und hätte nie geglaubt, dass der größte Astronom unserer Zeit am Ende der Welt lebt. In Nürnberg machten mich der Mathematiker Johannes Schöner und der Schwarzdrucker Petreius auf ihn aufmerksam. Petreius war wie besessen davon, die Werke des Kopernikus drucken zu dürfen. Beide baten mich, ihn zu besuchen und zur Veröffentlichung eines neuen Buches zu bewegen. Sie gaben mir sogar drei astronomische Bücher als Geschenk für ihn mit, darunter auch eine Übersetzung des berühmten *Almagest* von Claudius Ptolemäus. Als ich 1539 in Frauenburg ankam, ahnte ich nicht, dass ich die nächsten drei Jahren zumeist an diesem Ort verbringen würde. In Wittenberg war man oft ungehalten über meine häufige

Abwesenheit. Aber was ich in Frauenburg lernen konnte, hat mich zutiefst beeindruckt. Kopernikus verhielt sich mir gegenüber anfangs argwöhnisch, doch als er mein ehrliches Interesse bemerkte, führte er mich in seine Arbeiten ein und beteiligte mich in den folgenden Jahren an seinen Forschungen. Er hatte nicht mehr geglaubt, in so hohem Alter noch einen Schüler zu gewinnen. Tagelang, wochenlang betrachteten wir den Himmel, prüften und verglichen Aufzeichnungen, die der Domherr über viele Jahre hinweg von einzelnen Himmelskörpern gemacht hatte, beschäftigten uns mit Berechnungen und kamen immer wieder auf jene Theorie zurück, die Kopernikus so sehr bewunderte. In Bologna hatte er Gelegenheit gehabt, das Weltbild des Ptolemäus zu studieren. Wie viele war er begeistert von diesem einzigartigen Werk, das seit unzähligen Jahrhunderten in unnachahmlicher Weise unsere Welt erklärt. Als er wenig später zu einem Konzil des Vatikan geladen wurde, das sich mit der bis heute noch immer überfälligen Kalenderreform beschäftigte, wurde er darauf aufmerksam, dass das Modell des Ptolemäus auch Ungenauigkeiten aufwies."

„Kopernikus war in Rom?", unterbrach ihn Tolosani. „Das wusste ich gar nicht."

„Gewiss. Damals war er noch jung, hatte sich als Astronom aber schon einen Namen gemacht. Man versprach sich einiges von ihm. Denn ein Grund für die Kalenderreform war, dass sich der Ostertermin in den Jahrhunderten seit Christi Geburt um etwa neun Tage verschoben hatte. Bis heute gibt es keine Lösung für dieses Problem. Die grundsätzlichen Einsichten des Ptolemäus sind unter den Gelehrten aber völlig unstrittig: Die Erde steht fest. Sie ist der Mittelpunkt des Weltalls. Alle anderen Himmelskörper bewegen sich idealerweise auf vollkommenen Kreisbahnen, den Deferenten, um diesen Mittelpunkt. Natürlich bemerkt ein Astronom nach längerer Beobachtung, dass die Bewegungen der Himmelskörper teilweise von diesen Kreisbahnen abweichen. Ptolemäus hat sehr gut erkannt, dass einige von ihnen wiederum Kreisbahnen auf ihren eigenen Kreisbahnen ziehen. Wir nennen sie Epizykel. 80 derartige Bahnen hat Ptolemäus erkannt und berechnet."

„Aber es gibt doch noch immer Ungenauigkeiten", warf Alanus ein.

„Das liegt meist an Messfehlern und unpräzisen Beobachtungen. Seither ist es immerhin möglich, den Lauf der Himmelskörper in erstaunlicher Genauigkeit vorherzusagen. Ganz abgesehen davon, dass dieses geozentrische Modell durch den ehrwürdigen Aristoteles bestätigt wird. Und nicht zuletzt durch den Propheten Josua. Es ist jene göttliche Ordnung, die schon immer von der Heiligen Kirche gelehrt wurde und auch von den Lutheranern nicht bezweifelt wird. Wir Menschen befinden uns im Mittelpunkt der Aufmerksamkeit Gottes. Freilich auch am tiefstgelegenen Ort des Kosmos. Darunter befindet sich nur noch die Hölle, wie Dante es beschrieben hat. Und was nun den Domherrn Kopernikus betrifft, meinen genialen Lehrer: Er hat Ptolemäus sein Leben lang verehrt und sich über all die Jahre damit beschäftigt, die Ungenauigkeiten seines Modells aufzufinden. Und ich bin stolz, ein wenig beigetragen zu haben, dass dies gelungen ist."

Rheticus stand am Fenster und sah seine Zuhörer erwartungsvoll an. Tolosani spürte, dass irgendetwas nicht stimmen konnte.

„Rheticus", begann er. „Wollt Ihr uns ernsthaft erzählen, Kopernikus habe sich mit nichts anderem beschäftigt als mit einer Korrektur des Ptolemäus?"

Langsam drehte sich Rheticus um und sah hinaus auf den Hafen.

„Ich verstehe nicht, was Ihr meint", sagte er.

„Was ich meine? Ich glaube, das wisst Ihr sehr wohl. 1509 veröffentlichte Kopernikus in einem kleinen Buch, dem sogenannten *Commentariolus*, eine völlig andere Theorie, die seiner Auffassung nach den Erfahrungen der Sternbeobachtung besser gerecht werden sollte: Er verwarf die Vorstellung des Ptolemäus, die Erde stünde im Mittelpunkt der Kreisbahnen, und stellte statt dessen die Sonne in ihre Mitte. Von nun an versuchte er, Belege für sein Modell zu finden. Ich muss hier nicht alle Einzelheiten darstellen. Sie dürften Euch bekannt sein. Das kleine Büchlein fand damals in Fachkreisen eine gewisse Beachtung, wurde aber von Rom heftig kritisiert. Kopernikus verzichtete auf weitere Veröffentlichungen. Als er das Amt des Domherrn annahm und sich darin bewährte, war die Kirche beruhigt und verlor das Interesse an ihm. Doch vor zwei Jahren habt Ihr selbst, Georg Joachim Rheticus, mit Zustimmung des Kopernikus eine kurze Zusammenfassung seiner Forschung veröffentlicht, die *Narratio Prima*. Seither hat die Welt wieder Notiz von Kopernikus genommen. Und wenn sein neues Werk die ausführlichen Ergebnisse seiner Forschung der letzten 40 Jahre enthält, dann entspricht es dem, was man in Eurer *Narratio Prima* lesen konnte. Sie handelt von einem ganz anderen Weltbild: In der Mitte von allem steht die Sonne. So sagte es schon Hermes Trismegistos. Auch Nikolaus von Kues und Regiomontanus haben diese Meinung vertreten. Und lange davor schon Aristarch von Samos. Aber Kopernikus ist der erste, der behauptet, beweisen zu können, dass dies mehr als bloße Meinung ist. Noch eine zweite Einsicht hat er dabei angeblich gewonnen: Nicht die Gestirne drehen sich um uns, sondern die Erde dreht sich um sich selbst und deshalb erscheint es uns, als drehe sich die Welt. Welche Folgen es hat, wenn ein solches Weltbild in die Köpfe der Menschen gerät, ist überhaupt nicht absehbar. Aber ganz offensichtlich gibt es Kräfte, die genau dies beabsichtigen."

Tolosani schwieg wieder und wartete auf eine Entgegnung des Rheticus. Der blieb zunächst unberührt, schien aber auch zu merken, dass diese beiden Mönche sich nicht mit Täuschungen abspeisen ließen.

„Monsignore Tolosani", begann er. „Ihr seid wahrlich ein belesener Mann. Und dennoch werdet Ihr eines nicht wahrhaben wollen: Im Gegensatz zu all denen, die bloß behaupteten, dass die Sonne der Mittelpunkt der Welt ist, konnte Kopernikus eben dies durch seine Beobachtungen und Berechnungen tatsächlich beweisen. Er hat darüber jahrzehntelang ernsthaft geforscht. Anders als jene, die wieder und wieder Aristoteles und den Bericht von der Schöpfung im Alten Testament zitieren. Und meinen, dass sie vom Wind davongeweht werden müssten, wenn die Erde sich dreht. Ja, es stimmt. All das sind ganz neue Sichtweisen. Und Einsichten, an denen wir nicht vorbeikommen, wenn wir unserem Verstand trauen wollen. Darin besteht nämlich der Geist der neuen Zeit, dass man nicht mehr blindlings den vermeintlichen Autoritäten glaubt, sondern die Dinge selbst betrachtet und seinen Verstand gebraucht. Früher oder später werdet auch Ihr das einsehen müssen ..."

Mittags waren sie zum Hospiz zurückgekehrt. Tolosani hatte sich wortkarg in sein Zimmer zurückgezogen und wollte nicht gestört werden. Am frühen Abend fand Alanus ihn in der Kapelle der Heiligen Anna. Tolosani betrachtete das Wandgemälde und war so sehr darin vertieft, dass er Alanus zunächst nicht bemerkte.

„Dieses Bild. Habt Ihr es schon gesehen?", fragte er.

Alanus nickte.

„Wenn Kopernikus sein Buch in jenem Sinne verfasst hat, wie Rheticus es sagt, dann wird wohl auch die Vorstellung vom Jüngsten Gericht bald nicht mehr gültig sein. Für die Hölle gäbe es dann keinen passenden Ort mehr."

Tolosani blickte noch einmal zu dem Gemälde, wandte sich dann um und verließ den Raum. Alanus folgte ihm.

„Ihr meint, es würden sich dann auch Vorstellungen wandeln, die eigentlich gar nichts mit der Astronomie zu tun haben?"

„Richtig. Den ganzen Nachmittag habe ich darüber nachgedacht, welche Folgen es hätte, wenn das ptolemäische Weltbild plötzlich nicht mehr gültig wäre. Ich muss gestehen, mir fällt es schwer, wirklich alle Konsequenzen zu überblicken. Es ist ja nicht so, als wäre die Vorstellung von einer Sonne im Zentrum der kosmischen Kreisbahnen völlig neu. Es hat kirchliche Würdenträger gegeben, die mit dieser Meinung spielten. Aber das änderte nie etwas daran, dass die von der Kirche über viele Jahrhunderte vertretene Lehre unbestritten blieb. Wenn Kopernikus nun tatsächlich eine andere Meinung vertritt, muss das nicht von Bedeutung sein. Er ist nicht der Erste und wird nicht der Letzte bleiben. Aber ich kann mir zwei gefährliche Entwicklungen vorstellen."

Sie hatten den Ausgang des Hospizes erreicht. Tolosani vergewisserte sich, dass Alanus ihm folgte.

„Lasst uns noch einmal zum Turm gehen", sagte er und trat hinaus in die Gasse. „Vielleicht gelingt es uns ja doch, mit Kopernikus zu sprechen."

„Welche beiden Entwicklungen meint Ihr?"

„Zum einen könnte es sein, dass Kopernikus tatsächlich, wie Rheticus es behauptet, Beweise für das heliozentrische Weltbild gefunden hat. Ich kann mir nicht vorstellen, wie das geschehen sein soll, aber gehen wir einfach davon aus. Dann würde sich das unter den Gelehrten schnell herumsprechen. Ich muss Euch nicht ausmalen, was es für den Unfehlbarkeitsanspruch der Heiligen Kirche bedeuten würde, wenn jemand stichhaltig beweisen könnte, dass Ptolemäus sich ganz grundsätzlich geirrt hat."

„Vielleicht könnte man sich in dieser Situation helfen, indem man die neue Theorie als eine Verbesserung der alten darstellt."

„Gut, Alanus. Da mögt Ihr recht haben. Aber stellt Euch einen solchen Prozess nicht zu leicht vor. Und selbst, wenn dies gelänge, bliebe ein zweites Problem: Überlegt einmal, was in den Köpfen der einfachen Menschen vor sich geht, wenn sie plötzlich mit einem gänzlich anderen Weltbild konfrontiert werden. An diesem Punkt fehlt es mir an Fantasie, die Sache zu Ende zu denken. Ich kann mir beim besten Willen nicht vorstellen, was dann geschieht. Die Säulen des Glaubens wanken schon seit Jahrzehnten, weil Leute wie Savonarola, Hus und Luther kräftig daran rütteln.

Was geschieht, wenn den Menschen nun auch noch Zweifel am bislang gültigen Weltbild in den Kopf gesetzt werden?"

„Ihr habt Sorge um den Erhalt der Kirche?"

„Auch das. Aber noch mehr habe ich Sorge um die Seelen der Menschen. Selbst wenn Kopernikus eine neue Wahrheit gefunden hätte: Darf man den Gläubigen diese Wahrheit zumuten? Wie groß wird der Schaden sein? Was wäre der Preis?"

Alanus schüttelte ratlos den Kopf.

„Ich verstehe, was Ihr meint. Eine schnelle Antwort kann ich Euch auch nicht bieten. Aber vielleicht ist das Buch des Kopernikus harmloser, als wir befürchten. Jetzt ist wichtig, dass wir die Gelegenheit erhalten, es zu prüfen. Wir müssen nach Nürnberg reisen, wo das Buch gedruckt wird. Das ist unsere einzige Möglichkeit. Auf die Hilfe von Rheticus können wir nicht hoffen."

„Richtig", stimmte Tolosani ihm zu. „Lasst uns morgen aufbrechen. Noch ist das Klima mild. Aber die Temperaturen werden bald fallen. Eine äußerst beschwerliche Reise liegt vor uns. Ich fürchte, Rheticus hat Recht. Wenn wir Nürnberg erreichen, wird das Buch schon gedruckt sein."

In der Gasse begegneten ihnen zu dieser späten Stunde nur wenige Menschen. Bald hatten sie die hohen Mauern der Domburg erreicht, gingen durch das große Tor und standen erneut vor der Südfassade der Kathedrale. Lautlos erhob sie sich vor ihnen wie ein übergroßer, gespenstischer Schatten. Im Turm des Kopernikus brannte noch Licht. Als sie die Treppe hinaufstiegen, kam ihnen der Medikus entgegen.

„Die Lage ist unverändert", sagte er, als er die beiden wiedererkannte. „Aber geht ruhig zu ihm. Es kann nicht schaden."

Alanus nickte und stieg die letzten Stufen hinauf in das von Kerzen erleuchtete Zimmer. Kopernikus saß noch immer im Lehnstuhl. Ein junger Mönch wachte neben ihm. Vorsichtig näherte sich Tolosani, beugte sich zu dem Kranken hinab und versuchte, seine Aufmerksamkeit zu gewinnen. Aber der Domherr nahm ihn zunächst nicht wahr. Dann blickte er auf, schien Tolosani zu bemerken, versuchte etwas zu sagen, doch es blieb unverständlich. Alanus war hinzugetreten und sprach den Kranken an. Der nahm keine Notiz, hob nur die linke Hand und führte sie zur Lehne des Stuhls, als wolle er sich aufrichten. Aber dazu hatte er nicht die Kraft. Alanus bemerkte, wie der Domherr die Hand zu einer Faust ballte, vielleicht aus Verzweiflung, da es ihm nicht gelang, sich zu äußern.

Eine lange Zeit blieben Tolosani und Alanus bei Kopernikus, in der Hoffnung, dass er zu ihnen sprechen würde. Aber es wollte ihm nicht gelingen. Tolosani kniete nieder und begann zu beten. Alanus blieb noch einen Augenblick neben ihm stehen, dann wandte er sich um und ging durch eine Tür, die zum Wehrgang führte, hinaus ins Freie. Draußen war es ganz dunkel geworden. Die Wolken vom Nachmittag hatten sich verzogen. Alanus blickte auf den Hafen, hinaus auf das Meer und schließlich zum sternenklaren Himmel. Es liegt alles offen vor uns, dachte er. Seit Jahrtausenden sehen die Menschen diese Sterne. Sie sind ergriffen, denn der Anblick ist überwältigend schön. Und doch können sie nicht recht begreifen, was sie da sehen. Wird es jemals gelingen, dieses Wunder zu erklären, die Gesetze der Welt aufzudecken? Wie klein sind wir Menschen angesichts dieser Vollkommenheit! Wie unwissend und ahnungslos!

Alanus kehrte in den Turm zurück.

KAPITEL 1

Nürnberg, 25. Mai 1543,
nach Mitternacht

IN SEINEM FIEBERTRAUM war er durch die Gassen der Stadt gelaufen, vorbei an immer gleichen Gebäuden, ohne je einen Menschen anzutreffen, verloren in allem, was geschah. Etwas sagte ihm nun, dass es nur einen Weg gab, dem zu entkommen. Weit entfernt hörte er, wie Regen auf das Dach des Spitals prasselte, und dieses Geräusch half ihm zurückzukehren.

Langsam richtete sich Alanus von seinem Lager auf. Nur zögernd kam die Erinnerung zurück. Sie schwankte noch zwischen den letzten Eindrücken des Traums und dem wiederkehrenden Wissen, dass er nun in die Wirklichkeit zurückkehrte. Zunächst wusste er nicht, wo er sich befand. Um ihn herum war es dunkel, nur durch das Fenster drang ein schwacher Schein. Schließlich erinnerte er sich: Er befand sich im Spital, das über den Fluss gebaut worden war. Vor einigen Tagen hatte Tolosani ihn hierher gebracht. Noch immer spürte Alanus die Hitze in seinem Körper. Er war also wach. Das Geräusch des prasselnden Regens hatte ihn geweckt. Doch nun stellte er fest, dass auch dies eine Täuschung gewesen war. Es regnete nicht. Stattdessen drangen Stimmen an sein Ohr. Dort draußen schrien Menschen durcheinander. Ganz offensichtlich war es noch Nacht, aber die Wand hinter ihm leuchtete hell. Etwas Ungewöhnliches musste da draußen vor sich gehen. Alanus fühlte sich schwach, aber dennoch erhob er sich und begab sich zum Fenster.

Dann sah er, dass am gegenüberliegenden Ufer im Garten des Barfüßerklosters ein großer Schuppen brannte, wahrscheinlich ein Lagerhaus. Das Feuer hatte sich bereits bis zum Dachstuhl vorgearbeitet. Mehrere Dutzend Menschen versuchten mit verzweifeltem Mut, es aufzuhalten. Sie hatten zwei Ketten gebildet, reichten die im Fluss gefüllten Eimer weiter von Hand zu Hand bis zu jenen Männern, die unmittelbar am Haus die Flammen bekämpften. Alanus erkannte schnell, dass sie einen aussichtslosen Kampf führten. Es war nicht möglich, in kurzer Zeit genügend Wasser herbeizuschaffen, um solch ein Feuer aufzuhalten. Längst kletterte es an den Holzbalken empor, unerreichbar für die Männer, denen nur noch die Möglichkeit blieb, das Übergreifen der Flammen auf die angrenzenden Häuser zu verhindern.

Alanus erkannte deutlich, was geschah, was geschehen musste, und zugleich war er für einen Augenblick unsicher, ob es sich dabei nicht auch wieder um einen jener Fieberträume handelte, die ihn seit Tagen heimsuchten. Aber da war der Rauch, der ihm in die Nase zog. Alanus konnte sich nicht erinnern, in seinen Träumen jemals Gerüche wahrgenommen zu haben.

Erneut blickte er zum Lagerhaus. Aus der Entfernung kamen ihm die Menschen so klein vor, zu unbedeutend angesichts der wild um sich greifenden Flammen, die jeglichen Versuch, noch etwas von dem großen Schuppen zu retten, völlig aussichtslos machten.

Das schienen nun auch die Männer zu begreifen, die unmittelbar am Feuer standen. Sie gaben den anderen ein Zeichen, kein Wasser mehr zu bringen, und zogen sich zurück. Aus sicherer Entfernung mussten sie hilflos zusehen, wie das Dach des Lagerhauses in sich zusammenstürzte und ein Flammenmeer gen Himmel schoss.

Siegfried Zell wachte auf. Da war ein Geräusch gewesen. Er spürte, dass irgendetwas nicht stimmte. Etwas hatte ihn aus dem Schlaf geschreckt. Angestrengt lauschte er in das Dunkel hinein, konnte aber nichts wahrnehmen.

Langsam erinnerte er sich. Bis zum späten Abend hatten sie gebraucht, um die druckfrischen Bücher sorgfältig übereinander zu stapeln. Dann war Petreius gegangen und er hatte sich noch einmal in die Altstadt aufgemacht. Nach Mitternacht war er in die Druckerei zurückgekehrt, so wie immer, wenn er am nächsten Morgen in der Frühe hier sein musste, um Petreius bei der Arbeit zu helfen. Im ersten Stock über der Werkstatt hatte er sich aufs Stroh gelegt und war sofort eingeschlafen.

Erneut ließ ihn ein Geräusch aufhorchen. Und nun bemerkte er ein schwaches Leuchten, das aus der Druckerei die Treppe heraufschien. Warum um alles in der Welt sollte Petreius noch einmal zurückgekehrt sein? Siegfried Zell konnte das nicht erklären, legte sich aber wieder auf die Seite, um weiterzuschlafen.

Dann ließ ihm die Sache doch keine Ruhe. Manchmal war Petreius schon früh in der Werkstatt, aber die Kirchglocke hatte gerade erst die dritte Stunde eingeläutet. Zell erhob sich, ging leise zur Treppe, die Stufen hinab, geblendet vom Licht, das in der Werkstatt brannte, und erblickte am Lesepult die Gestalt eines großen, schlanken Mannes, der in eine braune Mönchskutte gehüllt war und ihm den Rücken zuwandte. Offenbar las er in einem Buch. Das konnte nur einer der neuen Drucke sein, ging es ihm durch den Kopf, oder eines jener Bücher, die der Fuggerstochter gehörten. Zell spürte sein Herz schneller schlagen. Einen Augenblick lang überlegte er, ob es nicht besser wäre, sich zu verstecken und den Eindringling unbemerkt zu beobachten. Dann fasste er Mut und näherte sich dem Fremden geräuschlos, so geschickt, dass nicht einmal eine der Holzdielen knarrte.

Doch als er nur noch eine Armlänge von dem Mann entfernt war, stieß er mit dem Fuß gegen einen Holzkasten, in dem sich Drucktypen befanden.

Abrupt drehte sich der Fremde um und blickte Zell überrascht an. Noch bevor der irgendetwas tun konnte, krachte eine Faust an seine Schläfe. In dem Augenblick, als Zell den Eindringling erkannte, verlor er das Bewusstsein und brach zusammen.

Als er wieder zu sich kam, wusste Siegfried Zell zunächst gar nicht, was geschehen war und wie lange er am Boden gelegen hatte. Dann spürte er, wie jemand ihn schüttelte. Sofort kam die Erinnerung zurück. Ängstlich öffnete er die Augen, darauf gefasst, dass ihn erneut ein Faustschlag treffen würde.

Doch als er sah, wer sich über ihn gebeugt hatte, fiel die Furcht von ihm ab.

„Du hier?", sagte er und lächelte erleichtert. „Du glaubst nicht, was gerade geschehen ist ..."

Er konnte nicht weitersprechen. Ein stechender Schmerz fuhr durch seinen Leib. Etwas durchbohrte seine Rippen, einmal, ein zweites Mal. Er sah etwas aufblitzen, wollte danach greifen, jene Hand fassen, die es führte. Doch das Messer stach ein drittes Mal zu, noch gezielter, noch wirkungsvoller.

Dann hörte er Schritte, die sich schnell entfernten. Die Pforte schlug zu. Und von einem Augenblick zum anderen war es ganz still.

Zell legte die Hand auf seine Wunde, spürte das warme Blut, konnte es aber nicht aufhalten. Gleichzeitig wurde ihm schwarz vor Augen, einige Herzschläge lang. Seine Gedanken kreisten ziellos umher. Unter großen Schmerzen gelang es ihm, sich auf die Seite zu drehen und in den Raum zu schauen. Er war allein und begriff nicht, warum das alles geschehen war. Spürte nur, wie Blut in Strömen über seinen Arm lief, hinab auf die Holzdielen. Er blickte hilflos um sich.

Noch einmal in dieser Nacht wachte Alanus auf. Er hörte die Glocke des Spitals, die zum ersten Gebet des jungen Tages rief, drei Stunden nach Mitternacht.

Verwundert darüber blickte Alanus in die Dunkelheit. Er hatte die Stundenglocke in den letzten Tagen nie wahrgenommen. Etwas anderes musste ihn in die Wirklichkeit zurückgeholt haben. Dann erinnerte er sich an das brennende Lagerhaus.

Von draußen war das Rauschen des Flusses zu hören. Hatte er von diesem Inferno nur geträumt? Oder war es wieder einer jener Schatten gewesen, der, gelenkt von einer unbekannten Macht, seinen Kopf durchstreifte? Erst als Alanus den Geruch von verbranntem Holz wahrnahm, der von draußen durch das kleine Fenster hereinwehte, war er sicher, nicht zu träumen. Er richtete sich auf und bemerkte, dass sich noch immer ein schwacher Feuerschein an der Wand seiner Mönchszelle abbildete. Und zugleich ließ ihn die Frage nicht los, was es war, das ihn geweckt hatte.

Seltsam, dachte er, das Fieber tut eigenartige Dinge mit den Menschen.

Julia Fugger sah ungeduldig zu, wie Josef Leitner unwirsch auf und ab ging. Sie hörte das Holz unter seinen Füßen knarren. Der junge Bürgermeister blickte starr zu Boden. Dann wandte er sich um und sah sie an.

„Und Ihr habt den toten Siegfried Zell genau dort gefunden, wo er jetzt liegt?"

„Er war noch nicht ganz tot", antwortete sie.

„Julia Fugger", sagte Leitner mürrisch, „diese Nacht ist ohnehin verhext genug. Erst wirft man mich aus dem Bett, weil an der Pegnitz ein Lagerhaus brennt. Kaum habe ich danach eine Stunde geschlafen, klopft Eure Magd an mein Tor, und wenig später finden wir hier einen Toten. Es wäre also gut, wenn Ihr die Dinge einfach im Zusammenhang erzählt, also von dem Moment an, als Ihr durch die Tür der Werkstatt gekommen seid."

„Schon gut", versuchte die Fuggerstochter ihn zu beruhigen. Sie kannte Leitner lange genug, und sie wusste, dass es nicht klug war, sich mit ihm anzulegen. Als er mit fünfen seiner Männer hereingekommen war, hatte sie bereits gespürt, dass es nun schwierig für sie werden würde.

„Wir hatten an die Pforte geklopft", begann sie. „Aber niemand kam. Dann bemerkte ich, dass nicht abgeschlossen war. In der Werkstatt brannte Kerzenlicht. Wir fanden Zell. Er war noch am Leben, lag in einer Blutlache, blickte verzweifelt zu uns auf."

„Und?“, unterbrach Leitner sie und wandte sich an ihre Magd Hermine. „Was hast du gesehen?“

Die Frauen wechselten einen kurzen Blick.

„Die Herrin hat recht“, sagte die Magd. „Zell war völlig hilflos. Er hat noch einen Namen genannt: Kopernikus. Ich konnte nichts damit anfangen. Ich kenne niemanden, der so heißt.“

„Und Ihr?“

Julia schaute auf, sah, dass sich Leitner wieder umgewandt hatte. „Es gibt niemanden in Nürnberg, der so heißt. Zell meinte vielleicht Nikolaus Kopernikus, den Astronomen. Er war vor vielen Jahren einmal in der Stadt. Ich hörte, er lebt weit entfernt. In Frauenburg.“

„Und was, glaubt Ihr, kann er mit dem zu tun haben, was in dieser Nacht geschehen ist?“

Julia schüttelte den Kopf. „Ich weiß es nicht. Petreius sagte mir vor einigen Tagen, dass er ein Buch des Kopernikus drucke, das ein wenig heikel sei. Und das der Kirche vielleicht missfallen würde.“

Josef Leitner begann im Raum auf und ab zu gehen. Julia bemerkte, wie angespannt er war.

„Ein Buch“, murmelte er vor sich hin, „die Kirche mit im Spiel. Ein Astronom, der sich angeblich nicht in der Stadt aufhält. Und ein Toter, der als letztes dessen Namen nennt und vielleicht in fragwürdige Geschäfte verwickelt war. Wollen wir hoffen, dass nicht auch noch die Heilige Inquisition im Spiel ist.“ Er wandte sich an zwei seiner Männer: „Ihr begebt euch zum Gasthof in der Wolfsgasse. Dort wohnt seit einigen Tagen ein Abgesandter der Heiligen Kirche. Giovanni Maria Tolosani. Holt ihn mir sofort hierher. Bleibt dabei möglichst höflich. Und dann bringt mir diesen Petreius. Ihm gehört schließlich die Werkstatt.“

Die beiden Angesprochenen nickten und machten sich augenblicklich auf den Weg. Dann wandte sich Leitner an die drei übrigen Männer. „Durchsucht den Raum“, befahl er. „Irgendetwas müssen wir doch finden.“

Julia schaute sich um. In der Mitte des Raumes befanden sich die beiden Druckerpressen. Auf einem Tisch standen Setzkästen, die mit Bleilettern gefüllt waren. Unter dem Fenster stapelten sich unzählige Bände, die anscheinend erst kürzlich gedruckt worden waren. Julia schätzte, dass es mehr als zwölf Dutzend sein mochten. Eines dieser Bücher lag auf dem Lesepult. Doch nirgends fanden sich jene drei Werke, die sie Petreius vor Tagen anvertraut hatte, um sie neu binden zu lassen. Sie waren unersetzlich. Was, wenn jemand sie gestohlen hätte? Musste Zell sterben, weil er einen Dieb überrascht hatte? Und wer hatte das Lagerhaus der Fugger in Brand gesetzt? Julia blickte zu Zell, der tot am Boden lag, inmitten seines Blutes. Warum musste er auf so elendige Weise sterben?

Sie sah, wie Leitner unschlüssig eine der Pressen betrachtete.

„Ich möchte gehen", sagte sie. Längst konnte sie ihre Ungeduld nur mit Mühe verbergen. Sie strich sich das lange braune Haar aus dem Gesicht und versuchte, ruhig und gefasst zu wirken.

„Ihr bleibt hier", erwiderte Leitner bestimmt. „Erst wird eines Eurer Lagerhäuser angezündet. Und dann findet ausgerechnet Ihr drei Stunden später einen Toten. Und ich soll Euch nun einfach gehen lassen?"

„Glaubt Ihr nicht, dass ich heute genug mitgemacht habe? Außerdem konnte ich die ganze Nacht nicht schlafen."

„Ihr seid mir aber noch eine Erklärung schuldig. Zum Beispiel dafür, dass Ihr noch vor Sonnenaufgang eine Druckerwerkstatt aufsucht. Nachdem zuvor ein Lagerhaus Eurer Familie abgebrannt ist. Meint Ihr nicht, dass all dies etwas seltsam erscheinen muss?"

„Petreius hat Bücher für mich eingebunden", entgegnete Julia. „Und er sagte mir, Zell würde sie frühmorgens fertig haben und mir übergeben."

„Frühmorgens", wiederholte Leitner mit einem Lächeln. „Wertvolle Bücher. Ein brennendes Lagerhaus. Und dann ein Toter. Ausgerechnet jener Mann, der Euch wertvolle Bücher übergeben sollte. Was, glaubt Ihr, soll ich in einer solchen Situation tun? Euch freilassen? Nein, Julia Fugger. Es ist einfach zu viel geschehen in dieser Nacht. Und immer seid ausgerechnet Ihr dabei gewesen. Wir werden warten. Gemeinsam. Und wenn es stimmt, was Ihr gesagt habt, wird Petreius das sicher bestätigen. Und, wer weiß, die Heilige Inquisition vielleicht auch. Aber bis dahin …"

Leitner hielt kurz inne, näherte sich ihr und fuhr mit ruhiger Stimme fort: „… bis dahin seid und bleibt Ihr meine Gefangene."

Als Alanus zum dritten Mal in dieser Nacht wach wurde, geschah dies nicht von selbst. Tolosani saß neben ihm und rüttelte ihn am Arm. Langsam kam Alanus zu sich.

Zunächst spürte er, dass die Hitze des Fiebers seinen Körper verlassen hatte. Fast eine Woche lang war es nicht von ihm gewichen, so dass Tolosani ihn schließlich ins Spital bringen und den Heilkünsten des Medikus überlassen musste. Offenbar hatten seine Kräuterwickel und Tränke gewirkt. Alanus war zwar noch etwas müde, fühlte sich aber nicht mehr schwach. Dann fiel sein Blick auf das Fenster, und die Erinnerungen an die sonderbaren Geschehnisse der Nacht kamen zurück.

„Alanus von Buchholz", hörte er Tolosani neben sich.

Verwirrt sah er den Alten an, ahnte, dass irgendetwas sehr dringlich sein musste, und richtete sich auf.

„Was ist? Weshalb weckt Ihr mich?"

„Wie geht es Euch?", fragte Tolosani. „Was ist mit dem Fieber?"

„In der Nacht war es noch da. Aber nun spüre ich nichts mehr davon."

„Das ist gut. Dann steht auf, Alanus. Zieht Euch an und folgt mir. Es ist etwas Seltsames geschehen."

„Ihr meint das Lagerhaus?", fragte Alanus zögernd.

Tolosani schüttelte den Kopf.

„Ein Lagerhaus? Nein. Ein Mord. Und er hat offenbar etwas mit dem Buch des Kopernikus zu tun."

Alanus verstand nicht recht. Tolosani bemerkte es und half ihm etwas unsanft auf die Beine.

„Los jetzt. Folgt mir", sagte er unwirsch. „Wir haben keine Zeit für lange Erklärungen."

Kaum hatte sich Alanus die Mönchskutte übergeworfen, zog Tolosani ihn schon hinter sich her. Sie liefen die schmale Wendeltreppe hinab und erreichten den Innenhof. Alanus blickte hinauf zum Himmel. Lange hatte er ihn nicht mehr so klar und deutlich gesehen. Es liegt alles offen vor uns, dachte er. Seit Jahrtausenden sehen die Menschen diese Sterne. Und doch begreifen sie nicht. Wird es jemals gelingen, dieses Wunder zu erklären? Wie klein sind wir Menschen! Wie unwissend und ahnungslos!

„Man kann heute Nacht ungewöhnlich viele Sternbilder erkennen", rief er Tolosani zu. „Ist das nicht herrlich?"

Aber der hörte gar nicht zu und zog ihn weiter.

Noch immer durchsuchten die Männer jeden Winkel der Werkstatt. Julia hatte sie aufmerksam dabei beobachtet, und es war ihr nicht entgangen, dass Leitner zunehmend ungeduldiger wurde. Hermine saß auf einem Stuhl nahe der Druckerpressen und starrte aus dem Fenster. Es war noch immer dunkel draußen. Julia spürte die eigene Müdigkeit und wusste zugleich, dass der neue Tag ihr keine Gelegenheit geben würde, Ruhe zu finden. Sie musste sich um das Lagerhaus kümmern, um das, was davon übriggeblieben war, und eine Nachricht an ihren Vater schreiben. Kaum hatte er ihr die Leitung des Kontors übergeben, geschah so etwas. Dabei hatte sie noch Glück im Unglück. Der riesige Schuppen war nahezu leer gewesen. Doch für die Waren, die in zwei Tagen über Land nach Nürnberg kommen sollten, musste sie schnell neuen Lagerraum finden. All das war Leitner allerdings gleichgültig.

Julia blickte zu ihm, dann zu Zell, der unverändert am Boden lag. Eher beiläufig bemerkte sie, was bislang niemandem aufgefallen war.

„Schaut“, sagte sie zu Leitner. „Dort. Neben seiner Hand!“

Alle sahen auf und folgten ihrem Blick.

„Dreht ihn um“, befahl Leitner.

Zwei der Männer beugten sich herab und packten zu, wenn auch mit Abscheu, denn als sie den Toten anhoben, griffen sie in dickflüssiges Blut. Julia erkannte, dass jemand auf Zell eingestochen hatte. Doch noch etwas anderes kam zum Vorschein: Da waren Zeichen auf dem hellen Dielenboden. Mit Blut geschrieben. Keine Worte, nicht einmal Buchstaben. Drei seltsame Symbole, waagerecht nebeneinander angeordnet.

„Kann mir jemand sagen, was das bedeutet?“ Leitner war sichtlich verblüfft.

„Niemand von uns kann lesen“, sagte einer der Männer, die die Leiche bewegt hatten. „Das wisst Ihr doch.“

„Und was meint Ihr?“ Leitner wandte sich an Julia. „Ihr habt es als Erste bemerkt.“

„Offenbar ist es Zell noch gelungen, eine Nachricht zu hinterlassen.“

„Das sind keine Schriftzeichen. Nicht wahr? Wenn es Schriftzeichen wären, würde ich sie doch erkennen?“

„Richtig, das ist keine Schrift.“

„Was dann?“, fragte Leitner.

„Symbole. Kleine Bildzeichen, die eine Bedeutung haben. Es gibt sie in der Astrologie oder in magischen und alchemistischen Büchern.“

„Wollt Ihr damit sagen, dass Hexerei im Spiel ist?“

„Nein. Nur, dass ich nicht weiß, was sie bedeuten.“

Leitner beriet sich kurz mit seinen Männern, aber sie hatten bei der Durchsuchung der Werkstatt nichts Auffälliges finden können. Der Bürgermeister dachte nach, ging wieder auf und ab.

„Verflixt“, fluchte er, „wo bleiben Petreius und dieser Tolosani?“

Julia merkte, dass er wieder zu ihr blickte.

„Sagtet Ihr nicht, Ihr wolltet von Zell Bücher abholen?“

Sie nickte nur.

„Welcher Art waren diese Bücher?"

„Ein astronomisches Werk. Es gehört meinem Vater. Und ...", sie stockte kurz, „zwei Bände über Alchemie."

Leitner starrte sie an. Julia wusste nur zu gut, was er sich jetzt zusammenreimte.

„Warum wollt Ihr nicht einsehen, dass ich keinen Grund hatte, Zell zu ermorden", sagte sie. „Er sollte mir lediglich drei Bücher übergeben, die Petreius für mich eingebunden hat. Zudem waren diese Arbeiten längst bezahlt. Petreius wird Euch das alles bestätigen."

Leitner schüttelte den Kopf.

„Ich weiß nicht mehr, was ich glauben soll. Aber Petreius wird gleich hier sein. Und Ihr setzt Euch jetzt zu Eurer Magd und wartet ab."

„Meine Herrin hat Zell nicht umgebracht", sagte Hermine, und plötzlich brach sie in Tränen aus. „Warum glaubt Ihr mir nicht? Ich war die ganze Zeit bei ihr." Sie blickte verzweifelt zu Boden. „Es war wahrscheinlich ein Mönch."

Leitner schaute auf.

„Was sagst du da?"

„Der Tote. Dieser Zell ...", stammelte Hermine unsicher, „... er hat zum Schluss noch gesprochen, von einem Mann in einer Kutte, einer braunen Mönchskutte."

Julia bemerkte, dass Leitner überrascht war und nun auf Hermine zuging, um ihr Genaueres zu entlocken.

Da klopfte es an der Pforte.

Es war stockfinster. Alanus musste sich vorsehen, Tolosani in den Gassen nicht zu verlieren. Wieder einmal wunderte er sich darüber, welche Kraft und Zähigkeit der Alte entwickeln konnte, wenn er von einer Sache ergriffen war.

„Ihr wisst, dass wir aus einem bestimmten Grund hier sind", sagte der, ohne seine Schritte zu verlangsamen.

„Sicherlich."

„Dann sollte Euch folgendes interessieren: Heute Nacht ist ein Mann ermordet worden. In der Werkstatt des Petreius."

„Das ist jener Verleger, der das Werk des Kopernikus druckt."

„Richtig. Ich wollte schon vor Tagen mit Petreius Kontakt aufnehmen, aber es fand sich kein unverfänglicher Grund. Das ist nun anders. Josef Leitner, einer der 13 jungen Bürgermeister des kleinen Rates von Nürnberg, hat mich gebeten, ihn in dem Fall zu beraten. In Nürnberg ist der Innere Rat für derartige Offizialdelikte zuständig und somit einer der jungen Bürgermeister. Dass Leitner noch mitten in der Nacht die Untersuchungen aufnimmt, ist allerdings sehr ungewöhnlich und eigentlich nicht üblich. Und dass Leitner mich miteinbezieht, spricht dafür, dass er einer Konfrontation mit der Heiligen Inquisition von vornherein aus dem Weg gehen will. Der Fall scheint sehr brisant zu sein."

„Und Ihr glaubt, wir haben auf diese Weise die Gelegenheit, das Buch zu sehen?"

„Auf jeden Fall. Außerdem sollten wir unbedingt dabei sein, wenn solch geheimnisvolle Dinge geschehen. Das alles hat sicherlich mit dem Buch zu tun. Vielleicht gelingt es uns, in die Geschehnisse einzugreifen."

Sie verließen die Gasse und standen plötzlich auf einem großen, unbebauten Platz. Tolosani orientierte sich kurz und ging weiter. Rechts von sich sah Alanus die dunkle Silhouette einer hohen Kirchenfassade. Rings um den Platz standen zwei- und dreistöckige Patrizierhäuser. Der Alte war bereits im Dunkel verschwunden. Alanus konnte nur ahnen, wohin er ihm folgen musste. Das beunruhigte ihn. Für einen Augenblick meinte er den eigenen Herzschlag wahrzunehmen. Doch tatsächlich waren da nur seine eigenen Schritte auf den Pflastersteinen, deren Klang widerhallte. Unwirklich hörte sich das an, verunsichernd, wie die Dunkelheit, die ihn umgab. Alanus erinnerte sich an ihre lange gemeinsame Reise. Sie hatten Regen und Kälte ertragen, sogar Schnee erlebt, aber die Dunkelheit stets gemieden. In der Finsternis verwandelte sich die Welt, wurde undurchsichtig, unberechenbar, gefährlich, heimtückisch, so wie er es auch in den Fieberträumen erlebt hatte. Wir sind immer auf der Suche, dachte er. Wir wissen nicht, wohin wir gehen sollen, irren umher, ohne unsere wahre Bestimmung zu kennen. Und so eilen wir dahin, in undurchdringlicher Finsternis, voller Unruhe.

Alanus lief weiter in die Richtung, in der er den Alten vermutete, doch es gelang ihm nicht, ihn einzuholen, und auch seine Schritte waren nicht mehr zu hören. Dann sah er einen schlanken, hoch aufragenden Turm vor sich, mitten auf dem Platz, umgeben von einem Brunnen. Seltsam, dachte Alanus, und ahnte, dass er sich nun endgültig verlaufen hatte.

Plötzlich berührte ihn etwas an der Schulter. Er zuckte entsetzt zusammen, wollte aufschreien, doch bevor ihm dies gelang, hielt ihm jemand den Mund zu. Sein Herz begann zu rasen. Er wollte um sich schlagen.

„Gebt Ruhe", hörte er Tolosanis Stimme hinter sich. „Beruhigt Euch."

Alanus drehte sich um und blickte in das vertraute Gesicht des Alten, der ihn wieder losgelassen hatte.

„Habt keine Angst vor den Mächten der Finsternis", sagte Tolosani und lächelte. „Es sei denn, diese Mächte befinden sich in Eurem Kopf."

Als sich die Tür öffnete und zwei Mönche die Werkstatt betraten, war Julia ein wenig erleichtert. Jetzt würde endlich Bewegung in die Sache kommen.

Die beiden schienen zunächst verwundert zu sein, so viele Menschen anzutreffen. Leitner begrüßte sie höflich und bestimmt zugleich. Der ältere der beiden war eine würdige Gestalt in weißer Mönchskutte, kahlköpfig, sehr füllig, doch die Lebendigkeit seiner Augen ließ darauf schließen, dass man sich von seiner körperlichen Behäbigkeit und dem hohen Alter nicht täuschen lassen durfte. Dieser Mann wirkte klug und welterfahren. Mit ihm war ein junger Mönch hereingekommen. Er mochte höchstens 30 Jahre alt sein. Julia bemerkte, dass Hermine ihn entsetzt anschaute und die Augen nicht mehr von ihm ließ, denn er trug eine dunkelbraune Kutte. Er ließ seinen Blick ruhig durch den Raum schweifen, so als wolle er alles wie ein Bild in seinem Gedächtnis ablegen.

„Monsignore Tolosani", begann Leitner, „ich danke Euch, dass Ihr so früh am Morgen hierher gekommen seid."

„Ich hörte vom Geschehen. Die Sache ist ernst. Und wenn ich Euch behilflich sein kann, tue ich es gern. Dies ist Alanus von Buchholz. Ein sehr belesener Mann, in allen Wissenschaften bewandert. Er begleitet mich."

Leitner sah Alanus an, nickte kurz und wandte sich wieder Tolosani zu.

„Bitte schaut zu Boden. Der Tote hier ist Siegfried Zell. Er wurde wahrscheinlich mit einem Messer ermordet. Julia Fugger und ihre Magd fanden ihn."

Leitner deutete auf die beiden jungen Frauen.

„Kurz bevor er starb, sprach er noch von einem Mann in dunkelbrauner Kutte. Und er nannte einen Namen: Kopernikus. Wir müssen davon ausgehen, dass der Mord etwas mit einem Buch zu tun hat, das hier von Petreius, dem Besitzer der Werkstatt, gedruckt wurde. Es ist das Buch eines Astronomen, der Kopernikus heißt. Da ich weiß, dass Ihr als astronomischer Berater am Heiligen Stuhl in diesen Dingen kundig seid, habe ich Euch hierher gebeten."

Tolosani nickte. „Das war richtig", sagte er nur.

„Noch etwas solltet Ihr wissen: Zell hat Petreius oft geholfen. Es war nicht ungewöhnlich, ihn hier anzutreffen. Angeblich soll er auf Julia Fugger gewartet haben, die drei Bücher abholen wollte. Interessant ist, dass dies vor zwei Stunden geschah, also mitten in der Nacht! Und Zell hat, wohl mit letzter Kraft, seltsame Zeichen auf dem Boden hinterlassen, die niemand deuten kann."

Tolosani fasste sich nachdenklich an die Stirn. Alanus von Buchholz sah zu Julia, die seinem Blick standhielt. Dieser Mönch hatte auf sie zunächst etwas abwesend und verträumt gewirkt. Doch nun schien er sie so genau zu mustern, als wolle er ihr ein Geheimnis entlocken. Es war ihm nicht entgangen, dass er keine gewöhnliche Bürgerin vor sich hatte, und das schien sein Interesse zu wecken. Julia fragte sich, was von diesem Mann zu halten war. Sie erwiderte noch immer seinen Blick, und das schien ihn unsicher zu machen.

Alanus schaute zu Boden, betrachtete erst die Leiche und dann die drei rätselhaften Symbole.

„Was ist mit dem Buch des Kopernikus geschehen?", wollte Tolosani wissen, der sich wieder an Leitner gewandt hatte.

Der Bürgermeister deutete zum Bücherstapel an der Wand. „Es ist alles noch da. Meine Leute zählten zweihundert Exemplare. Aber angeblich sollen die Bücher Julia Fuggers verschwunden sein."

„Das ist richtig", bestätigte Julia. „Ich hatte inzwischen genug Zeit, mich umzusehen, konnte sie jedoch nirgends finden."

„Welcher Art waren diese Bücher?", wollte Tolosani wissen.

„Alte, kostbare Bände. Eines von Regiomontanus. Und zwei Werke des Agrippa von Nettesheim über Magie. Petreius hat sie für mich neu eingebunden."

Sie bemerkte, dass Alanus plötzlich aufmerksam geworden war und zu ihr blickte. Von einem Augenblick zum anderen hatte er sich ihr wieder zugewandt, so als kenne er ihre Bücher ganz genau und die Gefahr, die von ihnen ausging. Julia wusste nicht, wie sie diesen Mann einschätzen sollte, und das machte sie noch ungeduldiger.

„Julia Fugger kann nicht glaubhaft erklären, was sie so früh schon hier wollte", schaltete sich Leitner ein. „Ich habe sie vorläufig festgenommen."

„Habt Ihr die Magd verhört?", fragte Alanus und blickte zu Hermine, die teilnahmslos zum Fenster sah.

„Sicherlich. Sie bestätigt die Aussagen ihrer Herrin. Aber was hilft es schon? Das ist wohl nicht anders zu erwarten. Drei Stunden vor dem Mord brannte ein Lagerhaus der Fugger. Noch ist unklar, warum das geschah. Aber wahrscheinlich gibt es eine Verbindung zu dem Mord."

Alanus schaute ihn an. „Das passt nicht zusammen", sagte er gedankenversunken.

„Wie meint Ihr das?"

„Ein Toter in einer Druckerei. Und das Buch des Kopernikus. Da mag es einen Zusammenhang geben. Aber der Brand eines Schuppens?"

„Genau das sage ich seit Stunden", ergänzte Julia ungehalten. Dann blickte sie zu Alanus. „Ihr betrachtet die Geschehnisse mit nüchternem Verstand. Aber leider ist diese Gabe nicht weit verbreitet."

„Jetzt ist es genug", erwiderte Leitner schroff. „Noch ein solches Wort, Julia Fugger, und Ihr findet Euch in Ketten wieder."

Er wandte sich um.

„Diese Dinge zu beurteilen, werter Alanus von Buchholz, wird meine Aufgabe sein", erwiderte Leitner. „Monsignore Tolosani, bitte sagt mir etwas zu Kopernikus und seinem Buch."

„Kopernikus ist Astronom. Einer der besten. Wir trafen ihn vor einigen Monaten in Frauenburg. Leider war er nicht ansprechbar. Der Mann nimmt seine Umgebung nicht mehr wahr. Ein entsetzliches Schicksal. Jenes Buch, das hier gedruckt wird, soll die Summe all seiner Forschung über Jahrzehnte sein. Bislang hatte ich nicht die Gelegenheit, es zu studieren, aber ich vermute, dass Kopernikus den Versuch unternommen hat, das Weltbild des Ptolemäus und damit auch das der Heiligen Kirche zu widerlegen."

Leitner hatte aufmerksam zugehört. „Es handelt sich also um ein brisantes, vielleicht bald sogar verbotenes Werk, das hier herausgegeben wird?"

Tolosani nickte. „Petreius hat in dieser Werkstatt ein umstrittenes Buch gedruckt!"

„Und Ihr vermutet, dass der Mord etwas damit zu tun hat?"

„Das ist sehr wahrscheinlich. Zwar verwundert es, dass alle Drucke noch da sind. Aber es ist ja auch nicht leicht, mehr als 200 Bücher einfach verschwinden zu lassen. Und es scheint fast so, als sei der Täter gestört worden."

„Das bedeutet übrigens auch", ergänzte Alanus, „dass ein Zusammenhang mit dem Brand des Lagerhauses unwahrscheinlich ist."

Julia Fugger nickte, sah Leitner herausfordernd an, zog es aber vor, nichts weiter zu sagen.

„Alanus", mahnte Leitner ungehalten. „Ihr seid ein kluger Mann, aber Ihr kennt die Verhältnisse in dieser Stadt nicht. Außerdem muss ich Euch leider mitteilen, dass Ihr selbst in gewisser Hinsicht zu den Verdächtigen zählt."

„Ich?" Alanus schaute den jungen Bürgermeister ungläubig an.

„Siegfried Zell sprach kurz vor seinem Tod von einem Mann in brauner Mönchskutte. Allzu viele Personen, auf die diese Beschreibung zutrifft, gibt es hier in Nürnberg seit der Reformation nicht mehr."

„Das ist doch absurd", schaltete Tolosani sich ein. „Alanus von Buchholz hat die letzten drei Tage mit Fieber im Heilig-Geist-Spital verbracht."

Der Bürgermeister schüttelte den Kopf. „Wie könnt Ihr Euch da sicher sein?"

Julia Fugger hatte endgültig die Geduld verloren und wandte sich nun ebenfalls an Leitner.

„Ich möchte nach Hause. Ich habe Euch alles gesagt, was ich zu dieser Sache zu sagen habe."

„Zügelt Eure Zunge. Ihr bleibt hier", erwiderte Leitner brüsk. „Und Ihr, Alanus von Buchholz, ebenfalls."

Der Mönch zuckte zusammen. Julia sah, dass ihn die unglaublichen Anschuldigungen Leitners sprachlos gemacht hatten.

„Beruhigt Euch", versuchte Tolosani zu beschwichtigen. „Es gibt nicht den geringsten Grund für allzu schnelle Schlüsse. Ihr solltet die ungenaue Beschreibung, die Zell kurz vor seinem Tod gegeben hat, nicht in dieser Weise ernst nehmen. An der Unbescholtenheit des Alanus von Buchholz gibt es nicht die geringsten Zweifel. Ich kenne ihn, seit ..."

Tolosani brachte seine Worte nicht zu Ende.

Von einem Augenblick zum nächsten hatte Julia Fugger Alanus bei der Hand gegriffen und ihn durch den Raum gezerrt. Mit all ihrer Kraft stieß sie die schwere Pforte auf, zog den völlig überraschten Mönch hinter sich her, ließ die Holztür zukrachen und verriegelte sie mit einem schweren Balken.

In der Werkstatt riefen plötzlich alle durcheinander. Fäuste hämmerten gegen die Pforte.

„Kommt sofort zurück", hörte sie Leitner wütend rufen.

Julia lief die kurze Treppe hinunter auf die Gasse. Alanus folgte ihr. Wollte sie aufhalten.

„Seid Ihr wahnsinnig geworden", rief er aufgebracht und hielt sie am Arm fest.

Julia wandte sich um und sah Alanus aus wachen, hellblauen Augen an.

„Leitner ist unberechenbar", sagte sie außer Atem. „Vor zwei Wochen erst hat er eine Frau auf den Scheiterhaufen gebracht. Sie sollte eine Hexe gewesen sei. Jemand hatte sie beim Geheimen Rat der Stadt verleumdet. Glaubt mir, ich kenne diesen Mann nur zu gut. Ihr müsst Euch vor ihm in Sicherheit bringen. Kommt mit. Es ist das Beste, was Ihr tun könnt."

KAPITEL 2

Nürnberg, 25. Mai 1543,
früher Morgen

SIE HATTEN DAS ENDE der Gasse erreicht. Julia Fugger blickte kurz zurück, dann wandte sie sich nach rechts und lief weiter. Alanus folgte ihr, völlig außer Atem, konnte kaum Schritt halten, sah zum Himmel und bemerkte nur, dass es am Horizont hell wurde. Kurz ertappte er sich bei dem Gedanken, einfach stehen zu bleiben und umzukehren, doch jetzt würde ihm ohnehin niemand mehr glauben.

Ich muss wahnsinnig geworden sein, schoss es ihm durch den Kopf, doch er lief weiter auf dem abschüssigen Weg, vorbei an einem mächtigen viergeschossigen Haus aus Stein, dessen Giebel die ersten Sonnenstrahlen einfing. Er konnte den Boden vor sich nicht erkennen, spürte nur unter den Füßen, dass die Erde aufgeweicht war. Schlamm spritzte hoch und traf seine Mönchskutte. Links hörte er das Schnauben eines Maultiers. Etwas huschte vor seinen Füßen zur Seite und quiekte ängstlich. Er trat auf ein Stück Holz, glitt ab, konnte aber das Gleichgewicht halten. Plötzlich tauchte rechts von ihm wie aus dem Nichts die Fassade der riesigen Kathedrale auf. Zwei Türme ragten hoch in den Himmel. Alanus blieb stehen, blickte hinauf, war für einige Sekunden gebannt von diesem Anblick, bis ihm wieder bewusst wurde, was geschah. Er lief weiter.

Dann erreichte er Julia, die stehengeblieben war. Er sah, wie sie sich das blaue Kleid glattstrich. Es reichte ihr bis zu den Füßen. Sie zog den breiten Ledergürtel fest, den sie um die Taille trug. Und dann bewegte sie den Kopf mit einer schnellen Bewegung, so dass ihr langes, lockiges Haar über die Schulter nach hinten fiel. Ihre schlanke, zierliche Gestalt ließ nichts von der Entschlossenheit und Kraft dieser jungen Frau erahnen.

„Worauf wartet Ihr?", fragte sie.

Alanus sagte nichts, sondern folgte ihr, erkannte den großen Markt wieder, auf dem er Tolosani in der Nacht verloren hatte. Den Brunnenturm mitten auf dem Platz. Und etwas entfernt die Kirchfassade, die ihn so beeindruckt hatte. Und sie waren nicht mehr allein. Einige Händler begannen damit, ihre Stände aufzubauen, und auch rund um den Platz war das Leben in die Häuser zurückgekehrt.

„Wir müssen unauffällig bleiben", sagte Julia.

Alanus nickte. Langsam gingen sie weiter. Menschen kamen ihnen entgegen, doch kaum jemand beachtete sie, niemand sprach ein Wort. Das Rauschen des Flusses war zu hören.

Bald hatten sie die Brücke erreicht. Alanus sah in einiger Entfernung das Heilig-Geist-Spital. Als er etwas entfernt am gegenüberliegenden Ufer den abgebrannten Schuppen wiedererkannte, blieb er stehen.

„Also habe ich doch nicht geträumt."

Julia folgte seinem Blick.

„In der Nacht. Ich bin wach geworden", fuhr Alanus fort. „Erst habe ich es für einen Fiebertraum gehalten, aber es scheint alles wirklich so geschehen zu sein."

„Das ist ein Lagerhaus meiner Familie. Wir haben es von den Barfüßern angemietet. Wieso wisst Ihr davon?"

„Ich konnte sehen, wie es brannte."

Julia blickte ihn verwundert an.

„Was konntet Ihr?"

„Tolosani hatte mich vor einigen Tagen ins Spital gebracht, weil das Fieber nicht sinken wollte. Heute Nacht wurde ich wach und ging zum Fenster. Und da war das Feuer. Und die vielen Menschen."

„Jemand hat den Schuppen angezündet“, sagte Julia. „Leitner glaubt, ich selbst hätte es getan. Und er meint, es gebe einen Zusammenhang mit dem Mord in der Druckerei.“

Alanus blickte noch immer wie gebannt hinüber. Dem gemauerten Stein hatten die Flammen nichts anhaben können, aber vom Rest war außer einigen Holzstümpfen, die in den Himmel ragten, nichts mehr übrig.

„Kommt. Wir sind hier nicht sicher“, sagte Julia.

Sie überquerten die Brücke, wandten sich nach links und blieben schließlich vor einem großen Patrizierhaus stehen. Julia klopfte an die Pforte. Es dauerte eine Weile, bis eine Magd öffnete. Sie erblickte Alanus, wagte aber nichts zu sagen. Er folgte Julia ins Haus.

Der Raum, den sie betraten, war nur schwach erleuchtet. An der Wand standen Regale, gefüllt mit kleinen und großen Kisten, und es gab zwei Tische, auf denen Schriftrollen lagen.

In der nächsten, sehr schmalen Kammer konnte Alanus nichts erkennen, denn es drang kein Licht herein. Schließlich kamen sie in ein Zimmer, das von Kerzen erleuchtet war. Da stand ein großer Tisch, umgeben von drei kunstvoll gearbeiteten Stühlen.

Dann entdeckte Alanus ein seltsames Gerät, das in einer Ecke des Raumes aufgestellt war. Es bestand aus mehreren gegeneinander drehbaren Metallringen von großem Durchmesser, die insgesamt die Form einer imaginären Kugel bildeten. Dieses wundersame Ding war auf einem Gestell montiert.

„Eine Weltmaschine“, sagte er erstaunt.

Julia hatte am Tisch Platz genommen. Nun strich sie sich das Haar aus dem Gesicht und blickte auf.

„Ihr kennt diese Apparatur?“

„Ja. Ich habe sie vor einigen Monaten bei einem Astronomen in Frauenburg gesehen. Man nennt sie Sphaera, die Weltmaschine. Sie stellt die Bewegung der Planetenbahnen dar und man kann mit ihr die Koordinaten am Himmel messen. Dabei muss sich der Beobachter vorstellen, dass er sich im Mittelpunkt der Sphaera befindet, also auf der Erde. Ptolemäus hat das im fünften Kapitel seines *Almagest* beschrieben. Das ist ein äußerst seltenes Instrument. So etwas findet man eigentlich nur in den arabischen Ländern. Woher habt Ihr es?"

„Mein Vater hat es vor Jahren hier in Nürnberg erworben. Es gehörte dem Astronomen Regiomontanus. Der wiederum muss es wohl aus Córdoba mitgebracht haben."

Alanus berührte einen der Metallringe und stellte fest, dass er sich sehr leicht und fast geräuschlos bewegen ließ.

„Nehmt Platz", forderte Julia ihn auf. „Ihr scheint Euch gut in astronomischen Dingen auszukennen. Aber lasst uns über anderes nachdenken."

Alanus nickte, ging zum Tisch, blickte noch einmal zurück und beobachtete, wie der Ring, den er gerade angestoßen hatte, eine gleichmäßige Kreisbewegung ausführte.

„Es war einigermaßen verrückt von mir, Euch zu folgen. Ich bin mir noch immer nicht sicher, ob es nicht besser ist, wieder zurückzukehren und mich Leitner zu stellen. Warum seid Ihr geflohen? Und warum habt Ihr mich mitgenommen?"

Julia schwieg einen Augenblick. Alanus bemerkte, wie sie sich erneut das Haar zur Seite strich. Zum ersten Mal konnte er sie genauer betrachten. Sie war von makelloser Schönheit. Ihre Gesichtszüge wirkten wie die einer junge Frau von edler Abstammung. Er wusste wohl, wie sehr man sich bei einem solchen Eindruck täuschen konnte, aber die überlegte, selbstbewusste Art, die er bislang an Julia beobachtet hatte, bestärkte ihn darin. Lediglich ihre gebräunte Haut passte nicht in das Bild eines Sprosses aus wohlhabender Familie. Als sie seinen Blick erwiderte, spürte er die Kraft, die von ihren klaren, hellblauen Augen ausging.

„Wenn Ihr den Nürnberger Gefängnisturm kennen würdet", antwortete sie, „wüsstet Ihr warum."

„Aber Ihr entstammt einer namhaften Familie, die sicherlich Einfluss auf den Rat der Stadt besitzt. Ihr hättet allein fliehen können. Warum habt Ihr mich mitgenommen?"

Für einen kurzen Moment wirkte Julia unsicher. „Genau weiß ich das auch nicht. Ihr hattet den Mut, Leitner zu widersprechen. Und Ihr schient einen klaren und klugen Geist zu haben. Im Turm hätte man Euch keine Gelegenheit gegeben, Eure Unschuld zu beweisen. Dazu seid Ihr nur in der Lage, wenn Ihr frei seid. Genauso geht es mir. Meine Familie hat zwar gewissen Einfluss im Großen Rat. Aber die Strafverfolgung in dieser Stadt unterliegt dem Inneren Rat und den dreizehn jungen Bürgermeistern. Auf die kann ich nur schwer Einfluss nehmen. Und schon gar nicht auf Leitner. Ich werde selbst herausfinden, was in dieser Nacht geschehen ist. Dazu muss ich frei sein. Ihr könnt mir helfen, die Wahrheit herauszufinden. Das ist für Euch so wichtig wie für mich. Und ich kann Euch dabei helfen, weil ich Nürnberg kenne."

„Warum soll ich Euch glauben, dass Ihr die Wahrheit sagt, dass nicht Ihr das Feuer gelegt habt? Dass nicht Ihr den Mann in der Druckerei ermordet habt?"

Julia nickte.

„Ja, Ihr habt allen Grund zu zweifeln. Eine Frau, der es gelingt, Leitner zu entkommen, ist vielleicht auch in der Lage, Schlimmeres zu tun."

Als sie das sagte, huschte ein Lächeln über ihr Gesicht.

„Ihr müsst wissen, dass ich keinen Vorteil davon habe, wenn das Lagerhaus meiner Familie abbrennt. In ein paar Tagen kommt Ware über Land nach Nürnberg. Nun weiß ich nicht, wohin damit. Meine Konkurrenten werden sich über mich lustig machen, vielleicht sogar versuchen, selbst den Handel zu übernehmen. Und der tote Zell? Ich habe Petreius Bücher gegeben, mit der Bitte, sie neu zu binden. Und habe seine Arbeit im Voraus bezahlt. Jetzt ist nicht nur sein Gehilfe tot. Auch diese wertvollen Bücher sind verschwunden. Versteht Ihr? Ich habe aus all dem nur Nachteile. Und Leitner wollte das einfach nicht einsehen. Hätte er mich in den Turm geworfen, wäre das Kontor der Fugger ohne Leitung gewesen. Ich mache diese Dinge noch nicht lange. Und ich darf meinen Vater nicht enttäuschen. Er hat sich die Entscheidung nicht einfach gemacht. Zumal ich seine jüngere Tochter bin und gar nicht so viel Erfahrung habe wie Angelina."

„Ich verstehe nicht ganz."

„Das ist auch nicht so einfach. Unser Kontor befindet sich eigentlich am Weinmarkt. Da die Fugger nicht Bürger dieser Stadt sind, sondern aus Augsburg kommen und niemand von außerhalb in Nürnberg Grundbesitz erwerben darf, hat mein Vater, Wolfgang Fugger, einen befreundeten Kaufmann, Jörg Hofmann, gebeten, das Haus am Weinmarkt auf seinen Namen für die Fugger zu erwerben. Jörg Hofmann hat die Geschäfte dort in den ersten Wochen zu unserer Zufriedenheit aufgenommen. Doch dann gab es Unregelmäßigkeiten. Plötzlich fehlte Geld. Mein Vater hat Hofmann bis zur Aufklärung dieses Vorfalls von seinen Aufgaben entbunden, das Kontor am Weinmarkt vorerst wieder geschlossen und ein neues hier an der Pegnitz eröffnet. Und er hat gemeinsam mit meiner Mutter Margaretha entschieden, mich mit der Leitung zu betrauen. Von einem Tag auf den anderen hatte ich nun die Aufgabe, ein Kontor zu leiten. Könnt Ihr Euch vorstellen, wie groß das Vertrauen meiner Eltern in mich sein muss und wie das ist, wenn man gleich am Anfang nur Misserfolge aufweisen kann?"

Alanus nickte.

„Könnt Ihr mir etwas über die Bücher sagen, die Ihr Petreius gegeben habt?"

„Es waren insgesamt drei. Ein Werk des Regiomontanus über Kometen, das Johannes Schöner vor Jahren herausgegeben hat. Dann ein Buch des Paracelsus über Astronomie und eine magische Schrift des Agrippa von Nettesheim."

„Meint Ihr etwa die *Occulta Philosophia*?"

„Richtig."

„Welchen Band?"

„Den vierten."

„Wisst Ihr, worum es darin geht? Wozu braucht Ihr dieses Buch?"

„Es gehört meinem Vater“, antwortete sie. „Es ist wohl ein Buch über Magie.“

„Das ist nicht irgendein Zauberbuch! Es ist eine detaillierte Darstellung der Ritualmagie. Es beschreibt unter anderem, wie man bei der Anbetung des Herrn der Finsternis und aller ihm untergeordneten Dämonen vorgehen muss. Dieses Werk, besonders der vierte Band, ist gefährlich, wenn es in falsche Hände gerät!“

Julia blickte Alanus verwundert an.

„Ich wusste nichts davon. Seid Ihr sicher? Ist es tatsächlich so?“

„Vor einigen Jahren hatte ich mit diesen Dingen zu tun. Ein äußerst gefährliches, magisches Pergament war aufgetaucht und in falsche Hände geraten. Nur durch die Gnade des Herrn und großes Glück ist es mir damals gelungen, das Schlimmste zu verhindern. Aber viele Menschen starben, und viele wurden unglücklich.“

„Und Ihr meint, das Buch Agrippas hat etwas mit dem Mord an Zell zu tun?“

„Ich weiß es nicht. Es wäre nicht das erste Mal, dass Menschen morden, um an die Geheimnisse der Finsternis zu gelangen und Macht ausüben zu können.“

„Das hieße, es ginge nicht um das Buch des Kopernikus, sondern um geheimes schwarzmagisches Wissen?“

Alanus schüttelte den Kopf.

„Wir müssen vorsichtig sein mit schnellen Schlüssen. Bislang wissen wir wenig. Gab es im Lagerhaus irgendetwas, das mit Magie zu tun hat? War es etwa ein Ort schwarzer Messen?“

„Unmöglich“, antwortete Julia. „Davon hätte ich gewusst. Der große Schuppen war noch letzte Woche bis unter die Decke angefüllt mit Tuch aus Flandern. Wenn dort etwas Unerlaubtes geschehen wäre, hätten wir das gemerkt.“

„Wir?“

„Meine Schwester Angelina, die Angestellten, allesamt treu ergebene Helfer meines Vaters. Und ich selbst.“

„Es ist nicht unüblich, dass Magier den Ort ihres Tuns unkenntlich machen", sagte Alanus. „Aber mir scheint es eher wahrscheinlich, dass einer Eurer Konkurrenten ein Interesse hat, den Fuggern zu schaden. Und dann denkt an das, was Zell gesagt hat, bevor er starb. Er nannte den Namen Kopernikus."

„Und den Mann in der Mönchskutte", ergänzte Julia mit einem Lächeln. „Ich habe nie an Leitners unsinnigen Verdacht gegen Euch geglaubt. Es tut mir leid, dass Euch meine Magd solche Schwierigkeiten bereitet hat."

„Ja, das war unglücklich. Aber es lässt sich jetzt nicht ändern."

„Alles ist so verwirrend. Der Brand in der Nacht. Der Mord. Der Diebstahl der Bücher."

„Lasst uns nachdenken", sagte Alanus und blickte hinüber zur Weltmaschine. Einer der schmalen Metallringe drehte sich noch immer um das Zentrum. Die Erde oder die Sonne. Man konnte es nicht erkennen.

Giovanni Maria Tolosani rang um seine Fassung, als er mitansehen musste, wie Leitner die Magd verhörte. Hermine saß auf einem Stuhl nahe der Tür. Erst hatte sie nicht mehr gewagt, die Augen zu öffnen. Dann beugte sie sich vor und kreuzte die Arme schützend über ihrem Kopf, als fürchte sie, geschlagen zu werden. Leitner wollte sie als Geisel festhalten, wusste aber nicht, was er darüberhinaus mit ihr anstellen sollte.

Plötzlich hörte man Geräusche an der Tür. Jemand entfernte unter lautem Fluchen den schweren Balken und öffnete von außen die Pforte. Dann betrat er die Werkstatt und erschrak beim Anblick all der Menschen.

„Petreius, na endlich."

Leitner ging auf den Mann zu, schüttelte ihm die Hand und führte ihn in den Raum. Dann setzte er ihn mit wenigen Worten über das Geschehene in Kenntnis. Tolosani bemerkte, wie verschreckt dieser Mann war. Als er den Toten erblickte, wurde sein Gesicht fahl, und er war nicht fähig, auch nur ein Wort zu sprechen. Leitner zeigte ihm die seltsamen Zeichen am Boden, die Zell in den letzten Sekunden seines Lebens mit Blut gezeichnet hatte, aber Petreius schüttelte nur den Kopf. Leitner forderte ihn auf, den Raum genau zu untersuchen und zu prüfen, ob etwas fehle.

Langsam ging Petreius an den Druckmaschinen entlang, zum Fenster, zu den Tischen und Ablagen, dann zum Stehpult.

„Das Original ist verschwunden", sagt er schließlich.

„Das Original? Was meint Ihr?"

„Das Manuskript des Kopernikus. Es hat hier auf dem Pult gelegen. Ich kann es nirgends entdecken. Die Drucke sind noch alle an ihrem Platz, dort, wo Zell und ich sie am späten Abend gestapelt haben. Seltsam."

„Was meint Ihr?", drängte Leitner.

„Der Dieb hätte auch einen der Drucke mitnehmen oder sogar alle auf einmal stehlen können. Warum nur das Manuskript?"

„Ist das alles, was Euch auffällt?"

„Ich bin mir nicht sicher", fuhr Petreius fort. „Wir hatten einen Auftrag von Julia Fugger. Sie brachte uns wertvolle Bücher. Ich kann sie nicht finden. Aber vielleicht hat sie die ja am Morgen abgeholt."

„Am Morgen?" Leitner schaute ihn ungläubig an. „Ist es üblich, dass Bücher noch vor dem Morgengrauen abgeholt werden?"

Petreius schüttelte den Kopf.

„Gewöhnlich nicht. Aber Julia Fugger ist oft sehr früh wach, wenn Ware über Land kommt oder Schiffe für den Transport beladen werden müssen. Sie ist sehr um die Geschäfte ihres Vaters besorgt."

„Und die Bücher?"

„Gehören ihrem Vater. Drei Bände. Über Astronomie und Alchemie."

„Glaubt Ihr, dass jemand Interesse daran haben könnte?"

„Schon möglich. Es handelt sich um seltene Exemplare in geringer Auflage. Liebhaber zahlen einiges dafür."

Leitner hatte aufmerksam zugehört. „Was wären das für Leute, die Interesse an den Büchern hätten?"

„Menschen, die sich für Astronomie interessieren. Oder aber für magische Rituale. Julia Fugger brachte mir den vierten Band der *Occulta Philosophia.* Das ist ein Buch über Ritualmagie. Es geht darin um die Anrufung des Herrn der Finsternis."

Leitner wandte sich an Tolosani.

„Ich glaube, spätestens jetzt ist Euer Wissen gefragt. Kennt Ihr das Buch?"

Der Alte nickte.

„Es ist mir bekannt. Ein übles Werk. Vor einigen Jahren habe ich es gelesen. Die Inquisition war damals auf der Suche nach einer Schrift, mit der man Luzifer persönlich anrufen konnte. Es ist ihr gelungen, dieses gefährliche Pergament sicherzustellen und zu vernichten. Das Buch des Agrippa ist dagegen von eher harmloser Natur."

„Wie meint Ihr das?"

„Die dort beschriebenen Anrufungsrituale bewirken nichts."

Leitner nickte und schwieg einen Moment. Petreius blickte noch immer entsetzt zu Boden. Hermine schaute ängstlich in die Runde, so als verstünde sie kein Wort von dem, was gesagt wurde.

„Monsignore Tolosani", unterbrach Leitner die Stille, „hatte Alanus von Buchholz damals etwas mit den Ermittlungen der Inquisition zu tun?"

Der Alte nickte.

„Es ist ihm gelungen, das gefährliche Pergament aufzufinden."

„Und ein solcher Mann ist jetzt in Nürnberg", stellte Leitner fest. „Kann es sein, dass wir es hier erneut mit einem Fall von schwarzer Magie zu tun haben?"

„Sicher nicht", sagte Tolosani. „Hier geht es wohl eher um Astronomie. Aber der Inhaber dieser Druckerei wird uns bestimmt etwas sagen können. Johannes Petreius, was wisst Ihr über das Buch des Kopernikus?"

Der Buchdrucker blickte auf, noch immer blass im Gesicht. „Ein Buch über den Lauf der Gestirne. Es ist …" Er sah auf die Blutlache, die sich am Boden gebildet hatte. „Osiander. Ihr könnt Osiander fragen. Er kennt es ganz genau."

Dann verstummte Petreius.

Leitner sah ein, dass er mit ihm im Augenblick nicht weiterkam, trug ihm auf, die Werkstatt nicht zu verlassen, und befahl zweien seiner Männer, St. Sebald aufzusuchen und Andreas Osiander unverzüglich herzubringen. Dann wandte er sich an die Magd und trug ihr auf, drei weitere Männer zu den Häusern der Fugger am Weinmarkt und unmittelbar an der Pegnitz zu führen. Ihre Herrin solle sich umgehend stellen. Den Männern gab er den Befehl, Julia Fugger notfalls mit Gewalt festzunehmen und auch jenen Mönch, der mit ihr geflohen war.

„Alanus von Buchholz hat mit der Sache nichts zu tun", wiederholte Tolosani ein weiteres Mal. „Eure Vorwürfe sind absurd."

Die letzten Worte sprach er mit hörbarer Entrüstung. Das blieb nicht ohne Wirkung auf Leitner.

„Ihr mögt Recht haben, Monsignore Tolosani. Aber hat sich dieser Mönch mit seiner Flucht nicht selbst verdächtig gemacht? Es wäre gut, wenn Ihr die Männer begleitet und ihn zur Vernunft bringen könntet."

Er sah den Alten nachdenklich an.

„Und noch ist nicht gewiss, ob all das nicht doch etwas mit schwarzer Magie zu tun hat. Wer weiß, ob Alanus von Buchholz wirklich so gottesfromm ist, wie er sich gibt."

Julia Fugger kam mit einem großen Krug voll Wasser und zwei Bechern zurück. Sie schenkte Alanus ein.

„Nehmen wir an, dass es nicht um schwarze Magie geht", sagte sie. „Was könnte dann hinter all dem verborgen sein?"

Alanus nahm einen kräftigen Schluck.

„Zell hat den Namen Kopernikus erwähnt. Und es wurden drei seltsame Zeichen entdeckt. Vor einigen Jahren habe ich mich sehr intensiv mit schwarzer Magie beschäftigt. Auch hier gibt es besondere Zeichen, die meist im Zusammenhang mit Ritualen verwendet werden. Aber nie entdeckte ich dabei so etwas, wie Zell uns hinterlassen hat."

„Angenommen, es sind keine magischen Symbole …"

Alanus schüttelte den Kopf.

„Ich weiß nicht, was es dann sein könnte. Zell beschäftigte sich offenbar mit Astronomie. Auch dort gibt es eine Fülle von Zeichen. Einige sind mir bekannt. Aber das, was er auf den Holzboden geschrieben hat, kann ich mir nicht erklären."

Julia setzte sich wieder an den Tisch und begann, mit ihren Haaren zu spielen.

„Und wenn es tatsächlich ein Angriff auf das Handelshaus der Fugger gewesen wäre? Eine gezielte Intrige."

„Möglich ist alles. Aber die Symbole und der Name, den Zell nannte, deuten auf etwas anderes hin. Ich halte es für wahrscheinlich, dass all die Geschehnisse mit dem Werk des Kopernikus zu tun haben."

„Warum mit diesem Buch?"

Alanus nahm erneut einen kräftigen Schluck Wasser, stand auf und ging zur Sphaera.

„Habt Ihr dieses Instrument irgendwann einmal näher betrachtet?"

Julia schüttelte den Kopf.

„All diese drehbaren Metallringe hier stellen die Bahnen der Himmelkörper dar. Ganz außen findet Ihr die Bahn der Fixsterne, dann weiter innen die des Saturn, dann die des Jupiter. Es folgen die anderen Planeten. Im Mittelpunkt seht Ihr eine kleine Kugel. Was, meint Ihr, stellt sie dar?"

„Die Erde", antwortete Julia. „Sie ist der Mittelpunkt der Welt. So lehrt es die Heilige Kirche."

„Richtig. Seit Jahrhunderten vertritt sie dieses Weltbild. Und nun nehmt einmal an, da käme einer, der behauptete, das dort im Mittelpunkt sei nicht die Erde, sondern die Sonne."

„Das wäre originell. Aber niemand würde ihm glauben."

„Aber nehmt ferner an, er hätte viele Jahre die Bewegungen der Gestirne am Himmel beobachtet. Und könne beweisen, dass sich diese Bewegungen besser berechnen und vorhersagen ließen, wenn man davon ausgeht, dass nicht die Erde, sondern die Sonne im Mittelpunkt der Welt stünde."

Julia verfolgte fasziniert den Lauf der Metallringe, die Alanus mit einem leichten Stoß in Bewegung gesetzt hatte.

„Dann wäre dieses Modell teilweise falsch."

Alanus nickte.

„Nicht nur dieses astronomische Instrument wäre falsch. Das, was die Heilige Kirche über viele Jahrhunderte gelehrt hat, wäre falsch."

„Seltsam", sagte Julia, „vor einigen Jahren war ein Mann hier in Nürnberg, der behauptete das Gleiche. Sein Name war Rheticus. Er kam hierher, um etwas über die astronomischen Arbeiten des Regiomontanus zu erfahren, und sprach mit Petreius und Schöner."

„Was wisst Ihr über ihn?"

„Joachim Rheticus? Ein faszinierender Mann. Er war auch bei uns zu Gast und unterhielt sich lange mit meinem Vater. Wir hatten ihn bei Petreius kennengelernt. Manchmal habe ich mich auch mit ihm getroffen. Er wusste viel zu erzählen, war weit in der Welt herumgekommen. Aber wie es so ist. Er blieb nicht lange."

Sie blickte in die Kerze, die vor ihr stand, und begann mit dem Wachs zu spielen.

„Hat Rheticus einmal den Namen Kopernikus erwähnt?"

„Ich weiß nicht", antwortete Julia abwesend. „Er hat früh seine Eltern verloren, aber mit Hilfe seiner Klugheit und viel Fleiß besuchte Rheticus erfolgreich die Lateinschule in Zürich. Später studierte er in Wittenberg und wurde dort Professor für Astronomie. Er sagte mir einmal, dass er von dieser Kunst anfangs eigentlich kaum etwas verstanden habe. Rheticus ist ein guter Mathematiker. Er hat mir vieles über die Führung der Handelsbücher beigebracht. Aber zur Astronomie fehlte ihm eigentlich das nötige Wissen, um sie auch lehren zu können. Deshalb zog er durch die Welt und besuchte überall die namhaften Astronomen. Er sagte, er wolle nachweisen, dass nicht die Erde, sondern die Sonne im Mittelpunkt der Welt stehe. Das war ein Gedanke, der ihn nicht losließ. Ich war damals noch sehr jung und fand das, was er erzählte, sehr aufregend. Aber geglaubt habe ich ihm eigentlich nicht."

„Ich lernte ihn vor einem halben Jahr kennen."

Julia schaute auf.

„Ja wirklich? Wo habt Ihr ihn gesehen?"

„In Frauenburg. Er hat mehrere Jahre dort gelebt und gemeinsam mit Kopernikus die Sterne beobachtet. Rheticus war es, der den alten Domherrn überredete, endlich die Ergebnisse seiner Forschung zu veröffentlichen. Und er hat auch den Kontakt zu Petreius vermittelt. Deshalb befindet sich das Buch heute hier in Nürnberg."

„Und Ihr meint, es sei so bedeutend, dass man dafür einen Mord begehen würde?"

Alanus zeigte zur Sphaera.

„Angenommen, Kopernikus kann beweisen, dass dieses Weltbild falsch ist ..."

Er brachte den Satz nicht zu Ende. Jemand klopfte lautstark an die Pforte des Hauses. Von draußen hörte man Geräusche.

„Da stimmt etwas nicht", stelle Julia nüchtern fest. „Wartet hier. Ich bin sofort zurück."

Schnell stand sie auf und eilte in den Nebenraum. Alanus hörte, wie sie einem Bediensteten Anweisungen gab. Dann kehrte sie in das Zimmer zurück.

„Kommt. Das sind Leitners Leute."

Alanus zögerte.

„Ihr müsst Euch jetzt entscheiden", sagte Julia. „Wenn Ihr Euch stellen wollt, dann bleibt hier. Aber wenn Ihr mir vertraut, dann überlegt nicht lange."

Er schaute sie an, als könne er sich so vergewissern, das Richtige zu tun. Vor einer Stunde hatte ihn diese junge Frau in eine fatale Lage gebracht. Nun stand es ihm frei zu gehen, doch da war kein Grund, Julia zu misstrauen. Sie schien aufrichtig zu sein. Und schätzte die Lage richtig ein. Er wusste, nur gemeinsam würden sie ihre Unschuld beweisen können. Sein Gefühl sagte ihm, dass es richtig sein würde, Julia zu folgen.

„Ich komme mit", sagte er.

Julia lächelte erleichtert. „Ich bin froh, Euch gefunden zu haben. Allein hätte ich wohl nicht die Kraft zu all dem, was uns bevorsteht."

Wieder klopfte jemand lautstark an die Pforte.

Julia griff sich eine Kerze vom Tisch und machte Alanus ein Zeichen, keine Zeit zu verlieren. Er nahm ebenfalls ein Licht und folgte ihr in die dunkle Kammer. Julia kniete sich zu Boden und begann, mehrere Dielenbretter anzuheben. Eine Magd half ihr dabei und legte das Holz beiseite. Darunter verbarg sich eine Leiter.

„Keine Angst", sagte sie, drehte sich um und schaute zu ihm auf. „Die finden uns nicht."

Als er ihr die Stufen hinab in den Keller gefolgt war, hörte Alanus, wie jemand hinter ihm die Holzdielen an ihren ursprünglichen Ort legte und festklopfte. Julia hatte ihre Kerze inzwischen gegen eine Fackel getauscht und ging vorsichtig voran.

Alanus löschte sein Licht und lief ihr nach. Zunächst war es problemlos, sich aufrecht zu bewegen, doch als sie das Ende des Kellerraums erreicht hatten, ging es weiter durch einen schmalen und niedrigen gemauerten Gang. Sie kamen schnell voran. Offenbar kannte Julia den Fluchtweg sehr genau. Um mit ihr Schritt zu halten, musste sich Alanus beeilen, und so konnte er es nicht verhindern, einige Male die Wand zu streifen. Plötzlich schoss ihm ein Schmerz durch das Bein. Etwas hatte ihm die Haut aufgerissen. Doch er lief unbeirrt weiter.

Alanus brauchte all seine Aufmerksamkeit. Schritt für Schritt achtete er darauf, nicht auszurutschen oder die Wände zu streifen. Er vermutete, dass sie sich nach Norden bewegten, hin zum Fluss. Aber vielleicht bildete er sich das auch nur ein. Er hatte früher schon einmal erlebt, wie leicht man sich in einem unterirdischen Labyrinth verirren konnte. Und wie damals erfasste ihn allmählich die Furcht, denn der Gang wurde stetig schmaler und niedriger. Was wäre, durchfuhr es ihn, wenn der Schacht einstürzt. Niemand würde sie dann finden.

„Los, beeilt Euch", hörte er Julias Stimme. Ohne weiter nachzudenken, folgte er ihr und spürte Feuchtigkeit unter seinen Füßen. Von irgendwoher lief Wasser in kleinen Rinnsalen die Wände herab. Nun ging es etwas aufwärts, und plötzlich, von einem Augenblick zum anderen, war Alanus von Sonnenlicht geblendet.

„Wie sind im Freien", sagte sie lächelnd.

Es dauerte eine Weile, bis Alanus sehen konnte, dass der geheime Gang sie unmittelbar zum Fluss geführt hatte. Sie befanden sich unter einer Brücke.

Andreas Osiander stand am Lesepult und überlegte, mit welchen Worten er seinen Brief beenden konnte. Plötzlich klopfte es draußen. Unwirsch legte er die Feder beiseite und begab sich zur Pforte. In der Früh war er keine Störungen gewohnt, und als er die Tür öffnete, überraschte es ihn, dass Schöner vor ihm stand.

„Johannes?", begrüßte er den Freund verwundert. „Kommt herein. Woher wisst Ihr, dass ich heute hier zu finden bin?"

Schöner ließ sich nicht lange bitten und ging an Osiander vorbei in das große Arbeitszimmer des Pfarrhauses. Er schaute sich um und bemerkte die Blätter auf dem Pult.

„Ihr arbeitet", stellte er fest. „Entschuldigt. Es war nicht meine Absicht, Euch zu stören. Aber ich hörte, dass Ihr die Bibliothek von St. Sebald neu ordnet, und so führte mich mein Weg hierher. Ich wollte Euch gleich informieren. In der Nacht sind ungewöhnliche Dinge geschehen."

„Setzt Euch doch." Osiander deutete auf zwei Stühle, die in

der Ecke des Raumes um einen kleinen Tisch standen. Beide nahmen Platz.

„Was ist geschehen?", fragte Osiander.

„In der Nacht hat ein Lagerhaus am Fluss gebrannt. Es gehört den Fuggern. Das Gebäude war nicht zu retten. Es brannte nieder bis auf die Steinmauern."

Osiander nahm die Nachricht gelassen.

„Seit wann interessiert uns das? Ihr wisst wie ich, dass so etwas immer wieder vorkommt. Hoffentlich hat das Feuer nicht übergegriffen."

„Nein. Das nicht. Aber wenig später geschah ein Mord. In der Werkstatt des Petreius."

„In der Werkstatt?", entfuhr es Osiander. „Ihr wisst, dass dort die Schrift des Kopernikus gedruckt wird."

„Das ist der Grund, weshalb ich Euch in der Frühe störe. Wir beide haben Rheticus damals gebeten, Kopernikus zur Veröffentlichung zu bewegen. Und Ihr selbst habt sein Manuskript durchgesehen, bevor Petreius es für den Druck gesetzt hat. Wenn wir Pech haben, sind all die Mühen umsonst gewesen."

„Einen Augenblick, Schöner. Ihr spracht von einem Mord. Wer ist das Opfer? Und was ist mit dem Buch geschehen?"

„Man sagt, der Tote sei Siegfried Zell, der Gehilfe des Petreius. Ihr kennt ihn. Er hat oft in der Druckerei ausgeholfen und auch am Bücherstand in den Gewölben des Rathauses. Man hat ihn erstochen aufgefunden. Im Verdacht stehen ein junger Dominikanermönch, der für die Inquisition tätig ist, und Julia Fugger."

„Aber Schöner." Osiander blickte ihn mit ungläubigem Lächeln an. „Glaubt Ihr ernsthaft, Julia Fugger ermordet den Gehilfen eines Schwarzdruckers? Und die Inquisition. Meint Ihr, die beschäftigt sich mit derart unwichtigen Gestalten wie Siegfried Zell?"

„Leitner scheint davon überzeugt zu sein."

Andreas Osiander erhob sich und ging zum Fenster.

„Leitner hat offenbar die Übersicht verloren."

„Aber da ist das abgebrannte Lagerhaus."

„Und? Julia Fugger setzt ein Lagerhaus der eigenen Familie in Brand und tötet einen Druckereigehilfen?"

„Sie hatte Petreius angeblich drei magische Bücher übergeben, um sie restaurieren zu lassen."

„Mag sein", sagte Osiander bestimmt. „Leitner ist zu ehrgeizig, und vor lauter Geltungssucht verrennt er sich. Sagt mir lieber, was mit dem Kopernikus-Buch ist."

„Alle 200 Drucke sind noch da", fuhr Schöner mit seinem Bericht fort. „Aber das Manuskript ist verschwunden."

Osiander schaute auf. „Das Manuskript", wiederholte er leise. „Verschwunden?"

„Ja. Es ist ein unglaublicher Verlust. Ich weiß, wie lange Ihr daran gearbeitet habt. Wieviel Mühe Ihr Euch gegeben habt, all die abwegigen Formulierungen dieses weltfernen Astronomen aus Frauenburg verständlich zu machen."

Osiander nickte.

„Ja. Das ist wahr. Aber Ihr müsst Euch nicht sorgen. Solange die Drucke noch da sind, ist nichts verloren. Petreius kann sie als Vorlage für eine weitere Auflage nutzen."

„Wir sollten trotzdem zur Werkstatt gehen, um uns selbst zu vergewissern, was dort geschehen ist."

„Ja, das sollten wir. Allein um zu verhindern, dass Leitner vielleicht auch noch auf den Gedanken kommt, uns zu verdächtigen."

Osiander blickte zum Lesepult.

„Aber ich kann hier jetzt noch nicht fort", sagte er, in Gedanken versunken. „Bitte geht schon einmal vor und versichert Leitner, dass ich zu ihm komme, sobald es mir möglich ist. Da liegt noch ein Brief, den ich unbedingt fertigstellen muss."

„Was ist geschehen?", fragte Julia, die bemerkt hatte, dass Alanus hinkte.

„Ich muss mir das Bein an einem Stein aufgerissen haben."

Er blickte dorthin, wo der Schmerz zu spüren war. Noch immer lief Blut. Sie beugte sich hinab, nahm eines ihrer Tücher und band es um die Wunde.

„Das wird nicht lange helfen. Aber wir stehen mitten auf der Brücke. Hier können wir nicht bleiben."

Langsam gingen sie weiter. Von den vielen Menschen, die ihnen entgegenkamen, wurde niemand auf sie aufmerksam.

Kurze Zeit später hatten sie den großen Markt erreicht. Alanus erinnerte sich daran, wie er in der Nacht gemeinsam mit Tolosani diesen Ort erlebt hatte: Beängstigend still und menschenleer war es gewesen. Nun sah er Hunderte von Menschen. An Ständen und Buden, auf Kisten und Tischen wurde alles nur Erdenkliche gehandelt. Zunächst waren da die Stände der Gemüsehändler. Neben ihnen hatten Korbflechter ihren Platz gefunden. Alanus wurde aufmerksam, als sie an einem Tisch mit Kräutern vorbeikamen. Auf den ersten Blick erkannte er, dass es hier auch Pflanzen gab, die für Heilzwecke genutzt wurden.

Julia zog ihn weiter, dorthin, wo sich ein großes, prächtiges Gebäude erhob. Es war nicht leicht, voranzukommen, denn so viele Menschen gingen an ihnen vorbei, dass sie immer wieder abgedrängt wurden. Als die beiden endlich den Brunnen erreicht hatten, tranken sie von dem klaren Wasser, das herabsprudelte, und ließen es sich über Hände und Arme laufen. Dann wickelte Alanus das Tuch ab, tauchte es in den Brunnen und wusch sich damit das Blut vom Bein.

„Ihr könnt so nicht weiterlaufen", sagte Julia. „Die Wunde muss behandelt werden. Wenn Ihr Euch bewegt, kommt sie nicht zur Ruhe."

„Was soll ich tun?", fragte Alanus. „Ich kann nicht zurück ins Spital. Dort werden sie mich jetzt suchen."

„Es gibt sicher eine Möglichkeit", antwortete sie und dachte nach.

Alanus sah sich um. Überall Menschen, soweit das Auge reichte. Viele riefen durcheinander. Der Lärm war ihm längst unerträglich geworden. Unmittelbar vor sich erkannte er das prunkvolle Gebäude wieder, auf das sie zugegangen waren. Es konnte ein Bischofspalast sein. Oder das Rathaus.

Alanus kam nicht dazu, dies näher zu ergründen. Julia zog ihn am Arm. Wieder mussten sie sich einen Weg durch die Menge bahnen, diesmal nach Osten, vorbei an Buden mit Tongefäßen, Zinngeschirr und Lederwaren. Julia führte Alanus an der emporstrebenden Fassade jener Kirche entlang, die er schon am frühen Morgen bemerkt hatte. Sie betraten eine schmale Gasse, die fast vollständig im Schatten lag. Nach etwa 50 Schritten erreichten sie einen weiteren Marktplatz, etwas kleiner als der, den sie gerade verlassen hatten. Hier wurde vor allem mit Obst gehandelt, aber nach Norden hin bemerkte Alanus auch Stände mit Geflügel und Fisch. Und auf der gegenüberliegenden Seite waren Buden, an denen man Käse, Gewürze und Hülsenfrüchte kaufen konnte.

Sie überquerten den Platz und folgten einem Weg, der weiter Richtung Osten führte. Solange sie sich noch in der Nähe der Märkte befanden, waren die Gassen gepflastert. Zu beiden Seiten erhoben sich mehrstöckige Häuser, im Erdgeschoss aus Stein erbaut, darüber mit Fachwerk. Meist maßen sie in der Breite nur acht bis zehn Schritt und besaßen zur Gasse hin Fenster, die man mit Holzläden verschließen konnte. Einige waren auch ganz aus Stein errichtet und hatten eine mit Rundbögen kunstvoll gestaltete Fassade.

Vor einem dieser Häuser blieb Julia stehen und klopfte an die Tür. Es dauerte eine Weile, bis eine junge Frau öffnete, die sie noch etwas verschlafen ansah.

„Julia Fugger“, sagte sie erstaunt. Dann entdeckte sie Alanus, und sofort schien sie zu verstehen, dass etwas Ungewöhnliches geschehen sein musste.

Andreas Osiander war an das Lesepult zurückgekehrt. Noch einmal hatte er seinen Brief an Melanchthon gelesen. Alle Veränderungen sind eingearbeitet, hieß es da. Wie besprochen.

Niemand käme mehr auf den Gedanken, dass es sich um etwas anderes handeln könne als eine mathematische Spielerei, eine Denkaufgabe für spitzfindige Gelehrte, reine Spekulation, ohne den Anspruch, Wahrheit auszusprechen.

Zufrieden nahm Osiander die Feder noch einmal auf. Er hatte lange nachgedacht, wie er den Brief schließen sollte. Nun, nach dem Gespräch mit Schöner, fielen ihm die letzten Worte leicht. Er begann zu schreiben: „... doch, werter Freund, in der Nacht sind Dinge geschehen, die unsere Absichten noch weit mehr befördern, als wir es je hoffen konnten ..."

KAPITEL 3

Nürnberg, 25. Mai 1543,
vormittags

DIE MÄNNER WAREN ZURÜCKGEKEHRT und hatten schlechte Nachrichten gebracht. Leitner schlug mit der Faust auf den Tisch und fluchte. Dann befahl er einem von ihnen, das Kontor der Fugger ständig zu bewachen und sofort zu melden, wenn sich etwas Auffälliges tat.

Giovanni Maria Tolosani hatte all dies nicht ohne eine gewisse Genugtuung beobachtet. „Es wird nicht leicht sein, die beiden aufzugreifen", stellte er fest.

Leitner drehte sich um und schaute den Alten entgeistert an. Augenblicke später war es ihm gelungen, seinen Zorn ein wenig zu bändigen.

„Was schlagt Ihr vor?", fragte er gefasst.

„Ihr solltet aufhören, Alanus von Buchholz und Julia Fugger zu jagen. Sie werden sich nach einer Weile von allein stellen. Ihnen bleibt gar nichts anderes übrig."

„Beide sind zur Zeit die einzigen Verdächtigen", konterte Leitner.

Tolosani schüttelte den Kopf. „Ihr selbst habt sie in diese Rolle hineingetrieben."

Leitner blickte ihn wütend an.

„Was erlaubt Ihr Euch? Die Untersuchungen leite ich. Nicht die Heilige Inquisition. Ihr scheint völlig zu vergessen, dass Eure Befugnisse in dieser Stadt äußerst begrenzt sind."

„Es ist mir sehr wohl bewusst, dass ich nur über bescheidene Möglichkeiten verfüge", sagte der Alte ruhig. „Aber Ihr seid es, der mich gerufen hat. Wenn Ihr mich nicht mehr benötigt, kann ich gehen. Doch zuvor sage ich Euch dennoch, dass die Dinge sich bislang äußerst unglücklich entwickelt haben und die Gefahr besteht, dass die wahren Täter in diesem Durcheinander ungestraft davonkommen."

Leitner ging wieder auf und ab. Tolosani konnte ihm die Empörung vom Gesicht ablesen. Doch es gelang ihm, die Fassung zu wahren.

„Gut", begann er. „Es ist nicht alles so gelaufen, wie ich es geplant hatte. Bitte entschuldigt meine Ungeduld. Ich schätze Euren Rat außerordentlich. Er bedeutet mir sehr viel. Und deshalb möchte ich Euch bitten, mir bei der Aufklärung dieser seltsamen Zusammenhänge auch weiterhin zur Seite zu stehen. Ich würde gern von Euch erfahren, was Ihr zu tun vorschlagt."

Tolosani setzte sich auf einen Stuhl und wischte sich über die Stirn.

„Wir müssen uns auf das Naheliegende konzentrieren. Bislang wissen wir nicht, ob es zwischen dem Brand des Gebäudes und dem Mord an Zell einen Zusammenhang gibt. Angenommen, der Mord wäre nicht geschehen. Wen würdet Ihr verdächtigen, das Lagerhaus der Fugger angesteckt zu haben?"

„Konkurrenten", antwortete Leitner. „Händler, denen der Erfolg der Fugger ein Dorn im Auge ist."

„Stimmt. So sehe ich das auch. Und wen hätte man bezüglich des Mordes im Verdacht, wenn man vom Brand des Lagerhauses absehen würde?"

Leitner zuckte mit den Schultern. „Das ist schon schwieriger. Ging es um kostbare, magische Bücher? Oder um das Werk des Kopernikus? Was wollte der Täter wirklich? Vielleicht ist er bei seinem Tun gestört worden, und er konnte nur zum Teil erledigen, was er sich vorgenommen hatte. Dann würde uns vielleicht sogar eine weitere Tat bevorstehen."

„Richtig", sagte Tolosani und bemerkte, dass er Leitners Laune mit diesem Lob erheblich verbessert hatte. „Was die magischen Bücher angeht, hat die Heilige Inquisition keinerlei Anhaltspunkte für schwarze Messen oder ähnliche Praktiken in Nürnberg. Glaubt mir, wenn es in dieser Stadt so etwas gäbe, wüssten wir es. Also bleibt Kopernikus. Diese Spur entspricht auch dem, was Zell andeutete."

„Und? Was sollen wir tun?"

Bevor der Alte auf Leitners Frage eingehen konnte, öffnete sich die Pforte der Werkstatt, und ein Mann trat ein. Er schaute zunächst zu Petreius und bemerkte, dass der Buchdrucker offensichtlich völlig konsterniert war und seinen Blick nicht erwiderte. Dann erst wurde er auch auf die anderen aufmerksam.

„Johannes Schöner", begrüßte ihn Leitner. „Ihr kommt wie gerufen. Seid Ihr über die Vorfälle im Bilde?"

„Ich habe davon gehört", antwortete Schöner. „Und bin gleich zu Osiander geeilt, um ihn ebenfalls in Kenntnis zu setzen. Er ist noch im Sebalder Pfarrhof."

Der Bürgermeister nickte.

„Ich darf Euch Monsignore Tolosani vorstellen. Als Legat der Heiligen Inquisition unterstützt er die Untersuchungen."

Tolosani hatte Schöner aufmerksam beobachtet. Dieser Mann mochte etwa so alt sein wie er selbst, war von gedrungener Gestalt und hatte sein Haar längst verloren. Es schien ihm unangenehm zu sein, sich inmitten vieler Menschen aufzuhalten, denn sein Blick war ausweichend und wirkte schüchtern.

„Johannes Schöner ist Astronom und Mathematiker", fuhr Leitner fort. „Er steht in engem Kontakt zu Rheticus und weiß von daher viel über Kopernikus und seine Werke."

„Das trifft sich gut", stellte Tolosani fest und nickte zustimmend. „Da sollten wir ansetzen."

Helena Morgenbach hatte die Wunde zunächst mit heißem Wasser ausgewaschen. Nun tropfte sie eine goldgelbe Flüssigkeit ein, die höllisch brannte.

„Wie habt ihr die Wunde behandelt?", fragte sie Julia.

„Mit dem Tuch trockengerieben. Und das Blut am Brunnen abgewaschen."

„Am Schönen Brunnen?"

Julia nickte.

„Sehr gut", sagte Helena. „Sein Wasser entspringt einer Quelle außerhalb der Stadt. Es wird durch Holzröhren geleitet und ist ganz klar. Für die anderen Brunnen gilt das leider nicht. Das sind Grundwasserbrunnen, die oft von Fäkalien im Sickerwasser verseucht werden."

Sie sah erneut nach der Wunde.

„Die Tinktur muss einen Augenblick einwirken. Habt etwas Geduld."

Alanus nickte. Wenn diese wenigen Tropfen so wirksam waren, wie sie brannten, würde er bald keine Schmerzen mehr haben. Er beobachtete, wie Helena einen Topf aus dem Regal holte und zum Tisch brachte, wo Teller und ein Mörser schon bereit standen. Sie setzte sich und begann, Blüten zu zermahlen. Dabei fielen ihr die langen blonden Locken ins Gesicht, was sie aber nicht zu stören schien. Alanus schätzte Helena einige Jahre älter als Julia. Zunächst hatte sie auf ihn abwesend und verträumt gewirkt, aber das änderte sich, als sie damit begann, seine Wunde zu behandeln.

Alanus hatte Zeit, sich umzusehen. Licht fiel durch das Fenster in den Raum. Im Kamin lagen noch die Holzscheite vom Abend. Einige Schalen standen auf dem Tisch, aber sie waren leer. In den Regalen sah er Glasbehälter unterschiedlicher Form, in denen sich Flüssigkeiten befanden. Einige meinte Alanus aufgrund ihrer Farbe wiederzuerkennen, bei anderen war er sich nicht sicher, worum es sich handelte.

Etwas entfernt davon standen große und kleine Tongefäße säuberlich geordnet nebeneinander. Vor einigen Jahren hatte Alanus so etwas schon einmal gesehen, bei Johanna, einer jungen Heilerin in Stauffen, die auch alchemistische Pulver und Tinkturen herstellte. In Tongefäßen hatte sie Pflanzen gesammelt, darunter Brennnessel, Kamille oder Minze, aber auch manch Giftiges, das in falschen Händen verheerende Wirkung haben konnte. Er vermutete, dass Helena eine ganz ähnliche Sammlung besaß. Aber da war noch mehr.

Auf einem kleinen Tisch entdeckte er viele bunte Flüssigkeiten, Kristalle, fein gemahlenes Pulver und seltsame Glasbehälter, mal bauchig, mal spitz zulaufend, mal in Form einer Röhre. Für jemanden, der in die Heilkunde und Alchemie nicht eingeweiht war, musste das alles ein verwirrender Anblick sein. Wer immer diese Dinge zusammengetragen hatte, verfügte über große Erfahrung. Alanus blickte erneut zu Helena.

„Habt Ihr das alles selbst gesammelt?", fragte er.

„Nein", antwortete sie, sah ihn an und lächelte. „Das war mein Vater. Johann Morgenbach."

„Morgenbach ist seit vielen Jahren unser Arzt", ergänzte Julia. „Ein fähiger Mann. Er hat mich immer gut beraten. Und ich konnte ihm hin und wieder mit Kräutern und Pulvern aushelfen, die man hier nicht kennt."

„Handeln die Fugger auch mit Medizin?"

Ein Lächeln huschte über Julias Gesicht.

„Wie wenig Ihr von uns wisst. Meine Familie vermittelt zwischen den Handelsgebieten im Norden und denen Oberitaliens. In Venedig hat sie eine Anbindung zum Orienthandel. Unsere Vorfahren waren Weber, wurden schon 1409 ratsfähig und haben Tuchhandel betrieben. Das Gewürzgeschäft entwickelte sich zu einem weiteren Handelszweig. Unser Haus erzielte damit große Gewinne. Unter Jakob Fugger hat sich die Familie in Kupfer- und Silberminen in Spanien und Ungarn eingekauft. Erst als die Einkünfte so hoch waren, dass man sie kaum noch im Handel investieren konnte, begann er mit Geldgeschäften. Der Gewürzhandel macht aber nach wie vor einen großen Teil unseres Warengeschäfts aus. Johann Morgenbach berät uns beim Einkauf seltener Heilkräuter."

„Und wo ist er jetzt?"

„In Erlangen", antwortete Helena und schaute zu ihm auf. „Er gründet dort ein Handelshaus für Heilkräuter. Und nun ratet einmal, wer das leiten wird."

Ihre Augen leuchteten voller Stolz.

„Ich werde das sein. Ich werde vielleicht einmal genauso bedeutend wie Julia."

„Mach dir keine Illusionen", bekam sie als Antwort. „Wenn du ähnliche Schwierigkeiten bekommst wie ich, wirst du dich sehnsüchtig an die ruhigen Zeiten in Nürnberg zurücksehnen, wo du morgens lange ausschlafen und nachts umso länger wach bleiben konntest."

Helena ließ sich nicht beeindrucken.

„Ich habe keine Furcht davor. Kaum jemand besitzt so viel Heilwissen wie ich. In Erlangen werden sie über jemanden wie mich froh sein."

„Leider hat sie recht", sagte Julia, an Alanus gewandt. „Sie kommt zwar morgens kaum aus dem Bett, aber es gibt keine bessere Heilerin weit und breit. Manchmal glaube ich, sie hat ihren Vater darin längst übertroffen. Und das Schlimme ist, sie weiß das."

Helena war mit ihrer Arbeit fertig geworden. Sie hatte das Pulver in einer zähen Flüssigkeit vermischt und auf ein Stück Leinen aufgetragen. Das legte sie Alanus nun auf die Wunde. Dann umwickelte sie das Bein mit einem dehnbaren Tuch.

„Gut wäre, wenn Ihr es etwas schont", sagte sie schließlich.

„Das kann ich Euch nicht versprechen", entgegnete Alanus.

Helena nickte. Sie hatte von Julia erfahren, was am Morgen geschehen war.

„Ich wünsche Euch Gottes Segen. Möge es gelingen, Eure Unschuld zu beweisen."

Sie schaute zu Julia.

„Was habt Ihr nun vor?"

„Wir suchen den Araber auf."

Helena nickte und lächelte vielsagend.

„Den Araber?"

Alanus schaute sie fragend an. Julia bemerkte es, erhob sich und ging zur Tür. „Kommt. Wenn Ihr den Araber erst näher kennengelernt habt, werdet Ihr verstehen. Er wird Euch sicher gefallen."

Johannes Schöner hatte sich unwohl gefühlt, nicht recht gewusst, wie er sich verhalten sollte, inmitten all der Menschen. Nun war er dankbar, dass Leitner ihm eine Frage stellte, zu der er etwas Fachkundiges sagen konnte.

„Dieser Kopernikus", begann er, „kommt aus Frauenburg. Er wurde in Thorn als Sohn eines Kaufmanns geboren. Aber der Vater starb früh, und das Handelshaus musste verkauft werden. Ein Onkel übernahm die Vormundschaft und sorgte frühzeitig dafür, dass Kopernikus einmal eine gesicherte Position einnehmen würde. Nach der Lateinschule schickte er ihn zum Studium nach Krakau.

Dort muss Kopernikus wohl alles Mögliche studiert haben, nur nicht das, was er sollte. Deshalb schickte ihn der Onkel nach Bologna, um Vorlesungen in den Rechtswissenschaften zu hören, also etwas, das man gebrauchen kann, wenn man als Domherr einen Bezirk verwaltet."

„Kommt zur Sache," unterbrach ihn Leitner.

„Ich bin dabei. Also, in Bologna lernte Kopernikus Domenico Maria Novara de Ferrara kennen, einen der besten Astronomen seiner Zeit. Monsignore Tolosani, Ihr werdet ihn vielleicht noch erlebt haben, denn Ihr seid etwa so alt wie ich."

„Stimmt. Novara erregte damals großes Aufsehen mit einer neuen Theorie der Bewegung der Planeten."

„So ist es. Vielleicht hat Kopernikus die Liebe zu den Sternen durch ihn entdeckt. Seit dieser Zeit arbeitete er fast ununterbrochen an seinen astronomischen Forschungen. Kopernikus studierte in den folgenden Jahren in Ferrara die Rechtswissenschaften und Medizin in Padua. Irgendwann übernahm er, wie es sein Onkel vorgesehen hatte, die Tätigkeit des Domherren von Frauenburg. Seither ist er nur wenig in der Gelehrtenwelt hervorgetreten. Oder, sagen wir besser, man hat ihn nicht ernst genommen. Vielleicht wäre sein Lebensweg sonst anders verlaufen."

„Gut, gut", drängte Leitner. „Aber was ist denn nun das Besondere an diesem Kopernikus? Bislang habt Ihr uns den nicht eben aufregenden Lebenslauf eines Mannes erzählt, der seit Jahrzehnten ein ziemlich gewöhnliches Dasein führt."

Schöner überlegte kurz. Dann fuhr er fort.

„Von irgendetwas musste Kopernikus leben. Und da sich ihm sonst keine günstigen Gelegenheiten boten, blieb er in Frauenburg. Manchmal ist das so. Die wenigsten von uns haben Glück in diesen Dingen, werden berühmt oder nehmen hohe Ämter ein. Das hängt nicht nur von uns selbst ab, sondern vom Stand und auch vom Schicksal."

„Ja, ja, das mag alles richtig sein, aber nun lasst einmal die Lebensweisheiten und sagt uns, was es mit dem Buch, das hier gedruckt wurde, auf sich hat. Immerhin wurde ein Mensch deswegen umgebracht."

„Ich versuche es", sagte Schöner und räusperte sich. „Anfang des Jahrhunderts lud Papst Leo X. eine kleine Zahl von Astronomen nach Rom ein. Es ging um die seit langer Zeit überfällige Reform des Kalenders. Ihr wisst sicherlich, dass sich die Zeitrechnung seit seiner Veröffentlichung um mindestens neun Tage verschoben hat. Auch Kopernikus war zugegen. Er trug schon damals eine Theorie vor, die eine präzise Berechnung der Sternenbewegungen und damit eine Verbesserung des Kalenders möglich machen sollte. Allerdings war sein Vorschlag so ungewöhnlich, dass niemand ihn ernst nahm. Er hat seine Gedanken trotz allem in einer kleinen Schrift mit dem Titel *Commentariolus* veröffentlicht. Darin schreibt er, dass die Sonne Mittelpunkt der Planetenkreise sei und dass die scheinbare Bewegung der Fixsterne durch die Eigenrotation der Erde erklärt werden müsse."

„Monsignore Tolosani, versteht Ihr, was er meint?"

„Durchaus. Nicht die Erde ist Mittelpunkt der Welt, sondern

die Sonne. Die Erde ist dann ein Planet wie all die anderen und kreist um die Sonne. Und sie dreht sich um sich selbst, so dass es dem Betrachter nur so scheint, als würden sich die Gestirne um die Erde bewegen. In Wirklichkeit dreht sich die Erde."

„Aber", Leitner sah ihn verwundert an, „wenn die Erde sich eigenständig dreht, müssten wir es doch merken."

„Wie meint Ihr das?"

„Nun, man müsste doch ständig einen gewaltigen Wind erleben."

„Dies ist allerdings ein Problem", mischte sich Schöner ein, „für das es noch immer unterschiedliche Erklärungen gibt. Wir müssen von weiteren Kräften ausgehen, die wir aber noch nicht kennen."

„Was ist das für eine Theorie", sagte Leitner entrüstet, „die von Kräften ausgeht, die es vielleicht gar nicht gibt? Damit kann man nichts beweisen."

„Immerhin", ergänzte Tolosani, „Kopernikus befindet sich da in guter Gesellschaft. Schon Aristarch von Samos hat einige Jahrhunderte vor der Geburt unseres Herrn ähnliches angenommen. In neuerer Zeit waren es Nikolaus von Kues und Regiomontanus, die diese Vermutung teilten."

„Regiomontanus?" Leitner schüttelte den Kopf. „Meint Ihr unseren Regiomontanus, den Astronom, der in der Stadt ein eigenes Observatorium besaß, das später von Bernhard Walther übernommen wurde?"

„Richtig", bestätigte Schöner. „Und dann hat Dürer das Haus gekauft."

„Aber gibt es irgendeinen Beweis dafür, dass diese seltsame Theorie stimmt?" Leitner wandte sich erneut an Schöner.

„Genau das war die Frage, die sich Kopernikus mehr als 30 Jahre lang gestellt hat. In seinem *Commentariolus* wurde bereits eine mathematische Ausarbeitung der Theorie angekündigt. In den letzten Jahrzehnten hat er immer wieder die Bewegung der Gestirne beobachtet und aufgezeichnet. Man sagt, dass seine Sterntafeln inzwischen weit verbreitet sind und von den

Navigatoren auf ihrer Fahrt zum neuen Kontinent benutzt werden. Aber das waren für Kopernikus eigentlich nur nebensächliche Dinge. Ihm ging es immer darum, seine Theorie zu beweisen. Lange hat er gezögert, die Ergebnisse zu veröffentlichen. Bischof Tiedemann Giese und Nikolaus Kardinal von Schönberg haben ihn jahrelang dazu gedrängt. Aber erst Rheticus gelang es, ihn zu überzeugen."

„Warum, meint Ihr, hat er so lange damit gewartet?", wollte Leitner wissen.

Schöner schüttelte den Kopf.

„Ich kann es nur vermuten. Vielleicht hatte er Angst, erneut von der Fachwelt missachtet zu werden. Oder er fürchtete den Zorn der Kirche. Als ihr Repräsentant genoss er zwar ein gewisses Vertrauen, rechnete aber offenbar mit dem langen Arm der Inquisition."

Kaum hatte er zu Ende gesprochen, bemerkte Schöner die Torheit seiner Worte. Unsicher blickte er zu Tolosani. Der sagte nichts dazu und verzog keine Miene.

Leitner beendete die peinliche Stille. „Ich habe noch immer nicht verstanden, warum das alles Grund genug für einen Mord sein soll."

„Die Heilige Kirche hat seit eineinhalb Jahrtausenden das Weltbild des Ptolemäus vertreten, nach dem die Erde der Mittelpunkt der Welt ist", sagte Tolosani. „Daran haben selbst Männer wie Toscanelli nicht gezweifelt. Und jetzt kommt jemand daher, der behauptet, dass die Kirche irrt. Ich glaube, das wird Kopernikus durchaus bewusst gewesen sein. Und deshalb hat er seine Ergebnisse so lange zurückgehalten. Ich vermute, er wollte der Heiligen Kirche, der er immer ein treuer Diener gewesen ist, nicht schaden."

Tolosani hielt inne und wandte sich um.

„Johannes Schöner, was geschah mit dem Manuskript, nachdem Kopernikus es sich doch anders überlegt hatte?"

„Rheticus sandte es nach Nürnberg, hatte aber selbst nicht die Zeit gehabt, es für den Druck vorzubereiten. Zu diesem Zweck gab er es Osiander, den er von früher kannte. Der hat die letzte Durchsicht des Manuskriptes besorgt."

„Ich vermute, Ihr meint jenen Osiander, der die Reformation nach Nürnberg gebracht hat."

Schöner nickte.

„Dem traue ich nicht", stellte Tolosani fest und wandte sich an Leitner. „Wir sollten ihn zu dieser Sache vernehmen."

„Ihr habt Recht. Wir begeben uns zur Kirche. Dort werden wir ihn finden. Petreius, Schöner, bitte folgt mir. Euer Wissen wird uns sicherlich von großer Hilfe sein."

Leitner hatte kaum ausgesprochen, als es an der Tür klopfte. Ein Mönch betrat den Raum. Er entdeckte Tolosani, ging ohne Umschweife auf ihn zu, kniete vor ihm nieder und küsste seinen Ring. Dann erhob er sich.

„Monsignore, ich habe die Aufgabe, Euch mitzuteilen, dass ein Legat des Heiligen Vaters Nürnberg erreicht hat. Man erwartet Euch auf der Burg."

Tolosani sah den Boten ungläubig an.

„Wir haben keine Zeit zu verlieren", fuhr der Mann fort. „Der Legat besteht darauf, dass ich Euch unverzüglich zu ihm bringe ..."

Sie hatten das Haus der Morgenbachs verlassen und liefen kreuz und quer durch die Stadt. Alanus wusste längst nicht mehr, wo sie sich befanden, aber Julia schien den Weg genau zu kennen. Plötzlich war der Blick auf die Burg frei. Zur Linken erhoben sich die mächtigen Steinmauern eines langgestreckten Palas über der Stadt. Rechts davon ragten hohe Türme empor. Jeder von ihnen hatte eine ganz eigene Gestalt, mal mit einem runden, mal mit einem quadratischen Grundriss. Auch ihre Dachformen unterschieden sich, und Alanus konnte nicht erkennen, in welcher Weise sie miteinander verbunden waren. Aus der Ferne war es unmöglich, die Architektur der Burganlage zu verstehen.

Als sie erneut rechts in eine Gasse bogen, fuhr Alanus der Schreck in die Glieder. Julia war von der Sonne geblendet und ging direkt auf Tolosani zu. Als sie ihn bemerkte, machte sie kehrt und wollte davonlaufen, doch Alanus hielt sie auf.

„Lasst das", sagte er, „Es hat keinen Sinn."

Sie blieb stehen, drehte sich um und sah den Alten näherkommen.

„Alanus von Buchholz", zischte der entrüstet, „seid Ihr wahnsinnig geworden?"

Trotz der Verärgerung, die ihm unschwer anzusehen war, umarmte er Alanus.

„Ihr müsst Euch sofort stellen", sagte er eindringlich. „Durch Eure Flucht habt Ihr alles nur schlimmer gemacht. Leitners Vorwürfe gegen Euch sind absurd, aber Ihr selbst habt ihn darin bestärkt. Wie konntet Ihr nur?"

„Ich folgte meinem Gefühl", antwortete Alanus unsicher. „Inzwischen glaube ich, dass es richtig war."

„Was soll daran richtig sein?"

„Leitner hätte mir wohl kaum die Gelegenheit gegeben, meine Unschuld zu beweisen."

Tolosani schüttelte den Kopf und wandte sich an Julia.

„Glaubt Ihr wirklich, Euch hier in Nürnberg noch sehen lassen zu können? Nach dieser Flucht? Ein besseres Schuldeingeständnis konntet Ihr Leitner gar nicht bieten."

„Leitner ist starrköpfig und skrupellos", erwiderte sie. „Ich kenne ihn sehr gut. Es geht ihm nur um sein Fortkommen und seine Stellung in der Nürnberger Gesellschaft. Dafür ist ihm jedes Mittel recht. Und wenn Ihr einmal das Gefängnis der Stadt erlebt habt, wisst Ihr, dass dort niemand die Möglichkeit hat, seine Unschuld zu beweisen."

Tolosani schwieg, betrachtete Julia noch immer und war erstaunt über die Entschlossenheit, mit der sie gesprochen hatte.

„Für eine junge Frau seid Ihr erstaunlich selbstsicher", stellte er fest. „Langsam beginne ich zu begreifen, warum

Wolfgang Fugger Euch nach Nürnberg geschickt hat. Aber Ihr könnt nicht nur auf den Schutz Eurer Familie bauen."

Julia strich sich das Haar zur Seite und suchte erneut Tolosanis Blick.

„Das seht Ihr richtig. Ich werde mich vor meinem Vater rechtfertigen müssen. Eines unserer Lagerhäuser ist abgebrannt, und drei kostbare Bücher wurden gestohlen. Ich muss sehen, wie ich das wieder gutmache."

Der Alte wandte sich an Alanus und griff seinen Arm.

„Wie soll es nun weitergehen? Was wollt Ihr tun?"

„Ich muss den wahren Täter finden. Nur so kann ich meine Unschuld beweisen. Und für Julia Fugger gilt das Gleiche."

„Ob das tatsächlich klug ist ...?" Tolosani sah zu Boden und dachte einen Moment nach. Alanus wurde auf die Menschen in der Gasse aufmerksam. Sie schienen keine Notiz von ihnen zu nehmen. Etwas entfernt stand ein Junge, der herüberschaute, doch als er bemerkte, dass Alanus ihn entdeckt hatte, blickte er schüchtern zur Seite.

„Man darf uns nicht zusammen sehen", fuhr der Alte fort. „Wenn Leitner davon erfährt, verliert er das Vertrauen. Dennoch halte ich es für gut, wenn wir uns in regelmäßigen Abständen treffen und unsere Erkenntnisse austauschen. Mir ist genauso daran gelegen, dass diese Dinge aufgeklärt werden. Und wir dürfen unseren Auftrag nicht aus den Augen verlieren."

Alanus nickte. „Was schlagt Ihr vor?"

„Wir sollten uns am späten Mittag im Heilig-Geist-Spital wiedersehen. Dort sind wir ungestört. Ich lasse Euch nur ziehen, wenn Ihr mir versprecht, dorthin zu kommen."

„Ich werde da sein", versicherte Alanus und bemerkte zugleich die Sorge im Gesicht des Alten.

„Aber ohne die Fuggerstochter. Ihre Anwesenheit im Spital würde sich sofort herumsprechen."

Tolosani hielt einen Augenblick inne und blickte erneut zu Julia. Ihre Schönheit entging auch ihm nicht. Mit der eleganten Art, wie sie sich bewegte, ihren edlen, fast noch kindlichen Gesichtszügen und dem langen lockigen Haar, das ihr bis zur Taille herabfiel, konnte sie wohl jeden Mann in ihren Bann ziehen. Und er hatte selbst erlebt, wozu diese junge Frau fähig war. Nein, es gefiel ihm ganz und gar nicht, dass Alanus sich mit ihr abgab.

„Mein Gefühl sagt mir, dass noch mehr geschehen wird. Seid vorsichtig bei allem, was Ihr tut. Ein Toter ist genug ..."

Sie hatten Osiander nicht im Pfarrhaus angetroffen, und so war Leitner zu dem Entschluss gelangt, ihn in St. Sebald zu suchen. Sie überquerten den Kirchhof und gingen vorbei an Grabsteinen auf das Marienportal zu. Aufgrund der Seuchengefahr wurde hier schon seit 20 Jahren niemand mehr begraben. Stattdessen hatte man begonnen, Erde und Gestein abzutragen, als Füllmaterial für die Basteien an der Burg. Johannes Schöner, der dies schlicht für pietätlos hielt, ließ die mächtige Nordfassade der Kirche auf sich wirken: rechts die beiden Türme, hoch zum Himmel aufragend, ein Bollwerk gegen die bösen Mächte der Finsternis; zur Linken der im Verhältnis zum Langhaus übergroße, erhöhte Chor, den Schöner schon immer mit Unbehagen betrachtet hatte, denn er passte nicht so recht zu den anderen Gebäudeteilen.

Schöner folgte den anderen, und als sie das Portal fast erreicht hatten, wurde er auf den Epitaph der Fugger aufmerksam, ein Relief, das in die Nordwand der Kirche eingelassen war. Jakob Fugger der Ältere hatte es 1473 anfertigen lassen, nachdem sein Sohn Peter am Bartolomäustag an der Pest gestorben war. Eine Abbildung der Madonna konnte man darauf sehen, die ihren Mantel schützend über die Familienmitglieder des Stifters ausgebreitet hatte. Da waren zu ihrer Linken Jakob Fugger und seine sieben Söhne, auch der verstorbene Peter. Und rechts Jakobs Frau Barbara mit den fünf Töchtern. Unter der Schutzmantelmadonna befand sich ein kreisrundes Medaillon mit dem Wappen der Fugger von der Lilie und ein Hinweis darauf, dass Peter Fugger auf diesem Friedhof begraben wurde. Schöner verstand. Da war der Schmerz eines Vaters, der seinen geliebten Sohn verloren hatte. Und da war die Einsicht, dass wir alle bedroht sind von Pest, Hungersnot und frühem Tod. Wir alle, so ging es Schöner nun durch den Kopf, haben Sehnsucht nach Geborgenheit und Sicherheit. Alle Menschen finden Platz unter dem Mantel der Madonna, ob arm oder reich. Das Relief der Fugger war ein Ausdruck des Vertrauens in die behütende Güte Gottes. Schöner erinnerte sich an den 91. Psalm: Er errettet dich vom Strick der Jäger und von der verderblichen Pest. Zuflucht wirst du haben unter seinen Flügeln. Seine Wahrheit ist Schirm und Schild, dass du nicht erschrecken musst vor dem Grauen der Nacht und vor den Pfeilen, die des Tages fliegen.

Sie hatten das Marienportal erreicht. Als Leitner eine der schweren Holzpforten öffnete, blickte Schöner hinauf zum Bogenfeld darüber und bewunderte einmal mehr, wie kunstvoll dort die Grablegung Marias und ihre Krönung im Himmel dargestellt worden war. Sollte man sich so das Jenseits vorstellen?

Als er seinen Blick wieder senkte, stellte er fest, dass die anderen St. Sebald bereits betreten hatten. Er folgte ihnen, gelangte durch das Seitenschiff in die große Halle, wandte sich nach links und war geblendet vom Licht, das ihm von Osten durch die aufstrebenden, wandhohen Fenster entgegenstrahlte.

Leitner, Petreius und die anderen Männer hatten bereits den Chorraum erreicht. Also ging auch Schöner weiter, vorbei an den hoch aufragenden Säulen des Langhauses zum Sebaldusgrab, bemerkte daran die Abbildungen von Delfinen und Schnecken, Symbolen der Auferstehung, und er sah Engelsfiguren, die dem sonst strengen Aufbau des aus Messing gegossenen, hausartigen Baldachingrabes eine gewisse Verspieltheit und Leichtigkeit verliehen.

Osiander betete am Altar unmittelbar unterhalb der Kreuzigungsgruppe und schaute dabei zum Licht, das auf ihn herab schien. Als er die Männer bemerkte, erhob er sich.

„Andreas Osiander“, sprach ihn Leitner mit gedämpfter Stimme an. „Wir haben Euch im Pfarrhaus vermutet.“

„Gewöhnlich findet Ihr mich dort. Doch am Vormittag bin ich oft für kurze Zeit hier und bete. Schöner hat mir von den Geschehnissen der Nacht berichtet. Der arme Zell. Lasst uns das aber nicht hier besprechen.“

Leitner nickte und gab seinen Leuten ein Zeichen.

Wenig später standen sie erneut auf dem Sebalder Kirchhof.

„Im Zusammenhang mit dem Mord an Zell scheint ein Buch von Bedeutung zu sein“, begann Leitner, an Osiander gewandt. „Ihr kennt es gut. Johannes Schöner hat mir einiges über seine Bedeutung gesagt. Demnach ist die Theorie des Kopernikus umstritten und von kirchlicher Seite unerwünscht.“

„Ja, das ist so“, bestätigte Osiander.

„Warum habt Ihr dann dafür gesorgt, dass es gedruckt wird?“

Osiander zögerte, denn die Frage traf ihn überraschend.

„Es ist eine Theorie“, antwortete er langsam. „Das Werk ist voll von Berechnungen. Manchmal erinnert es mehr an ein mathematisches Lehrbuch als an eine Schrift über Astronomie.“

„Ihr wollt doch nicht leugnen, dass es ein neues astronomisches Weltbild enthält?“

„Nein, aber, wie gesagt, das ist eben nur eine Theorie. Schon vor Kopernikus haben Astronomen darüber spekuliert, ob nicht vielleicht die Sonne das Zentrum der Welt sei. Denkt nur an Regiomontanus. Es gibt aber keinen Beweis.“

Leitner schaute ihn ungläubig an.

„Und was war Eure Aufgabe bei der Veröffentlichung des Buches?“

„Ich habe es für den Druck vorbereitet, also auf Fehler überprüft. Aber ich darf Euch versichern, dass ich nur wenige gefunden habe.“

„Fast hört es sich so an, als sei das Buch völlig harmlos.“

„In gewisser Hinsicht ist es das. Wenn Ihr es als mathematisches Werk betrachtet.“

„Und wenn nicht?"

Osiander schaute auf. „Ihr wollt wissen, wer ein Interesse daran haben könnte, es verschwinden zu lassen?"

Leitner nickte.

„All jene", fuhr Osiander fort, „die glauben, Kopernikus werde das alte Weltbild ins Wanken bringen. Für mich gibt es nur eine Macht, die ein Interesse haben könnte, die Veröffentlichung des Buches zu verhindern."

Er blickte über den Kirchhof hinweg zu den beiden Türmen von St. Sebald.

„Ich meine die Heilige Inquisition ..."

Der Mönch erwartete ihn am Burgweg. Tolosanis Gedanken kreisten noch immer um Alanus. Er hatte sich in eine höchst fatale Lage gebracht. Sie waren nach Nürnberg gekommen, um ein Buch zu finden. Stattdessen ging es nun darum, einen Mörder zu überführen. Eigentlich hätte Tolosani all das völlig gleichgültig sein können. Aber durch Alanus und seine unüberlegte Handlung war er nun gezwungen, sich stärker in die Zusammenhänge einzumischen, als er es ursprünglich vorgehabt hatte. Er war davon ausgegangen, dass sie ihren Auftrag ohne großes Aufsehen würden erledigen können. Nun geschah das Gegenteil. Alanus hatte die Dinge derartig durcheinandergebracht, dass es nötig war, sehr umsichtig vorzugehen. Aber das musste kein Nachteil sein. Es war Alanus nämlich auch gelungen, alle, die mit der Sache zu tun hatten, in Unruhe zu versetzen. Diese Verwirrung würde man vielleicht nutzen können. Doch welche Rolle spielte Julia? Während er Alanus in den letzten Monaten sehr zu schätzen gelernt hatte, war ihm die junge Fuggerstochter nach wie vor ein Rätsel. Was, wenn sie tatsächlich gemordet hatte? Wäre es so, hätte sich Alanus mit einer äußerst gefährlichen jungen Frau verbündet. Nicht auszudenken, welche Folgen das haben konnte.

Während Tolosani über all dies nachdachte, war er dem Mönch den Burgweg hinauf gefolgt. Der Mann hatte ihm seinen Namen nicht genannt und auch nicht den seines Auftraggebers. Er mochte einige Jahre älter sein als Alanus, hatte ein vernarbtes Gesicht und schien das linke Bein etwas nachzuziehen. Seine braune Mönchskutte machte Tolosani nachdenklich. Hatte Zell tatsächlich seinen Mörder beschrieben? Umso mehr war der Alte gespannt, endlich den Auftraggeber dieses seltsamen Boten kennenzulernen.

Etwas entfernt auf einer Anhöhe bemerkte er einen hohen Turm und rechts davon ein großes Gebäude, das wie ein Lagerhaus aussah. Doch der Mönch, der ihn führte, wandte sich nach links, und so näherten sie sich einem Tor. Tolosani war noch nie auf der Burg gewesen und schaute sich aufmerksam um. Rechts erblickte er eine Mauer, die Fassade einer Kapelle und dahinter einen mächtigen Turm, der alles andere überragte. Als sie das Tor erreicht hatten, wurden sie von den beiden Wächtern eingelassen.

Weiter ging es eine gepflasterte Schräge hinauf, an Stallungen vorbei, und Augenblicke später befand sich Tolosani auf einem großen Innenhof, der zu allen Seiten von massiven Gebäuden eingefasst war.

„Ist das der Burghof?“, fragte er seinen Begleiter.

Der schüttelte nur den Kopf. Er schien nicht geneigt zu sein, ihm Näheres zu erläutern. Wieder kamen sie an ein Tor und durften passieren. Tolosani verstand, dass sie erst jetzt den inneren Hof erreicht hatten. Vor sich und zur Linken erhoben sich mehrstöckige Wohngebäude. Das musste der Palas sein, ging es ihm durch den Kopf. Noch bevor er sich genauer umsehen konnte, war sein Begleiter durch eine Tür verschwunden. Der Alte folgte ihm, stand plötzlich im Dunkeln, bemerkte, wie ihn jemand bei der Hand nahm und weiterführte, einige Stufen hinauf in einen großen Saal, der hell erleuchtet war, in dem sich jedoch keine Teppiche, kein Wandschmuck, keine Vorhänge, ja nicht einmal Möbel befanden. Zu Tolosanis Verwunderung war dieser riesige Raum völlig leer. Es gab nicht das geringste Anzeichen dafür, dass hier jemals Menschen gewohnt hätten. Der Mönch zog ihn weiter, hin zu einer großen Tür auf der gegenüberliegenden Seite des Saales, öffnete es und machte ein Zeichen einzutreten.

„Hier werde ich Euch verlassen", sagte er.

Der Alte nickte nur, ging einige Stufen hinauf, hörte hinter sich die schwere Holzpforte zufallen und betrat einen Raum, dessen Anblick ihn überraschte.

Eine Kapelle, ging es ihm durch den Kopf, eine kleine Hallenkirche. Durch ein Fenster drang Licht herein. Tolosani sah, dass die Decke von vier schlanken Säulen aus lichtgrauem Kalkstein getragen wurde. Ihre Kapitelle waren durch Rundbögen miteinander verbunden. Im Hintergrund öffnete sich ein kleiner Chorraum, an dessen Rückwand sich die lebensgroße Statue der Maria befand. Tolosani ging einige Schritte weiter und erschrak. Die Fläche zwischen den Säulen war offen. Er beugte sich vor, blickte hinab in die Tiefe und entdeckte einen weiteren Raum mit ähnlichem Grundriss. Ganz offensichtlich hatte man zwei Kapellen übereinander errichtet, voneinander abgetrennt und doch durch die rechteckige Öffnung im Boden verbunden. Er hatte so etwas noch nirgendwo gesehen. Während er darüber nachdachte, welchen liturgischen Sinn diese eigenartige Architektur haben konnte, hörte er Schritte.

„Giovanni Maria Tolosani. Fallt nicht hinunter."

Der Alte wandte sich um und erkannte den Mann, der nach ihm die Kapelle betreten hatte, sofort wieder.

„Farsini. Was macht Ihr hier in Nürnberg?"

Die beiden Mönche gingen aufeinander zu und umarmten sich.

„Ein merkwürdiger Raum", begann Farsini. „Es gibt wohl nichts Vergleichbares. Eine Kapelle für das einfache Volk zu ebener Erde und unmittelbar darüber eine zweite für die Adligen und den Klerus. Verbunden durch eine Öffnung im Deckenboden, die es möglich macht, dass man gemeinsam Andacht hält und sich doch nicht sieht."

„Findet Ihr das nicht unpassend? Unser Herr hat so etwas nicht gewollt. Er ließ alle Menschen zu sich kommen, Reiche und Arme, Gesunde und Kranke, Heilige und Sünder."

„Sicherlich", stimmte Farsini zu. „Aber der Wunsch, etwas Besonderes, etwas Auserwähltes zu sein, hat die Menschen wohl schon immer ungewöhnliche Dinge tun lassen. Und wir beide haben das mehr als einmal erlebt."

„Das ist allerdings wahr", sagte Tolosani. „Ich freue mich, Euch wiederzusehen, Farsini. Eure Einladung auf die Burg war recht spektakulär. Was führt Euch hierher? Und womit kann ich helfen?"

„Verzeiht, dass ich Euch auf diese Weise herbeigeholt habe. Der Mönch Luca Baresi ist mein engster Vertrauter und mir treu ergeben. Ich wollte sicherstellen, dass unser Treffen unbemerkt bleibt. Deshalb habe ich Euch auch nicht in das Haus des Deutschen Ordens gerufen, dessen Gastfreundschaft ich in diesen Tagen genieße."

„Das hört sich sehr geheimnisvoll an."

„Ist es auch", fuhr Farsini fort. „Und soll es auch bleiben. Was ich Euch jetzt sage, klingt vielleicht seltsam. Aber die Bedeutung Eurer Mission wird in Rom hoch eingeschätzt. Der Heilige Vater bat mich, nach Nürnberg zu reisen und Euch in sehr vertrauliche Dinge einzuweihen."

KAPITEL 4

Nürnberg, 25. Mai 1543,
Mittag

DAS HAUS DES IBN-AL-CORDOBES befand sich unmittelbar am Egidienhof. Julia Fugger ging darauf zu. Nachdem sie die Pforte erreicht hatte, schlug sie mit der Faust gegen das schwere Holz und lauschte.

Alanus schaute sich um. Von hier aus sah man auf die Klosterkirche, von der Tolosani erzählt hatte. Seit der Reformation beteten hier keine Mönche mehr. Die Stadt hatte alle Gebäude übernommen und eine Schule eingerichtet.

Unmittelbar neben dem Haus des Arabers befand sich eine Schänke. Männer saßen draußen rund um einen Tisch. Die Magd brachte mehrere Humpen Bier, und als sie Julia erkannte, grüßte sie mit einem Lächeln und schaute neugierig nach dem Mönch, der neben ihr stand. Es würde sich schnell herumsprechen, dass sie beide hier waren. Alanus gab Julia ein Zeichen. Die verstand und nickte. Noch einmal klopfte sie an die Pforte.

Das Haus des Arabers war ganz aus Lehm gebaut und besaß ein solides Fachwerk. Die Außenwände mussten erst vor kurzem neu getüncht worden sein. Rechts unterhalb des einzigen ebenerdigen Fensters befand sich ein kleiner Brunnen, in den aus einer unsichtbaren Quelle Wasser floss. Die große Pforte, vor der sie warteten, war von einem Steinbogen eingefasst. Das obere Stockwerk des Hauses ragte etwas über seine Grundmauern hinaus und wurde von kräftigen Querbalken gestützt. Alanus sah zwei Fenster mit Läden aus gebeiztem Holz. Das Dach war mit gewöhnlichen roten Ziegeln gedeckt, die über die Jahre nachgedunkelt waren. Eine Laterne hing herab, gehalten von einem geschwungenen Metallbogen.

Endlich bewegte sich die Pforte. Ein hochgewachsener Mann mit langem schwarzem Haar und schmalen, markanten Gesichtszügen öffnete und blickte erwartungsvoll nach draußen. Sein dunkelbrauner Mantel, der bis zum Boden reichte, ließ ihn fast wie einen Mönch wirken. Als er die Fuggerstochter erkannte, ging ein Lächeln über sein Gesicht.

„Julia", sagte er, „welch eine Überraschung." Dann sah er Alanus und ahnte wohl, dass dies kein Höflichkeitsbesuch sein konnte. Er winkte beide herein, ohne ein weiteres Wort zu verlieren. Durch den schmalen Flur des Hauses führte er sie in einen Raum, der vom Licht der Mittagssonne hell erleuchtet war.

„Nehmt Platz", sagte der Araber. „Ich hole etwas zu trinken."

Er verschwand für einen Augenblick. Alanus hatte Zeit, sich umzusehen. Da waren zwei Stühle, ein einfacher Tisch und zwei Regale voller Buchbände und Schriftrollen. Auf einem kleinen Pult lag ein Quadrant aus goldfarbenem Metall. Alanus wusste, dass man solche Geräte zur Sternbeobachtung und zur Navigation auf hoher See benutzte. Schließlich entdeckte er in einer Ecke des Raumes etwas ganz Außergewöhnliches: einen Globus. Diese Form der Weltabbildung war sehr selten. Es dauerte Monate, sie anzufertigen, und neben den handwerklichen Fähigkeiten benötigte man genaue geografische Kenntnisse. Durch die Fahrten zum neuen Kontinent hatte sich das Wissen in den letzten Jahrzehnten erheblich vergrößert. Ständig mussten die Karten erweitert und präzisiert werden.

Bevor es Alanus gelang, einen genaueren Blick auf den Globus zu werfen, kam der Araber mit einem großen Krug Wasser zurück. Das Interesse seines Gastes war ihm nicht verborgen geblieben.

„Ihr versteht etwas von Geografie?", fragte er. „Doch ich nehme an, dass Ihr nicht deshalb zu mir gekommen seid."

Er füllte zwei Becher und reichte sie seinen Gästen. Julia nahm einen kräftigen Schluck. Dann setzte sie sich und suchte den Blick des Arabers.

„Ihr habt Recht. Das ist nicht der Grund unseres Besuches. In dieser Nacht sind einige sehr ernste Dinge vorgefallen, und ich glaube, ich benötige die Hilfe eines guten Freundes, wie Ihr es seid."

„Julia Fugger, Ihr wisst, dass Ihr immer auf mich zählen könnt."

Der Araber hatte ihre Besorgnis bemerkt, und als sie von dem erzählte, was geschehen war, hörte er aufmerksam zu und ließ seinen Blick nicht von ihr ab. Alanus betrachtete währenddessen den Globus. Vor vielen Jahren hatte er einmal jenes Modell Martin Behaims gesehen, das 1494 unmittelbar nach der ersten Fahrt des Kolumbus entstanden war. Dieses Exemplar hingegen entsprach ganz offensichtlich dem neuesten Stand der Geografie. Sollte der Araber mit der Vermessung von Kontinenten und mit Sternenkunde zu tun haben? Julia hatte nichts über den Mann erzählt. So aufrichtig und hilfsbereit er wirkte, so ungewöhnlich und seltsam war es doch, was Alanus hier sah.

Julia hatte dem Mann inzwischen die Geschehnisse der Nacht geschildert.

„Ihr habt gute Beziehungen zu den Menschen der Stadt", sagte sie. „Euch kommt vieles zu Ohren. Alanus von Buchholz und ich selbst befinden uns in großen Schwierigkeiten. Vielleicht könnt Ihr uns einen Hinweis geben, der bei der Suche nach dem Mörder weiterhilft."

Der Araber nickte und dachte nach.

„Julia, das ist eine furchtbare Geschichte. Aber in diesem Fall kann ich nichts für Euch tun. Alle meine Verbindungen haben etwas mit dem Handel zu tun. Es geht mir da wie Euch."

„Aber Ihr kennt Menschen, mit denen ich nie zu tun habe." Sie nahm seine Hand und schaute ihn eindringlich an. „Versteht das nicht falsch. Ihr wisst, wie ich das meine."

Der Araber lächelte.

„Julia Fugger, Ihr seid nicht nur eine schöne junge Frau, sondern auch sehr klug. Ihr beherrscht die Kunst, einem alten Mann, der mehr als ein halbes Jahrhundert auf dieser Welt gewandelt ist, noch einmal das Gefühl von Jugend zu geben."

„Ich möchte Euch zu nichts drängen. Glaubt mir. Ihr seid immer ein guter Freund meiner Familie gewesen."

„Ja, diese Freundschaft besteht seit langem", bestätigte der Araber. Dann erhob er sich und begann im Raum auf und ab zu gehen.

„Mir ist von all diesen Dingen nichts zu Ohren gekommen", sagte er schließlich. „Nicht in den letzten Tagen und auch heute nicht. Das dürft Ihr mir glauben. Ich kann nur spekulieren. Gewisse Zusammenhänge bieten sich als wahrscheinlich an. Aber das hat selbstverständlich keine Gewissheit."

„Was meint Ihr?"

„Nun, es könnte sich um ein Komplott der Kirche handeln."

Alanus blickte auf.

„Ein solches Komplott gibt es nicht", entgegnete er. „Die Heilige Kirche hat keinen Grund, gegen fragwürdige Astronomen vorzugehen. Das Weltbild des Claudius Ptolemäus ist seit Jahrhunderten bekannt und unumstritten. Wie ich sehen konnte, beschäftigt Ihr Euch mit Astronomie. Also wird Euch das doch geläufig sein?"

Der Araber schwieg einen Augenblick, bevor er antwortete.

„Alanus von Buchholz, nach allem, was mir Julia soeben erzählt hat, seid Ihr ein mutiger und kluger Mann. Ihr könnt doch nicht übersehen, dass nach nüchterner Abwägung nur wenige Personen oder Gruppen übrig bleiben, die ein Interesse an diesen Zusammenhängen haben könnten."

„Für die Heilige Kirche kann ich behaupten, dass es eine solche Verstrickung nicht gibt."

„Auch Eure Kirche kennt viele unterschiedliche, zum Teil sogar konkurrierende Kräfte. Und Institutionen, die manchmal nichts voneinander wissen. Versteht mich recht, ich werfe Euch kein Unwissen vor. Allerdings habe ich über die vielen Jahre gelernt, dass Eure Kirche nicht immer mit einer Stimme spricht. Und auch was das Weltbild des Ptolemäus betrifft, sehen die Dinge nicht so eindeutig aus. Seit vielen Jahren handele ich mit astronomischen Instrumenten. Hier in Nürnberg gibt es ausgezeichnete Handwerker. Ich liefere ihre Erzeugnisse in alle Welt. Viele Amerikafahrten sind mit Navigationsgeräten ausgerüstet, die hier gefertigt wurden. Der Handel bringt es auch mit sich, dass man die Meinung von Astronomen hört, die aus den verschiedensten Ländern stammen. Und einige von denen zweifeln an der Lehre des Ptolemäus."

Einen Augenblick lang war Alanus von dem beeindruckt, was ihm der Araber gesagt hatte. Dieser Mann kannte sich aus, hatte die Welt gesehen und zeigte keinerlei Anzeichen irgendeiner Ehrfurcht vor Autoritäten. Und dennoch schien seine Einschätzung der Dinge oberflächlich zu sein.

„Ihr mögt weit gereist sein, Ibn-al-Cordobes. Aber das ersetzt nicht ein Studium der astronomischen Schriften."

Der Araber schüttelte den Kopf. Dann griff er hinter sich ins Regal, holte einen großen dickleibigen Band hervor, legte ihn vorsichtig auf den Tisch und schlug ihn auf. Alanus erkannte sofort, um was es sich handelte. Die Überraschung war gelungen.

„Der *Almagest.*"

„Richtig", bestätigte der Araber. „Eine der ersten Übersetzungen des Ptolemäus ins Lateinische. Alle 13 Bücher in einem großen Band vereint. Schaut, die Einführung in das Weltsystem und die mathematischen Hilfssätze, die Theorie der Sonne, die Theorie des Mondes, ein Buch über Sonnenfinsternisse, der Sternenkatalog und schließlich die Theorie der Planeten."

„Bemerkenswert", musste Alanus zugestehen, nachdem er das Inhaltsverzeichnis überflogen hatte. „Sogar die Vorbesprechung ist übersetzt."

„Dieses Werk war der christlichen Welt über viele Jahrhunderte nicht zugänglich. Nur unter arabischen Gelehrten wurde es kopiert und übersetzt. Letztlich waren es auch arabische Gelehrte, die die astronomischen Errungenschaften der Alten Welt aufnahmen und diese Tradition fortsetzten. Zu einer Zeit, als Eure Kirche unbedacht an einem Weltbild festhielt, das niemand im christlichen Abendland mehr zu prüfen in der Lage war. Arabische Gelehrte aber taten genau dies. Sie verfeinerten die Himmelsbeobachtungen, erfanden Navigationsgeräte wie den Quadranten, den Ihr dort im Regal seht. Und sie entdeckten die magische Zahl Null, die komplizierte Rechenoperationen möglich macht."

„Das stimmt so nicht. Der Quadrant war schon den Babyloniern bekannt. Und die Null wurde im fernen Indien entdeckt."

„Wollt Ihr bestreiten, dass es Araber waren, die all dieses Wissen bewahrten?"

„Nein. Aber die Zeiten haben sich geändert. Es sind nun die Christen, die über die Ozeane fahren. 1492 war es ein Genueser, der den neuen Kontinent entdeckte. Unmittelbar nach dem Fall Granadas und dem Sieg der Isabella von Kastilien und des Ferdinand von Aragon über Boabdil, den letzten Herrscher der Mauren. Der Stern des Orients sinkt. Denkt an die Schlacht vor Wien, in der die osmanischen Truppen eine empfindliche Niederlage hinnehmen mussten. Das ist keine 20 Jahre her. Die Glanzzeit der Hohen Pforte ist vorüber."

„Eure heiligen Könige haben damals die Menschen abgeschlachtet", entgegnete der Araber. „Nur durch ein Wunder gelang es meinen Eltern, dem sicheren Tod zu entkommen."

Alanus wollte ihm darauf etwas entgegnen. Doch dann bemerkte er Julias Blick.

„Haltet ein", sagte sie. „Die Ungerechtigkeiten und das Leiden von einst lassen sich nicht ungeschehen machen. Aber wir können etwas gegen jenes Unrecht tun, das uns hier und heute betrifft. Es ist nicht die Zeit für Religionsdispute."

Sie blickte beide Männer an und vergewisserte sich der Wirkung ihrer Worte. Dann fuhr sie fort. „Was ist nun von der Vermutung zu halten, dass der Streit um ein Weltbild der Grund für den Mord an Zell sein könnte?"

„Es gab immer schon Zweifel an Ptolemäus", bestätigte Alanus. „Sein *Almagest* ist fast 1500 Jahre alt. Eine geniale Zusammenfassung aller astronomischen Erkenntnisse seiner Zeit. Mit zwei Einschränkungen. Er verwarf die Theorie, nach der die Sonne das Zentrum der Welt sei ..."

„... sehr richtig", fuhr der Araber fort. „Und es zeigten sich Widersprüche zu dem, was man tatsächlich am Himmel beobachten konnte. Ptolemäus behauptet nicht nur, dass die Erde Zentrum der Welt sei, er beschreibt auch sehr genau die Kreisbahnen der Planeten. Und diese Beschreibungen decken sich nicht mit der Sternbeobachtung. Deshalb ging Ptolemäus davon aus, dass die Planeten auf ihren Bahnen jeweils zudem noch um ein unsichtbares eigenes Zentrum kreisen. Mit dieser Überlegung gelang es ihm, seine Theorie mit den Beobachtungen in Einklang zu bringen. Aber eben nur teilweise und ungenau. In der christlichen Welt hat sich über viele Jahrhunderte niemand die Mühe gemacht, seine Theorie zu prüfen. Man beobachtete die Sterne nicht mehr, denn es war ja alles gut erklärt, und Gottes Ordnung überzeugte die Gläubigen, selbst die Klügsten unter ihnen. Auch für Männer wie Luther und Melanchthon, die vieles in Frage stellen, steht der Himmel nicht zur Diskussion. Sie halten Kopernikus für einen Scharlatan. Arabische Gelehrte dagegen haben den Kosmos nie als unantastbares Heiligtum aufgefasst. Für sie war der Himmel immer ein Geschenk Gottes, das der Mensch studieren darf, um aus ihm zu lernen."

Alanus schüttelte den Kopf.

„Ihr wollt doch nicht leugnen, dass Mohammed das Weltbild des Ptolemäus nie hinterfragt hat. Der Islam lehrt es bis heute. Aus dem gleichen Grund wie die Heilige Kirche. Weil es den Menschen in den Mittelpunkt der Welt und damit in die Aufmerksamkeit Gottes stellt. In allen arabischen Ländern denkt man so. Als Angehöriger des Islam solltet Ihr ein Interesse daran haben, dieses Weltbild zu verteidigen."

„Alanus von Buchholz, schreibt mir nicht vor, was ich zu glauben habe und was nicht", entgegnete der Araber brüsk. „Sicherlich bin ich ein gottesfürchtiger Mensch. Aber die Dinge, die man über Mohammed berichtet, sind doch wohl eher das Ergebnis der blühenden Fantasie arabischer Märchenerzähler. Ich halte nicht viel von einem Religionsgründer, der erst die göttlichen Visionen eines Propheten gehabt haben will, dann aber einen Krieg an den anderen reihte. Wahre Propheten setzten sich für den Frieden und die Liebe unter den Menschen ein. Mohammed brachte den Völkern zwischen Medina und Mekka den Krieg. Und erst recht hat dieser Mann nicht die geringste Vorstellung von Astronomie gehabt."

Der Araber sah Alanus herausfordernd an. Dieser war zu verwirrt und beeindruckt, um etwas erwidern zu können.

„Lasst uns nicht streiten", versuchte Julia zu beruhigen. „Lasst uns darüber nachdenken, welche Motive der Mörder Zells gehabt haben könnte."

Beide Männer nickten.

„Also, was ist nun von der Überlegung zu halten, dass jemand mordet, nur weil er nicht mit einem astronomischen Weltbild einverstanden ist? Ihr müsst doch zugeben, dass es weitaus einfachere und naheliegendere Motive für einen Mord gibt. Je mehr ich Euch zuhöre, desto abwegiger erscheinen mir all diese Überlegungen."

„Wahrscheinlich habt Ihr Recht, Julia", gab der Araber zu. „Aber nun möchte ich Euch doch etwas zeigen, das unsere Überlegungen nicht ganz abwegig erscheinen lässt. Wartet bitte einen Augenblick. Ich muss einmal in den Keller hinabsteigen und bin gleich wieder bei Euch."

Er wandte sich zur Tür und war einen Moment später dahinter verschwunden. Julia und Alanus sahen sich fragend an.

Farsini hatte sich neben eine der Säulen gestellt und schaute hinab in die untere Kapelle. Dann wandte er sich wieder Tolosani zu.

„Was ich Euch jetzt sage, ist von großer Bedeutung. Der Heilige Vater höchstselbst sandte mich nach Nürnberg, damit ich mit Euch spreche."

Tolosani nickte ihm zu, bekreuzigte sich und gab damit zu verstehen, dass er bereit war, die heiligen Worte zu vernehmen.

„Bislang war es Eure Mission, das letzte Werk des Nikolaus Kopernikus zu prüfen, es also möglichst unauffällig in Eure Hände zu bekommen, es zu studieren und den Oberen der Heiligen Inquisition Bericht zu erstatten. Doch die Lage hat sich nun geändert."

Farsini hielt einen Augenblick inne und schaute zur Decke. Dorthin, wo Rundbögen die Säulen der Kapelle miteinander verbanden. Tolosani hatte Mühe, seine Neugier zu verbergen. Es war äußerst ungewöhnlich, dass der Heilige Vater einen seiner engsten Vertrauten schickte.

„Nach eingehender Beratung mit seinen Astronomen ist der Heilige Vater davon überzeugt, dass von diesem Buch eine Gefahr ausgeht. Er möchte verhindern, dass ein Weltbild verbreitet wird, das den christlichen Glauben in seinen Grundfesten infrage zu stellen vermag. Er hat sich deshalb persönlich an die Inquisition gewandt und eine Anordnung erteilt, die ich an Euch weiterzugeben beauftragt bin. Die Veröffentlichung des Buches soll verhindert werden. Ihr selbst, Monsignore Tolosani, habt die Aufgabe, das Manuskript zu konfiszieren und nach Rom zu bringen."

Der Alte hatte Farsini gebannt zugehört und überlegte, wie er auf dieses Ansinnen antworten sollte. Er entschied sich für den direkten Weg. „Das wird nicht möglich sein", sagte er kurz.

Farsini drehte sich abrupt um und sah ihn an.

„Wie meint Ihr das?"

„Mein alter Freund, Ihr wisst, dass ich ein treuer Diener unserer Kirche bin. Und die lange Zeit im Dienste der Inquisition hat mich gelehrt, auch in scheinbar aussichtslosen Situationen noch Wege zu finden. Deshalb dürftet Ihr verstehen, was es bedeutet, wenn ich Euch in diesem Falle sagen muss, dass Ihr ein Ansinnen aussprecht, das nicht erfüllbar ist."

„Es sind die Anordnungen des Heiligen Vaters!", entgegnete Farsini nachdrücklich.

„Wie lange seid Ihr schon in Nürnberg? Fast erscheint es mir, als wäret Ihr über die gegenwärtige Lage gar nicht unterrichtet."

„Wie darf ich das verstehen?"

„Nun. Jenes Buch, von dem die Rede ist, wurde bereits gedruckt. Zweihundert Exemplare lagern in der Werkstatt des Verlegers Petreius in der Oberen Schmiedgasse, nur wenig entfernt von dieser Burg."

Farsini schwieg, war zu verblüfft, um schnelle Worte zu finden.

„Das wusste ich in der Tat nicht", sagte er. „Das macht die Sache allerdings kompliziert. Dieser Petreius, kann man mit ihm reden, ihn überzeugen?"

„Wohl kaum."

„Nun, wir dürfen kein Mittel ungenutzt lassen. Kann man ihm Geld anbieten?"

Tolosani schüttelte den Kopf und musste ein Lachen unterdrücken.

„Wie stellt Ihr Euch das vor? An dieser Veröffentlichung sind viele Menschen beteiligt: als Herausgeber, als Bearbeiter, als Drucker, als Förderer dieser Unternehmung. Dabei handelt es sich zum Teil um Männer, die mit den Lehren Luthers sympathisieren. Zudem ist allgemein bekannt, dass dieses Werk längst gedruckt wurde. Ihr könnt es nicht einfach unbemerkt aus der Welt schaffen. Und noch schlimmer, es hat in dieser Nacht einen Mord in der Druckerei des Petreius gegeben. Die Aufmerksamkeit der Stadt richtet sich auf dieses Geschehen und damit auch auf die Bücher. Wer hier eingreift, macht sich verdächtig."

Für einen Moment war es ganz still in der Kapelle. Tolosani bemerkte, wie seine Worte im Raum nachhallten, bis sie sich endgültig zwischen den Mauern verloren.

Leitner hatte sich mit seinen Männern wieder auf den Weg gemacht, und für einen Augenblick war die Stille auf den kleinen Friedhof am Fuße St. Sebald zurückgekehrt.

„Was sollen wir nun tun?", fragte Petreius.

Schöner sah, dass er sich sein Barett zurechtrückte. Osiander schien in Gedanken versunken zu sein.

„Ich glaube", sagte er, „uns fehlen die Mittel, irgendetwas zu tun. Wie stellt Ihr Euch das vor, Petreius? Wo sollen wir mit der Suche beginnen? Nicht einmal Leitner hat einen konkreten Verdacht."

„Es kann doch nicht sein, dass der Täter weiterhin unerkannt in Nürnberg herumläuft. Wer sagt uns, dass es bei einem Mord bleibt? Ganz zu schweigen von den Einschränkungen meiner Geschäfte. Zell war eine große Hilfe. Es ist mir ohne ihn nicht möglich, gleichzeitig die Druckerei in der Oberen Schmiedgasse und die Stände in den Rathausgewölben zu betreiben."

„Ihr werdet einen neuen Gehilfen finden, Petreius", erwiderte Osiander. „Das ist alles nur eine Frage der Zeit. Und habt Ihr einmal darüber nachgedacht, ob Zell an seiner Ermordung vielleicht nicht ganz schuldlos war? Was, wenn er ohne Euer Wissen fragwürdige Geschäfte gemacht hat?"

Petreius blickte empört auf.

„Das glaube ich nicht. Es würde bedeuten, dass Zell seinen Mörder gekannt hat. Aber er sprach von einem Mann in einer braunen Mönchskutte."

„Wer weiß? Vielleicht ein Gesandter der Inquisition. Das würde doch einen Sinn ergeben. Wenn ich recht zugehört habe, waren Tolosani und dieser andere Mönch doch sogar noch vor Euch in der Werkstatt."

„Das ist richtig", gab Petreius zu.

„Und man erzählt sich, dass seit zwei Tagen ein Mönch in

der Stadt sei", ergänzte Osiander, „ein grobschlächtiger Mann, der sein linkes Bein etwas nachzieht. Niemand weiß, woher er kommt und in wessen Diensten er steht. Angeblich soll es sich um einen Freund Siegfried Zells handeln. Ich finde das sehr seltsam. Dieser Mann trägt eine braune Mönchskutte."

Petreius war verblüfft und wusste nichts zu sagen.

Schöner hatte das Gespräch der beiden aufmerksam verfolgt und schaute noch immer zu den Gräbern, die sich um sie herum befanden.

„Das ist kein guter Ort, um darüber zu sprechen", sagte er jetzt.

„Im Angesicht der Toten über den Tod zu sprechen ist nicht pietätlos", erwiderte Osiander.

„Doch, das ist es", widersprach Schöner in ungewohnter Direktheit. „Der Tod gebietet uns Schweigen."

„Ich verstehe gut, was Ihr meint. Und dennoch müssen wir mit dem Tod leben, müssen mit einem Mord umgehen. Da hilft kein Schweigen. Johannes Schöner, Ihr meint es gut, aber leider ist die Welt nicht gut. Und die Vorkommnisse der vergangenen Nacht halten von nun an die Stadt in Atem. Vielleicht ist all dies noch nicht zu Ende."

„Sicher nicht", sagte Petreius. „Meiner Werkstatt ist schon jetzt ein großer Schaden entstanden, denn derartige Vorkommnisse sind Gift für den Ruf eines Handwerksbetriebs. Die Menschen sind abergläubisch. Schnell muss der Teufel für Unerklärliches herhalten, und die Leute machen einen großen Bogen um den, der angeblich seine Hände mit im Spiel hatte. Und dann sind da die drei kostbaren Bände der Fuggerstochter. Wer wird mir künftig wertvolle Bücher anvertrauen, wenn er fürchten muss, dass sie ihm in meiner Werkstatt gestohlen werden?"

„Ich verstehe Eure Sorge, alter Freund", sagte Osiander. „Deshalb ist es nötig, dass der Täter so schnell wie möglich gefunden wird. Allerdings haben wir bislang noch zu wenig Anhaltspunkte."

„Können wir darauf vertrauen, dass die Sache in Leitners Händen gut aufgehoben ist?"

„Leitner ist ehrgeizig. Er wird alles tun, um in dieser Bewährungsprobe gut auszusehen. Dennoch könnte es nicht schaden, wenn wir selbst unsere Beziehungen spielen lassen und den Dingen auf den Grund gehen. Vor allem müssen wir das Originalmanuskript zurückbekommen."

Petreius schüttelte den Kopf.

„Das ist eigentlich gar nicht mehr nötig, Osiander. Ihr selbst habt es für den Druck durchgesehen. Und mehr als zweihundert Exemplare lagern in meiner Werkstatt. Die Ideen des Kopernikus sind nicht verloren."

Andreas Osiander schwieg einen Moment, so als wolle er sich seine Arbeit noch einmal vor Augen führen.

„Ja", sagte er schließlich gedankenversunken. „Vielleicht habt Ihr Recht. Eigentlich ist alles so, wie es sein sollte."

„Das glaube ich nicht", entgegnete Schöner, der die ganze Zeit über auf den Grabstein einer jungen Frau geblickt hatte. „Ihr vergesst den Brand im Lagerhaus. Vielleicht war es nicht nur ein Täter, sondern jemand, der Helfer hatte. Es ist sicherlich kein Zufall, dass beides fast gleichzeitig geschehen ist. Nein, ich glaube, es ist alles noch einmal ganz anders, als wir vermuten."

„Ein Mord?", sprach Farsini leise. „Das ergibt allerdings eine ganz neue Lage. Diese Zusammenhänge hat der Heilige Vater nicht erahnen können."

Tolosani bemerkte, dass der kleine Raum der Kapelle inzwischen heller erleuchtet war, als noch vor einigen Augenblicken. Die Sonne stand nun im Süden, und ihre Strahlen drangen unvermittelt durch die beiden kleinen Fenster und legten sich auf den hellgrauen Sandstein der Säulen. Geräusche drangen von draußen in den Raum. Da waren einzelne Wortfetzen, die Laute von Tieren, das Schwirren der Schwalben im Burghof. Alles mischte sich zu einer verworrenen Welt aus Klang, die zwischen den Wänden der Kapelle ein eigenes Leben zu führen schien. Tolosani ertappte sich dabei, dass ihn diese Dinge für einen Moment ganz gefangen genommen hatten, und so blickte er wieder zu Farsini, der noch immer gedankenversunken an einer der Säulen stand.

„Ihr seid schon länger in Nürnberg", sagte er schließlich, „und könnt die Dinge überblicken. Was schlagt Ihr vor?"

Tolosani war überrascht. Der Gesandte des Heiligen Vaters hatte sich bislang sehr selbstbewusst gezeigt. Sein plötzlicher Wandel war ungewöhnlich.

„Die Sache wird noch dadurch erschwert", begann er zu antworten, „dass der Mörder offenbar wie ein Mönch gekleidet war. Er trug eine braune Kutte, so wie der Euch sehr ergebene Luca Baresi, der mich hierher führte."

Farsini blickte auf.

„Was wollt Ihr damit sagen?"

„Für jeden, der den Fall von außen betrachtet, muss es so aussehen, als sei die Inquisition oder eine andere Einrichtung der Heiligen Kirche für den Einbruch und den Mord verantwortlich. Es ist mir außerordentlich schwer gefallen, den Präfekten der Stadt davon zu überzeugen, dass ich selbst nicht in die Dinge involviert bin. Aber Alanus von Buchholz, der mit mir reist und diesen Auftrag ausführt, wird von den städtischen Ordnungskräften gesucht. Er befindet sich in einer sehr heiklen Situation. Wie gesagt, es ist schwer zu glauben, dass es nicht kirchliche Kreise gewesen sein sollten, die an der Durchführung dieser Taten beteiligt waren."

Während er sprach, hatte der Alte den päpstlichen Legaten genau beobachtet und wartete nun auf eine Reaktion.

„Das ist völlig absurd", antwortete Farsini aufgebracht. „Womöglich wirft man uns dann auch noch vor, das Lagerhaus an der Pegnitz angezündet zu haben."

„Von dem niedergebrannten Lagerhaus hatte ich bislang noch gar nichts gesagt", stellte Tolosani nüchtern fest.

Farsini zuckte zusammen. Der Alte bemerkte dies sofort und verstummte. Zugleich spürte er, dass sein Schweigen jetzt mehr zum Ausdruck brachte, als Worte es konnten.

„Giovanni Maria Tolosani", begann Farsini leise. „Es steht Euch nicht zu, irgendwelche Vermutungen in die Welt zu setzen."

„Ich sage nur, was die Leute denken."

„Wir dürfen uns davon nicht beeindrucken lassen. Stattdessen sollten wir überlegen, wie es möglich sein kann, den Wunsch des Heiligen Vaters dennoch zu erfüllen. Ich wäre Euch dankbar, wenn Ihr dafür eine Lösung fändet. Trotz aller Widerstände dürfen wir nicht nachlassen."

„Man kann sich in der Sache nicht unmittelbar an die städtische Obrigkeit wenden. Aber es ist mir gelungen, das Vertrauen eines der jungen Bürgermeister zu gewinnen. In vielen Dingen sucht er meinen Rat. Es ist mir also möglich, bei allen Ermittlungen zugegen zu sein und alles aus erster Hand zu erfahren. Das Manuskript des Kopernikus wurde gestohlen. Niemand weiß von seinem Verbleib."

Tolosani hielt kurz inne, wartete, aber Farsini zeigte keinerlei Regung. Sollte er mehr wissen, so ließ er es sich nicht anmerken.

„Es gibt 200 Drucke des Buches", fuhr er fort. „Sie lagern in der Werkstatt des Petreius. Ich halte es für unmöglich, ihren Verkauf zu verhindern. Es sei denn, sie würden vom Rat konfisziert und verboten. Vielleicht ergibt sich die Gelegenheit, in diesem Sinne auf ihn einzuwirken. Wenn dies aber nicht gelingt, gäbe es nur noch einen Weg."

„Sprecht weiter!", forderte der Legat.

„Man müsste die gedruckten Bände vollständig verschwinden lassen. Aber das wird bei dieser Menge wohl kaum möglich sein."

Farsini nickte.

Julia schaute aus dem Fenster zur Klosterkirche. Dann wandte sie sich wieder Alanus zu und lächelte ihn an.

„Ihr solltet zu unserem Gastgeber etwas höflicher sein."

Alanus nickte nur. Es schien ihr, als würde er sie heimlich beobachten. Julia wusste, dass das Licht der Mittagssonne ihr Haar nun heller erscheinen ließ, als es eigentlich war. Sie strich sich eine Strähne aus dem Gesicht und erwiderte seinen Blick. Das tat sie auf eine Weise, die Alanus verunsichern musste. Julia kannte Momente wie diese, wusste um ihre Wirkung. Schon immer hatte sie damit gespielt.

„Je mehr ich Euch kennenlerne, Alanus von Buchholz", sagte sie, „desto mehr frage ich mich, wie aus Euch ein Mönch werden konnte."

Alanus wollte etwas sagen, kam jedoch nicht mehr dazu, denn die Tür schwang auf, und der Araber trat in den Raum. Er hatte eine große, gebundene Schrift in Händen, die er auf das Lesepult legte.

Julia trat zu ihm und schaute auf den Buchdeckel.

„Das Werk des Kopernikus!"

„Ja, des Kopernikus."

„Woher habt Ihr es?"

„Vor zwei Tagen bat ich Petreius, mir einen der Drucke zu verkaufen."

Alanus war ebenfalls zum Pult gekommen. Ungläubig betrachtete er den Einband.

„Darf ich darin blättern?", fragte er.

„Aber ja. Dafür habe ich es ja geholt. Das, was ich eben über Ptolemäus gesagt habe, ist mir deshalb so gegenwärtig, weil ich inzwischen diese Arbeit von Kopernikus gelesen habe. Er hat sein Weltbild ausgehend von Ptolemäus entwickelt. Das erkennt man schon am Titel des Werkes: *De Revolutionibus Orbium Coelestium. Von der Drehung der Himmelkreise.* Kopernikus übernimmt die ptolemäische Vorstellung der Kugelschalen, auf denen die Gestirne sich um das Zentrum bewegen. Es geht ihm aber in seinem Buch vor allem darum, die offensichtlichen Schwachpunkte der Theorie des Ptolemäus auszuräumen."

„Welche meint Ihr?"

„Nun, etwa den Umstand, dass sich aufgrund der fehlerhaften Kalenderberechnungen das Datum der Wintersonnenwende im Laufe der Jahrhunderte um mehr als zehn Tage verschoben hat. Oder die Beobachtung, dass sich die nach Ptolemäus berechneten Bahnen der Gestirne nicht eindeutig mit dem decken, was man am Himmel beobachten kann. Kopernikus war der Meinung, dass diese Probleme nur zu lösen seien, wenn man die astronomische Theorie berichtigt."

„Und das hat er getan."

„Ja. Und zwar dadurch, dass er ein anderes Modell durchgerechnet hat. Statt die Sonne und alle Gestirne in Kugelschalen um die Erde laufen zu lassen, stellt er nun die Sonne in das Zentrum und verlagert die Erde auf eine der Kugelschalen, sodass sie wie alle anderen Gestirne um die Sonne rotiert. Seine Berechnungen erlauben ihm dann tatsächlich ein einfacheres und präziseres Verständnis der Bahnen und Positionen aller Himmelskörper. Das Modell macht die retrograden, also die rückläufigen Planetenbewegungen verständlich. So entfernen sich die Planeten Venus und Merkur nie weiter als bis zu einem konstanten Winkelabstand von der Sonne. Dies legt die Annahme nahe, dass die Erde sich einmal am Tag um die eigene Achse dreht."

„Ich verstehe kein Wort", unterbrach ihn Julia.

„Ich schon", sagte Alanus. „Aber unser Gastgeber hat vor lauter Begeisterung einige nicht unwesentliche Zwischenschritte ausgelassen."

Der Araber blickte auf und musste lachen.

„Sicher, Alanus. Was die Begeisterung angeht, stimme ich Euch zu. Und was die Theorie angeht, ist sie selbst für Astronomen anspruchsvoll. Aber die grundsätzlichen Dinge lassen sich schnell erklären, wenn Ihr das wollt."

„Ja, ja", sagte Julia. „Ich möchte das endlich wissen. Offenbar steht der Mord an Zell in engem Zusammenhang mit diesem Buch."

„Also gut." Der Araber begann zu blättern. „Das Werk hat mehr als 300 Seiten, auf denen sich zudem über hundert Tabellen und eine nicht endenwollende Menge an Zahlenwerten finden. Auf jeder Seite kann man spüren, wie viel Beobachtungserfahrung und Rechenkunst Kopernikus hier eingebracht hat. Das Buch ist in sechs Kapitel unterteilt, ganz ähnlich dem *Almagest*: das Weltbild, die Sternenlisten, die scheinbare Bewegung der Sonne, die Bewegung des Mondes und schließlich zwei Kapitel über die Sternenbewegungen. Kurz gefasst sieht das Weltbild etwa so aus: Julia, Euer Vater hat in seinem Arbeitszimmer eine Sphaera. Stellt Euch genauso die sieben konzentrischen Kugelschalen vor, auf denen die Gestirne sich bewegen. Im Zentrum die Sonne. Dann Merkur, Venus, Erde, Mars, Jupiter, Saturn, schließlich außen die Gestirne. Kopernikus meint, dass ihr Abstand zur Erde mindestens 20 mal größer ist als bei Ptolemäus angegeben. Wenn er Recht hat, wären die Abstände der Körper im All so riesig, dass ich sie mir überhaupt nicht vorzustellen vermag. Und wir selbst werden demgegenüber geradezu winzig inmitten des gigantischen Kosmos. Fast könnte man meinen, dass selbst Gott darin verschwindet."

„Diese Vorstellung wäre vielleicht schlimmer als die Behauptung, wir befänden uns nicht mehr im Mittelpunkt der Welt", ergänzte Alanus.

„Das könnte sein. Ich habe über diese Folgerung noch nicht nachgedacht. Sie übersteigt meine Vorstellungskraft. Und auch das, was Kopernikus über die Erde schreibt, lässt sich mit unserer alltäglichen Beobachtung schwer vermitteln. Er behauptet, dass die Bewegungen der Gestirne, die wir am Himmel scheinbar wahrnehmen, nicht durch ihre tatsächliche Bewegung verursacht werden, sondern durch die Drehung der Erde, auf der wir uns befinden. Wenn sie sich einmal während eines Tages und einer Nacht um sich selbst dreht, haben wir den Eindruck, als würden sich die Gestirne um uns herum bewegen, obwohl sie doch eigentlich fest am Himmel stehen. Wir werden also getäuscht. Oder besser, wir sind zu eigensinnig, als dass wir es so verstehen wollen."

„Unglaublich", unterbrach ihn Alanus erneut. „Theoretisch wäre das sogar denkbar, aber dann würde sich jedes Ding auf dieser Erde ebenfalls mit unglaublicher Geschwindigkeit mitdrehen. Man könnte diese Geschwindigkeit sogar berechnen. Wenn man von einem Erdumfang von 30000 Seemeilen ausgeht, wie Geografen es heute annehmen, und sich dieser Umfang dann in 24 Stunden einmal dreht, dann würde sich alles auf dieser Erde in einer Stunde mehr als 1000 Meilen fortbewegen. Das wäre hundertmal so schnell, als man ein Pferd reiten kann."

„Richtig", bestätigte der Araber.

„Aber das widerspricht jeder Erfahrung", entgegnete Alanus und schüttelte den Kopf. „Das müssten wir doch merken. Julia, was erlebt Ihr, wenn Ihr mit dem Pferd unterwegs seid?"

„Ich spüre den Wind in meinen Haaren. Ein wunderbares Gefühl. Ich liebe es, an den Feldern vorbeizureiten. Es ist, als wenn mich nichts mehr halten könnte."

„Und nun angenommen, das Pferd würde noch hundertmal schneller laufen?"

Julia lachte. „Dann würde ich mit Sicherheit herunterfallen."

Auch der Araber musste lachen. „Ich sehe, Ihr versteht die Tragweite des Problems."

„Und? Geht Kopernikus in irgendeiner Weise darauf ein?"

„Nein, darüber konnte ich nichts finden. Aber ich bin mit meiner Lektüre noch nicht am Ende. Was ich bislang gelesen habe, ist außergewöhnlich klug, und es geht hier nicht nur um mathematische Berechnungen. Kopernikus verfügt über eine nicht endenwollende Fülle an Erfahrungen. Er muss über Jahrzehnte hinweg fast täglich die Gestirne beobachtet haben. Der Gedanke der Sonne als Mittelpunkt der Welt ist ja nicht neu. Schon in Ägypten und Babylon dachte man darüber nach. Aber noch nie hat jemand für diese Meinung solch treffende Begründungen geliefert. Und so schöne Worte. Hört einmal: Ich lese Euch etwas vor. Sicher wird es Euch gefallen."

Er schlug das Buch an einer Stelle auf, die er mit einem Zeichen versehen hatte.

„In der Mitte von allem thront die Sonne. Könnten wir, in diesem schönsten aller Tempel, den Lichtbringer an irgendeiner Stelle besser platzieren, von der aus er das Ganze auf einmal zu erleuchten vermag? Er wird zu Recht der Verstand, der Beherrscher des Universums genannt. Hermes Trismegistos nennt ihn den sichtbaren Gott, und die Elektra des Sophokles heißt ihn den Allessehenden. So sitzt die Sonne auf ihrem königlichen Thron und regiert ihre Kinder, die Planeten, die sie umkreisen, und die Menschen."

Der Araber schloss das Buch und ließ die Worte einige Augenblicke wirken.

„Ihr wisst nun über dieses Buch, was Ihr wissen müsst", sagte er schließlich. „Das ist alles, was ich Euch sagen kann."

Julia blickte ihn ungläubig an. „Aber all das, was in der Nacht geschehen ist? Wisst Ihr darüber nichts, das uns weiterbringen könnte?"

Der Araber schüttelte den Kopf.

„Nein. Leider. Julia, so gern würde ich Euch helfen, aber ich weiß nichts. Die letzten beiden Tage und Nächte habe ich dieses Buch studiert. Es hat mich so gefesselt, dass ich mein Haus nicht mehr verlassen habe. Ihr müsst Euch an jemand anderen wenden. Ich kenne einen Mann, dem ich vertraue und der überall in der Stadt seine Ohren hat. Es ist mein Freund Benjamin Rashi, gebürtig in Worms und seit vielen Jahren hier in Nürnberg. Wenn jemand das Gras wachsen hört, ist er es."

„Wird er uns denn auch empfangen und unsere Fragen ehrlich beantworten?"

„Wenn Ihr ihm mitteilt, dass Ihr von seinem Freund, dem Araber, kommt, wird er Euch ebenfalls als Freunde empfangen. Grüßt ihn von mir."

„Das tun wir gern."

„Aber zuvor...", der Araber hielt kurz inne und lächelte vielsagend, „...zuvor solltet Ihr Euch von jenem Mann befreien, der Euch bis hierher gefolgt ist und nun in der Schänke wartet."

Tolosani traf auf Leitner, als der gerade das Rathaus betreten wollte. Der Bürgermeister wirkte müde, war aber erfreut, als er sah, dass der Alte sein Versprechen einhielt. Gemeinsam betraten sie das Gebäude und schritten die Treppe hinauf. Bald hatten sie einen großen prunkvollen Saal erreicht. Ein ausladender Tisch in der Mitte war umgeben von reich verzierten Stühlen mit Arm- und Rückenlehnen. An der Wand hing ein großer Teppich, auf dem das Nürnberger Stadtwappen zu sehen war: ein goldener Adler mit dem Haupt eines bekrönten Jünglings, vor lichtblauem Hintergrund. All das beeindruckte den Alten nicht sonderlich. Als er jedoch sah, dass die wandhohen Spitzbogenfenster zur Straße zum großen Teil aus farbigem Glas bestanden, betrachtete er sie genauer. Seitdem der Bau der großen Kathedralen fast vollständig eingestellt worden war, wurde die Kunst, farbige Glasstücke mit Hilfe von Bleileisten zu großen Motivfenstern zu verbinden, immer seltener angewandt. Hier sah man auf den ersten Blick, dass sich der Nürnberger Rat einen fähigen Künstler verpflichtet hatte.

„Gewöhnlich findet Ihr mich und die Mitglieder des Geheimen Rates nicht hier, sondern in der Regimentsstube", begann Leitner, dem nicht entgangen war, wie sehr Tolosani vom Großen Rathaussaal beeindruckt war. „Hier tagt hin und wieder der Große Rat. Bankette und Tanzveranstaltungen finden statt. Und natürlich die Kaiserempfänge."

Der Alte schaute sich weiter um. Die hohen Fenster ließen von Süden viel Sonnenlicht herein. Von Osten fiel es auf das Holztonnengewölbe der Decke. So wirkte der Saal hell und freundlich.

„Ich komme in dem Fall nicht weiter", sagte Leitner unvermittelt. „Es sind zu viele Motive denkbar. Julia Fugger und Alanus von Buchholz haben sich verdächtig gemacht. Aber es ist mir noch nicht klar, welchen Vorteil die Fuggerstochter von dem Mord haben könnte. Und Euer Alanus ist letztlich nur deshalb verdächtig, weil er eine braune Mönchskutte trägt."

„Nun, Ihr könntet vermuten, dass die Inquisition hinter der Sache steckt. Das werdet Ihr doch sicher tun?"

Leitner schaute Tolosani nachdenklich an.

„Wir beide wissen um den langen Arm der Heiligen Inquisition. Aber ein solch spektakulärer Mord? Und gleichzeitig ein Brandanschlag auf ein Haus, das von der Druckerwerkstatt weit entfernt ist?"

„Es wäre doch listig, gerade so vorzugehen, dass niemand an ein Eingreifen der Inquisition glaubt. Und dann kommt noch ein Mann wie ich daher und beeinflusst Eure Ermittlungen."

Leitner musste lachen.

„Und dieser Mann erklärt sich selbst für verdächtig. Nein, Monsignore Tolosani, wir wissen beide, dass die Inquisition einiges bewirken kann, und es käme der Heiligen Kirche sehr gelegen, wenn das Buch des Kopernikus nicht veröffentlicht würde. Aber es ist nun einmal gedruckt worden. Einige Menschen haben es inzwischen sicher gelesen. Nichts und niemand kann es wieder aus der Welt tilgen. Kopernikus wird in Frieden sterben können."

Tolosani war von Leitners Gedankengängen angetan. Vielleicht hatte er den Bürgermeister doch unterschätzt.

„Ja, Ihr habt Recht. Was einmal in der Welt ist, was in den Köpfen der Menschen ist, kann nicht mehr rückgängig gemacht werden."

„Seht Ihr", fuhr Leitner fort. „Und deshalb muss es ein anderes Motiv geben. Und andere Täter. Einen oder mehrere. Aber ich komme nicht weiter. Die Indizien sind ausgereizt. Bis auf eine Ausnahme. Und hier brauche ich Eure Hilfe."

„Sprecht."

„Zell hat drei Zeichen auf den Boden gemalt. Julia Fugger äußerte, es könne sich um astrologische Zeichen handeln. Ihr habt diese Symbole gesehen. Ich möchte Euch bitten, nach ihrer Bedeutung zu forschen."

Der Alte nickte und schaute zu den farbigen Fenstern. Auch hier fand er Symbole: die Zeichen der Handwerkerzünfte, ferner die Abbildung eines goldenen Bechers, des Heiligen Grals, und einer Taube, des Heiligen Geistes, der den Rat der Stadt beschützen sollte.

„Viele Symbole sind mir bekannt", sagte er, „aber jene, die Zell hinterlassen hat, habe ich noch nie gesehen. Alanus von Buchholz kennt sich sehr viel besser in diesen Dingen aus, aber auf ihn können wir jetzt nicht zählen. Immerhin ist es mir möglich, in der Ratsbibliothek danach zu suchen. Das wird etwas Zeit kosten."

„Es wäre mir eine große Hilfe. Bitte forscht in den Büchern nach diesen Symbolen. Sie sind ein Schlüssel zur Lösung des Rätsels. Ich habe darüber hinaus kaum weitere Ansatzpunkte."

Tolosani setzte sich in einen der Stühle und blickte zur Wand und zum Stadtwappen.

„Der Mörder hat Nürnberg nicht verlassen", sagte er. „Da bin ich mir sicher. Ihr müsst weiter nach dem Verbleib der gestohlenen Bücher forschen. Es ist offensichtlich, dass ihr Verschwinden und der Mord an Zell etwas miteinander zu tun haben. Verfolgt jeden Hinweis, jedes Gerücht. Und befragt noch einmal Osiander. Der weiß mehr, als er zugibt."

Leitner nickte. Dann ging er langsam auf und ab, blieb schließlich stehen und schaute zu den farbigen Fenstern.

„Danke für Eure Hilfe, Monsignore", sagte er. „Ich weiß das zu schätzen. Wenn es in Eurer Macht steht, bringt Alanus von Buchholz dazu, sich zu stellen. Mit seiner Flucht macht er alles nur noch schlimmer."

Alanus und Julia hatten den kleinen Platz an der Dillinggasse erreicht und blieben einen Moment am Brunnen stehen. Es schien nicht so, als würde ihnen jemand folgen. Sie hätten es bemerkt, denn zur Mittagszeit waren nur wenige Menschen auf der Straße.

„Der Araber hat sich geirrt", sagte Alanus.

Julia schaute noch immer in die Richtung, aus der sie gekommen waren.

„Er warnt uns nicht grundlos", sagte sie. „Irgendetwas muss er bemerkt haben."

Alanus ließ sich das kühle Wasser des Brunnens über die Hände laufen.

„Ich treffe mich jetzt mit Tolosani", sagte er. „Er wartet auf mich im Spital."

„Ach ja", sagte Julia und ging auf ihn zu. Sie schien zu zögern. Dann sah sie Alanus in die Augen, so, wie sie es schon einmal getan hatte, umarmte ihn, legte für einen Moment ihren Kopf an seine Schulter, löste sich wieder und gab ihm einen Kuss. Und noch ehe er begriff, lächelte sie ihn an.

„Ein seltsamer Mönch seid Ihr. Passt auf Euch auf. Lauft nicht in eine Falle."

Dann ließ sie ihn stehen und ging, nicht ohne sich noch einmal umzudrehen.

„Kommt danach zum Kontor", sagte sie. „Ich warte auf Euch."

Alanus schaute ihr nach, verwirrt, atemlos. Und wusste nicht, was er denken sollte.

Als er das Spital erreicht hatte, konnte er noch immer keinen klaren Gedanken fassen, war noch ganz gefangen von jenem kurzen Augenblick. Was hatte Julia bewegt? Spielte sie nur ein Spiel mit ihm? Er wusste es nicht. Bilder kamen ihm in den Sinn, längst vergessen geglaubte Erinnerungen an eine junge Frau, die er einst geliebt hatte, die er verlassen musste, auf der Flucht, um sie nicht in Gefahr zu bringen. Nun war ihm, als wäre das erst gestern gewesen. Und da war Julia und mit ihr all die fiebrige Unruhe, die er schon einmal erlebt hatte.

Tolosani wartete in dem kleinen Zimmer, das sie am Morgen in der Früh verlassen hatten. Die Mittagssonne strahlte herein. Der Alte saß auf einem wackeligen Hocker und hörte aufmerksam zu, als Alanus von dem Araber und von Julia berichtete. Dann erhob er sich, ging zum Fenster und schaute hinaus.

„Welch ein wunderbarer Tag", sagte er. „Man mag nicht glauben, dass in der Nacht ein Mord geschehen ist. Lasst uns einmal alle Indizien zusammentragen. Vielleicht können wir die Verdächtigen eingrenzen."

„Ich glaube nicht, dass wir allzu weit kommen", erwiderte Alanus. „Wir wissen nicht, ob der Brand des Lagerhauses etwas mit dem Geschehen in der Werkstatt zu tun hat. Wir wissen letztlich nicht genau, warum das Lagerhaus angezündet wurde und wieso Zell sterben musste. Bücher sind verschwunden, aber es ist nicht klar, ob es wirklich nur darum ging, und ebenso wenig, ob der Täter von Julia Fugger und ihrer Magd gestört worden ist. Alles bleibt im Unklaren."

„Richtig, aber es gibt einige Indizien. Wenn wir Hermine glauben können, sprach Zell von einem Mann in brauner Mönchskutte. Und da ist noch etwas, die seltsamen Zeichen. Schaut einmal."

Der Alte holte ein Stück Papier hervor, auf dem er die drei Symbole abgezeichnet hatte.

„Es ist schon seltsam, dass er uns nicht einfach den Namen seines Mörders aufgeschrieben hat. Zell muss irgendeinen Grund dafür gehabt haben. Das erste Zeichen sieht aus wie ein Halbkreis, dessen Innenfläche gefüllt ist."

„Vielleicht ein Halbmond", vermutete Alanus. „Ich meine, dieses Zeichen in astronomischen Büchern gesehen zu haben. Es symbolisiert den aufgehenden Mond."

„Nun, vielleicht hat Zell genau dies gemeint. Wie Petreius berichtete, war er zwar nur ein einfacher Druckereigehilfe, kein Gebildeter, aber er soll sich sehr für Astronomie und Astrologie interessiert haben. Man darf das Wissen derartiger Laien nicht unterschätzen. Zell hatte ständig Zugang zu entsprechenden Büchern und könnte sich dieses Wissen angeeignet haben. Aber ich begreife nicht, was er uns mitteilen wollte. Das zweite Zeichen ist ein Dreieck, das fast gleichseitig aussieht, mit der Spitze nach oben gerichtet. Seine Innenfläche ist ebenfalls ausgefüllt."

„Es könnte ein Richtungshinweis sein. Am Werkstattboden war das Dreieck auf die Treppe ausgerichtet, die zum Obergeschoss führt. Vielleicht ist es aber ebenfalls ein astronomisches Symbol, das ich nur nicht kenne. Gleichseitige Dreiecke haben Winkel von sechzig Grad. Vielleicht wollte er auf diese Zahl hinaus."

„Und nun das letzte Zeichen: ein Kreis und unmittelbar darunter ein Kreuz. Von allen drei Symbolen ist dies das seltsamste."

Alanus nickte.

„Wie sollen wir aus all dem einen Zusammenhang herstellen, wenn wir nicht einmal die einzelnen Zeichen verstehen?"

„Ich werde das erforschen. Die Bibliothek des Spitals ist gut ausgestattet. Und auch die Ratsbibliothek kann ich nutzen. Es braucht nur etwas Zeit. Immerhin weiß ich jetzt, dass selbst Ihr die Dinge nicht ohne Hilfe deuten könnt."

Tolosani schaute noch immer auf das kleine Stück Papier.

„Die Zeichen könnten alle aus dem Bereich der Astronomie stammen", sagte Alanus. „Das bringt uns wieder zum Buch des Kopernikus."

„Je mehr ich darüber nachdenke, desto weniger glaube ich daran, dass es für den Mord von Bedeutung ist. Die Drucke in der Werkstatt sind alle noch da. Wenn jemand beabsichtigte, das Buch verschwinden zu lassen, dann hat er sich sehr dumm angestellt."

„Aber wir beide wissen auch, dass dieses Buch äußerst brisant ist."

„Ich bin mir zunehmend unsicher, was ich davon halten soll", entgegnete Tolosani. „Ihr habt mir von dem Araber berichtet. Was immer man von ihm denken mag, seine Einschätzung dieses Zusammenhangs ist nicht dumm. Die einfachen Menschen verstehen das neue Weltbild ohnehin nicht, und die Gebildeten haben schon immer gewusst, dass der Mensch Gottes Wege oft nicht verstehen kann und mit scheinbar Sinnlosem konfrontiert ist."

Der Alte hatte das Fenster verlassen und wieder auf dem kleinen Hocker Platz genommen.

„Habt Ihr bemerkt, dass ein Teil des Spitals über den Fluss gebaut ist? Man könnte von hier aus direkt ins Wasser springen."

„Monsignore, vergesst nicht, dass wir einen Auftrag haben. Wir sollen dieses Buch prüfen."

„Sehr richtig. Und seit meinem Gespräch auf der Burg hat sich dieser Auftrag noch einmal erweitert."

Alanus kannte Tolosani inzwischen lang genug, um den Unterton dieser Worte herauszuhören.

„Erzählt."

„Es war niemand Geringerer als Maurizio Farsini, der mich dort erwartete, ein enger Vertrauter des Heiligen Vaters. Ich kenne ihn seit langem. Wenn es im Vatikan je nach Intrige roch, war er stets zugegen. Vorhin auf der Burg setzte er mich davon in Kenntnis, dass unser Auftrag von höchster Stelle ausgeweitet worden sei. Wir sollen nicht nur ein Exemplar des Buches nach Rom bringen, sondern den Druck des Werkes möglichst verhindern."

„Das ist nicht mehr möglich", warf Alanus ein.

„Richtig, das habe ich Farsini auch klargemacht. Und ihm gesagt, dass ich mich angesichts dessen, was bereits geschehen ist, einzig und allein an meinen ursprünglichen Auftrag gebunden sehe. Er bat mich, dennoch alles nur Erdenkliche zu unternehmen, um sein Ziel trotz allem zu erreichen."

„Und Ihr vermutet nun, ..."

„... dass Farsini vielleicht schon eingegriffen hat. In seiner Begleitung lernte ich eine ziemlich undurchsichtige Gestalt kennen. Luca Baresi. Offenbar ein Mönch. Ich habe nie zuvor von ihm gehört."

Tolosani sprach nicht weiter. Alanus spürte, dass eine schwere Last auf den Schultern des Alten lag. Für einige Augenblicke schwieg er. Nur der Klang des dahinfließenden Wassers der Pegnitz war von draußen zu hören.

„Aber das sind Vermutungen", sagte der Alte schließlich. „So wie alles, was wir bislang ausgesprochen haben. Vielleicht liegen die Dinge aber auch ganz anders. Immer wieder kommt mir die Fuggerstochter in den Sinn. Sie ist die eigentliche Verbindung zwischen beiden Tatorten. Sie hat den Toten entdeckt und schreckt vor nichts zurück, um Leitner an der Nase herumzuführen. Als Tochter eines einflussreichen Kaufmanns lässt sie sich selbstverständlich nicht von einem der 13 jungen Bürgermeister herumkommandieren. Ich habe große Zweifel, ob man ihr trauen darf. Aber Ihr habt Euch ja entschieden."

Alanus sagte nichts dazu. Sein letztes Erlebnis mit Julia hatte er Tolosani verschwiegen. Dass er sich auf gewagte Dinge einließ, war ihm durchaus bewusst. Doch bislang sah er keinen Grund, an Julia zu zweifeln.

„Aber vielleicht ist es auch gut, dass Ihr unmittelbar in der Nähe der Fuggerstochter seid", fuhr der Alte fort. „So wisst Ihr, was sie tut, und habt eine Hauptverdächtige im Blick. Vielleicht erfahrt Ihr sogar, was es mit ihren alchemistischen Büchern auf sich hat. Wenn ich es mir recht überlege, tun wir beide derzeit das einzig Richtige. Ihr begleitet Julia, und ich verfolge die Spur der rätselhaften Zeichen."

Tolosani lachte, und Alanus spürte, dass die Last, die der Alte trug, ihm ein wenig leichter geworden war.

Julia hatte etwas hinter sich gespürt. Erst wollte sie es sich nicht eingestehen, hielt es für Einbildung. Doch als sie die andere Seite der Brücke erreicht hatte, drehte sie sich abrupt um. Dort, wenige Schritte entfernt, stand ein Junge. Er blieb stehen, schaute sie unsicher an und wagte nicht, davonzulaufen.

„Wer bist du?", fragte Julia.

KAPITEL 5

Nürnberg, 25. Mai 1543,
Nachmittag

DANN WAR DER REGEN da. Innerhalb kurzer Zeit hatte sich der Himmel verdunkelt. Alanus stand auf der Brücke, blickte empor und sah nichts als schwarzgraue Wolken. Es war ihm, als hätte er das alles schon einmal gesehen. In einem Traum. Einer jener Visionen, aus denen man nicht entfliehen kann. Der Himmel stürzt auf die Erde, und es gibt kein Entrinnen mehr.

Die graue Wand kam näher. Und nun spürte Alanus die ersten Tropfen. Sie zwangen ihn zu handeln. Auch wenn ein Rest seines Inneren noch immer glaubte, dass all dies nur ein böser Traum sei.

Auf der Brücke würde er keinen Schutz finden. Er sah hinüber zum Kontor der Fugger auf der anderen Seite des Flusses. Wachen standen vor dem Eingang. Es gab nur eine Möglichkeit: den unterirdischen Gang. Er lief zum Ende der Brücke, fand zur Linken einen steilen Weg, der zum Fluss hinabführte, vergewisserte sich, dass Leitners Männer ihn nicht sehen konnten, und entdeckte den versteckten Eingang nach kurzem Suchen hinter einem Strauch.

Zunächst stand er in völliger Dunkelheit, doch als sich seine Augen daran gewöhnt hatten, bemerkte er weit entfernt einen schwachen Lichtschein. Vorsichtig ging er weiter, immer bedacht, nicht die gemauerten Wände zu streifen oder über etwas zu fallen, das am Boden lag. Am Morgen war er mit Julia auf diesem Weg geflohen. Nun versuchte er sich zu erinnern. Furcht stieg in ihm auf. Vielleicht gab es hier Hindernisse, von denen er nichts wusste. Alanus zwang sich, nicht darüber nachzudenken, und ging weiter. Der Boden war abschüssig. Und er spürte Feuchtigkeit unter seinen Füßen. Dann verlief der Gang aufwärts und führte geradewegs dem Licht entgegen. Alanus erreichte den Kellerraum, der von einer großen Kerze erleuchtet wurde. Dann fand er die Leiter und stellte zu seiner Verwunderung fest, dass die darüberliegenden Dielenbretter entfernt worden waren. Es musste noch jemand diesen geheimen Fluchtweg genutzt haben. Vorsichtig stieg Alanus die Stufen hinauf und stand schließlich in der kleinen Kammer. Wieder fiel ihm auf, wie klug und weitsichtig es von den Fuggern gewesen war, dem Kontor einen zusätzlichen Fluchtweg zu bauen.

Er schaute sich um. Aus dem Zimmer, das er schon kannte, drang Licht. Alanus näherte sich leise. Dann blieb er stehen. Durch die Tür sah er, dass jemand im Raum war. Aber es konnte nicht Julia sein. Die Frau vor ihm war etwas kleiner. Sie trug ein weinrotes Kleid. Das dunkelbraune Haar fiel ihr in glatten Strähnen die Schulter hinab. Sie hatte sich über den Tisch gebeugt und schien etwas zu betrachten, das dort lag. Alanus zögerte kurz, doch als eine Bohle unter seinen Füßen knarrte, wurde die Frau aufmerksam, wandte sich um und schaute ihn an.

Alanus bemerkte ihren schlanken, grazilen Körper, ihre gebräunte Haut, die im Licht silbern aufschimmerte, ihre ebenmäßigen, nicht mehr ganz jungen Gesichtszüge, die schmalen tiefbraunen Augen, und einen Blick, der nicht den geringsten Anflug von Überraschung oder gar Furcht erkennen ließ. Zugleich spürte Alanus einen Hauch von trügerisch zarter Verworfenheit, den er nicht verstand.

„Wer seid Ihr?", fragte die Frau. Sie fuhr sich mit den Fingern durchs Haar, strich es sich aus dem Gesicht, als meinte sie, den Fremden nun besser erkennen zu können. Als Alanus nicht sogleich antwortete, griff sie zu einer kleinen Glocke, die auf dem Tisch stand.

„Dann muss ich wohl Hilfe herbeirufen."

„Nein", sagte Alanus schnell. „Das ist nicht nötig."

Die Frau hielt inne und musterte ihn erneut.

„Was wollt Ihr hier, Mönch?"

„Ich bin ein Freund Julias. Sie hat mir Schutz gewährt."

„Ein Freund? Wo ist Julia?"

„Ich dachte, sie wäre hier. Aber wer seid Ihr?"

„Angelina", erwiderte die Frau. „Angelina Fugger. Julias Schwester."

Sie hatten unter dem Vordach eines Patrizierhauses unmittelbar am großen Markt so lange gewartet, bis der Regen vorbeigezogen war, und nun gingen sie die Bindergasse entlang Richtung St. Egidien. Überall stand noch das Wasser. Der Junge war Julia die ganze Zeit über nicht von der Seite gewichen.

„Und du bist dir sicher, dass du das alles so erlebt hast: die Geräusche. Und den Mann, der aus dem Haus geflohen ist?"

Der Junge nickte.

„Aber ja."

„Mitten in der Nacht?"

„Ja."

Julia blieb stehen, musterte diesen zwölfjährigen Knaben in seiner grauen Kutte noch einmal von oben bis unten.

„Und du bist Johannes Kettler. Ein Novize aus dem Bamberger Benediktinerkloster Michaelsberg, der sich mitten in der Nacht, Stunden vor Sonnenaufgang, auf den Straßen Nürnbergs herumtreibt."

„Für Mönche ist es üblich, nachts zu wachen. Die Gebetsstunde der Vigil ist nach Mitternacht. Und die Laudes lange vor Sonnenaufgang."

„Das weiß ich alles. Aber es ist nicht üblich, einfach wegzulaufen. Und ein Leben als Straßenjunge zu führen. Nur weil du nicht mehr Mönch sein willst. Du musst es deinem Abt sagen. Sie werden dich suchen. Sie werden sich Sorgen machen."

„Aber Ihr seid doch auch einfach weggelaufen."

Julia wusste nicht mehr, was sie sagen sollte. Da stand dieser Junge mit seinen zerzausten schwarzen Haaren und dem übermüdeten Gesicht. Angeblich hatte er gesehen, wer in der Nacht aus der Werkstatt des Petreius gekommen war. Und nun sprach er wie ein Erwachsener und schaute sie aus lebendigen Augen an.

„Also gut, Johannes", sagte sie. „Du kommst jetzt mit. Wir können später über das reden, was du gesehen hast. Ich werde gleich ein wichtiges Gespräch führen. Du wirst nichts sagen. Du weißt nichts. Du lässt dir nichts anmerken. Und überhaupt benimmst du dich so, als wärst du gar nicht da."

Der Junge nickte nur. Zum ersten Mal schien es ihm die Sprache zu verschlagen.

„Gut. Dann komm."

Sie gingen weiter, überquerten einen kleinen Platz und gelangten in die Judengasse. Julia wusste, dass alle Juden vor mehr als 40 Jahren aus der Stadt vertrieben worden waren. Der Rat der Stadt hatte damals ihre Häuser, den anliegenden Grund, die Synagoge und den Friedhof aufgekauft. Für 8000 Gulden. Ein Spottpreis, hatte ihr Vater einmal gesagt. Und er musste es wissen. Umso mehr wunderte es sie, dass hier dennoch ein Jude wohnen sollte. Den Namen Rashi hatte sie früher schon einmal gehört, sich aber nichts dabei gedacht.

Als sie das Haus erreichten, das der Araber ihr beschrieben hatte, wies sie Johannes noch einmal an, kein Wort von sich zu geben. Dann klopfte Julia an die große Holztüre.

Es dauerte eine Weile, bis die Pforte geöffnet wurde. Ein Mann erschien, etwas jünger als der Araber, wohlhabend gekleidet, aber nicht auffällig. Eine eher unscheinbare Gestalt. Nur der Ausdruck seiner Augen ließ vermuten, dass es sich um einen hellwachen Kaufmann handelte, der es gewohnt war, klug zu kalkulieren.

„Benjamin Rashi?"

Der Mann musterte Julia, war ganz offensichtlich gebannt von ihrer Erscheinung, besann sich aber schnell und nickte nur. Dann bemerkte er den Novizen, der sie begleitete.

„Wer seid Ihr? Und was führt Euch zu mir?"

„Mein Name ist Julia Fugger", sagte sie und versuchte sich ihre Unsicherheit nicht anmerken zu lassen. „Der Name Fugger wird Euch sicher bekannt sein."

Rashi nickte.

„Ein Freund schickt mich. Ihr kennt Ibn-al-Cordobes? Er sagte mir, dass ich bei Euch Rat finden könnte."

„Eine Tochter des berühmten Wolfgang Fugger in meinem bescheidenen Haus. Es ist mir eine Ehre. Die Freunde des Arabers sind auch meine Freunde. Tretet ein."

Julia folgte Rashi durch eine schmale Diele in ein gut erleuchtetes Zimmer, in dem sich Regale voller Schriftstücke und ein Tisch mit einem Rechenbrett befanden. Rashi verfolgte Julias Blick.

„Ich nehme an, das ist Euch gut vertraut", sagte er.

„Es arbeitet schon nach dem Zehnersystem." Johannes war ihnen gefolgt und stand nun ebenfalls am Tisch und betrachtete Rashis Rechenbrett. „Es hat bereits die dämonische Zahl, die Null, die eigentlich gar nicht dämonisch ist, aber man kann mit ihr viel besser rechnen, weil nämlich ..."

Der Junge bemerkte Julias Blick und verstummte augenblicklich.

„Der Knabe kennt sich aus." Rashi schien überrascht und erfreut zu sein. „Es gibt nur wenige Menschen, die den Wert der dämonischen Zahl verstehen und zu schätzen wissen. Woher kennst du die Zusammenhänge, Junge?"

„Aus Büchern", sagte Johannes kleinlaut. „Es ist das Interessanteste, was ich in der Klosterbibliothek finden konnte."

Benjamin Rashi lachte laut auf.

„Oh, ja", sprudelte es aus ihm heraus. „Zwischen all der Theologie ist das doch mal etwas Konkretes. Nicht wahr? Du kannst rechnen und die Welt verhält sich tatsächlich so, wie du es vorhersagst. Junge, du hast das Herz auf dem rechten Fleck. Julia Fugger, Eure Familie hat es immer verstanden, die klügsten Köpfe an sich zu binden. Ich bewundere Euch."

Julia war wütend und zugleich überrascht von dem Verlauf des Gesprächs. Nur mühsam gelang es ihr, den Ärger über diesen ungewöhnlich begabten Novizen zu unterdrücken. Und so sandte sie dem Jungen einen Blick zu, der drohender nicht hätte sein können.

„Benjamin Rashi", begann sie, „so spannend die Disputation mathematischer Phänomene auch sein mag, bin ich doch gekommen, um Euren Rat in einer anderen Frage zu erbitten."

„Aber ja. Setzt Euch doch und sagt mir, womit ich Euch dienen kann. Ein Handel mit den Fuggern käme mir sehr entgegen. Ihr kennt die Welt. Und das tue ich auch. Was habt Ihr im Sinn?"

„Rashi, ich muss Euch enttäuschen. Es geht nicht um Geschäfte. Es geht um jene seltsamen Geschehnisse der Nacht, von denen Ihr vielleicht auch schon gehört habt."

„Natürlich habe ich davon gehört. Ihr müsst mir die Geschichte nicht erzählen. Ich bin im Bilde. Sowohl über den Mord als auch über den Brand Eures Lagerhauses. Eine böse Sache."

„Genau das ist es. Ihr seid immer gut informiert. Euch und Euren Helfern entgeht nichts in dieser Stadt."

„Nur so habe ich Sicherheit für mein Leben", ergänzte Rashi. „Ihr wisst, wie es um uns Juden bestellt ist."

„Ich weiß. Und vielleicht könnte das diesmal auch für mich eine Hilfe sein. Ich suche den Mörder. Nur wenn ich ihn finde, bin ich frei von allen Anschuldigungen. Auf Leitner ist kein Verlass."

Rashi nickte und schien nachzudenken. Doch fast war es Julia, als hätte er ihr gar nicht richtig zugehört.

„Ich weiß nicht, wer Zell umgebracht hat. Aber ich bemerke sehr wohl, dass Fremde in die Stadt gekommen sind, die an bestimmten Dingen Interesse haben. Da gibt es einen gewissen Giovanni Maria Tolosani, einen Abgesandten der Inquisition, mit allen Wassern gewaschen. Er ist schon seit Jahrzehnten für das Heilige Officium tätig. Ganz offensichtlich geht es ihm darum, ein Buch verschwinden zu lassen, das hier in Nürnberg bei Petreius gedruckt wird. Es geht um das Weltbild des Kopernikus. Ich hörte, dass sich Tolosani heute morgen auf der Burg mit einem weiteren hochrangigen Legaten getroffen hat. Irgendetwas ist da nicht ganz koscher."

„Ihr meint, er hat Zell auf dem Gewissen?"

„Ich glaube nicht. Tolosani ist ein alter Mann. Zäh, aber wohl nicht zu einem Mord fähig. Aber man sagt, Ihr habt mit seinem Gehilfen gemeinsam die Flucht ergriffen, um dem Zugriff Leitners zu entkommen. Vielleicht war das ein Fehler. Dieser Alanus von Buchholz wäre nämlich durchaus zu solch einem Mord fähig."

Julia bemerkte an Rashi ein eigentümliches Lächeln.

„Alanus von Buchholz ist ein ehrlicher Mann. Ich vertraue ihm."

„Das solltet Ihr nicht tun", erwiderte Rashi. „Alle Indizien sprechen gegen ihn. Alle Zeugenaussagen. Die braune Kutte, die der Mörder laut Zell trug. Die astrologischen Bücher, die für jemanden wie Alanus von Buchholz von höchstem Interesse sind. Der Wunsch der Inquisition, eine unbequeme Weltsicht zu tilgen. Und warum ist er geflohen, wo er doch unter allerhöchstem Schutz steht?"

„Das hätte Leitner nicht daran gehindert, ihn in den Turm zu werfen."

„Dieser Alanus ist weithin der beste Kenner der Magie, der Alchemie und der Astronomie. Ihm sind Theorien und Schriften bekannt, von denen wir beide nicht einmal gehört haben. Es ist geradezu seine Aufgabe, alles, was den Machtanspruch der Heiligen Kirche in irgendeiner Weise gefährden könnte, auszumerzen. Hier geht es nicht um simple Hexenverbrennung. Hier geht es darum, sicherzustellen, was Menschen wissen dürfen und was nicht."

„Das mag sein. Aber ich spüre, dass Alanus mich nicht betrügen würde." Julia bemerkte, wie das Leuchten aus Rashis Augen verschwand.

„Ich glaube nicht, dass Alanus einen Menschen umbringen kann", fuhr sie fort. „Ich habe die Gabe, Menschen schnell und sicher einschätzen zu können. Nur deshalb bin ich eine erfolgreiche Händlerin."

Rashi sah Julia ratlos an.

„Ich kann nur hoffen, dass Ihr Euch nicht täuscht."

„Und Ihr. Habt Ihr keinen anderen Anhaltspunkt für mich?"

„Es ist noch ein Mönch gesehen worden. Er ist seit zwei Tagen in der Stadt. Niemand kennt ihn. Und auch ich weiß nichts über ihn zu sagen."

Plötzlich klopfte es von draußen.

„Entschuldigt mich." Rashi erhob sich und ging zur Pforte.

Augenblicke später kam er in Begleitung des Arabers zurück.

„Julia", begrüßte der die Fuggerstochter. „Seid Ihr also meinem Rat gefolgt. Hat Euch mein Freund weiterhelfen können?"

„Ich konnte ihr nichts Neues mitteilen", erläuterte Rashi. „Und sie hält Alanus von Buchholz für vertrauenswürdig."

Die beiden Männer wechselten einen kurzen Blick.

„Ein bemerkenswerter Mann, dieser Alanus", sagte der Araber. „Ich durfte ihn heute morgen kennenlernen. Klug und streitbar. Ein Mann, der für das einsteht, was er glaubt."

Für einen Moment trat Stille ein.

„Rashi, ich danke Euch", sagte Julia schließlich. „Und auch Euch, Ibn-al-Cordobes. Ich werde mich wieder auf die Suche machen."

„Ich wünsche Euch Gottes Segen", sagte Rashi und brachte sie zur Tür.

Als sie wieder auf der Straße war, hörte Julia durch ein Fenster die Stimme des Arabers.

„Du musst mir bei etwas helfen ...", sagte er zu Rashi. Dann wurden die Laute unverständlich.

Julia verließ die Judengasse und war lange Zeit in Gedanken versunken, bis sie bemerkte, dass Johannes neben ihr ging.

„Habt Ihr das bemerkt?", fragte er.

Julia sah ihn fragend an.

„Rashi hat Euch die ganze Zeit über angesehen."
„Warum sollte er das tun?"
Der Junge lächelte.
„Er bewundert Eure Schönheit."

„Ihr kennt den unterirdischen Fluchtweg", stellte Angelina fest und musterte Alanus abschätzig.

„Julia hat ihn mir heute Morgen gezeigt. Wir haben ihn gemeinsam genutzt, um Leitners Männern zu entkommen."

Angelina schüttelte den Kopf. „Ich verstehe nicht."

Alanus erklärte in kurzen Worten, was geschehen war: der Mord in der Werkstatt des Petreius, der Verdacht, die gemeinsame Flucht.

„Und nun wollt Ihr auf eigene Faust den Täter finden." Angelina lachte. Sie hatte seinem Bericht zugehört, ohne irgendeine Regung zu zeigen. „Das sieht meiner Schwester ähnlich."

Alanus schaute sie verwundert an.

Angelina ging langsam um den Tisch herum und gab ihm ein Zeichen, sich zu setzen.

„Alanus von Buchholz, meint Ihr wirklich, dass meine Schwester völlig grundlos die Flucht angetreten hat? Hermine, dieses dumme Ding, hätte sie entlasten können."

„Das hat sie auch getan."

„Und warum flieht Julia dann? Und Ihr? Warum soll ich Euch trauen? Wie kommt es, dass Ihr der Aufforderung meiner Schwester so willig gefolgt seid?"

„Ich vertraue Julia", entgegnete Alanus kurz. „Und sie vertraut mir."

Einen Moment lang war es ihm, als habe er bei dieser so selbstbewussten Frau eine kurze, ungewollte Regung ausgelöst.

„Warum vertraut Ihr Eurer Schwester nicht?", fuhr er fort.

Angelina stand jetzt vor dem Fenster, fuhr sich erneut durch das Haar, warf den Kopf zur Seite, so dass es ihr hinter die Schulter fiel, setzte sich auf den Fenstersims, beugte sich etwas vor und blickte Alanus herausfordernd in die Augen.

„Wer sagt Euch, dass es so ist. Ich liebe meine Schwester. Sie ist mir der liebste Mensch in dieser finsteren Welt. Und es gibt nichts, was uns trennen könnte. Schon gar nicht ein Mönch, der fragwürdige Dinge im Schilde führt und ihre Schwächen ausnutzt."

Alanus versucht ihrem Blick standzuhalten.

„Das stimmt nicht. Ich komme mit ehrlichen Absichten."

Angelina sah ihn noch immer an. Dann erhob sie sich, ging zum Tisch, setzte sich neben ihn, ergriff seinen Arm, eher vorsichtig als zwingend, und suchte erneut seinen Blick.

„Ich glaube Euch", sagte sie leise. „Aber Ihr müsst wissen, dass ich mich um meine Schwester sorge. Sie ist klug, aber manchmal beschäftigt sie sich auch mit seltsamen Dingen, die sie ganz verwirren. Ich muss für sie da sein. Versteht Ihr? Wenn es ihr schlecht ging, habe ich Julia immer unterstützt. Wir vertrauen uns gegenseitig, so wie es unter Schwestern üblich ist."

Alanus nickte.

„Ich konnte aber nichts an Julia entdecken, was ungewöhnlich wäre", sagte er.

Angelina ließ seinen Arm los, schaute zum Tisch und schien abwesend, als schweiften ihre Gedanken in die Ferne.

„Ihr kennt sie nicht. Aber vielleicht sind Euch ja dennoch eigentümliche Dinge aufgefallen, ohne dass Ihr näher darüber nachgedacht habt. Ist es nicht ungewöhnlich, dass sich die Leiterin eines Handelskontors mit Magie und Alchemie beschäftigt?"

„Nicht unbedingt", entgegnete Alanus. „Wenn sie auch mit Büchern handelt."

Angelina schüttelte den Kopf.

„Die Fugger handeln nicht mit Büchern."

„Und die astronomischen Geräte, die sich hier im Raum befinden?"

„Manche Kaufleute werden hellhörig, wenn sie erfahren, dass wir ein Handelshaus in Nürnberg haben. In dieser Stadt gibt es erstklassige Handwerker. Nirgendwo werden bessere astronomische Geräte hergestellt. Mein Vater hat es sich zur Gewohnheit gemacht, wichtige Kunden damit zu beschenken, wenn er weiß, dass sie sich für Astronomie interessieren. So macht man sich Freunde. Wir haben diese Großzügigkeit nie bereut."

„Und Julia?"

„Sie ist ganz vernarrt in Magie und Astronomie. Schaut einmal dort oben."

Alanus erhob sich und ging zum Regal, auf das Angelina zeigte, nahm sich einige der Bände heraus, betrachtete sie und stellte sie wieder zurück.

„Agrippa von Nettesheims *Occulta Philosophia*. Der *Abramelin* des Abraham von Worms. Einige kleinere Schriften. Das ist eine beachtliche Sammlung."

„Glaubt Ihr mir jetzt?"

„Immerhin", stellte Alanus fest. „So etwas findet man allenfalls in einigen Klöstern. Das sind die fundiertesten Schriften zur Magie, die ich kenne. Und wenn sie in falsche Hände geraten, sind es die gefährlichsten. Hat Julia sie wirklich gelesen?"

Angelina war näher gekommen. Sie berührte ihn am Arm und suchte seinen Blick.

„Schaut Euch an, was ich auf dem Tisch gefunden habe."

Alanus erblickte ein Pergament, das auseinandergerollt und an beiden Seiten mit einem Stein beschwert worden war. Als er es wiedererkannte und ihm bewusst wurde, worum es sich handelte, zuckte er zusammen.

„Woher hat sie das?", fragte er abrupt und blickte zu Angelina.

Die zog nur die Schultern hoch und schwieg.

„Das ist die Kopie einer Schrift, von der ich gehofft hatte, sie sei längst vernichtet worden: das magische Werk des Papstes Honorius. Es gibt kaum etwas Geheimnisvolleres auf der Welt. Und es gibt nur einen Ort, von dem Ihr dieses Pergament bezogen haben könnt."

Angelina hatte sich zum Fenster begeben. Sie setzte sich wieder auf den Sims, legte die Hände zusammen und überschlug die Beine. Alanus bemerkte, dass ihre Füße nackt waren. Das Licht schien von draußen auf ihr Haar. Sie betrachtete ihn erwartungsvoll.

„Nun", sagte sie, „meint Ihr nicht auch, dass dies eine seltsame Beschäftigung für die Tochter eines Kaufmanns ist?"

„Wegen dieses Pergaments sind viele Menschen gestorben. Woher hat sie das?"

Angelina ließ sich Zeit mit der Antwort, wartete, bewegte sich langsam zur Seite, so als würde sie spüren, wie das Licht mit ihrem Körper spielte.

„Vermutlich aus Rom", sagte sie schließlich.

„Dann müsste sie es von jemandem an allerhöchster Stelle erhalten haben."

„Gut möglich. Sie kennt sich aus. Und, ehrlich gesagt, weiß ich manchmal selbst nicht, was ich glauben soll und was nicht."

„Wenn Ihr etwas wisst, das mit diesem Pergament zu tun hat, müsst Ihr es mir sagen."

Angelina blickte zu Boden. Das Haar fiel ihr ins Gesicht. Sie zögerte.

„Gut", sagte sie leise. „Aber die Geschichte ist so wundersam, dass Ihr sie nicht glauben werdet."

Angelina hatte sich an den Tisch gesetzt und blickte auf das Pergament.

„Vor einigen Jahren", begann sie, „hat mir ein Freund meines Vaters etwas erzählt, das ich zunächst für völligen Unsinn hielt. Wenn Ihr Euch mit Astronomie beschäftigt, wird Euch der Name dieses Mannes nicht fremd sein. Es war Severin von Sponheim, Legat des Papstes."

Alanus schaute überrascht auf.

„Severin von Sponheim? Ihr habt ihn getroffen?"

„Er brachte einige Bücher. Mein Vater leitete das Kontor damals noch selbst. Offenbar war dieser Severin von Sponheim alles andere als glücklich über seine Mission. Durch Zufall wurde ich Zeugin eines Gesprächs. Es ging damals auch um jenes Pergament, das Ihr hier seht. Mein Vater hatte es offenbar von höchster Stelle angefordert, und als man sich weigerte, hatte er damit gedroht, das Geheimnis um Julia zu offenbaren und den Papst bloßstellen."

„Unglaublich", entfuhr es Alanus. „Aber verstehe ich recht: Severin von Sponheim hatte den Auftrag, dieses Pergament Eurem Vater auszuhändigen, weil der sonst ein Geheimnis des Papstes verraten hätte."

„Ihr habt richtig verstanden."

„Ein Geheimnis um Julia?"

Angelina nickte.

„Wenn ich die Bedeutung und den Ursprung dieses Pergaments nicht kennen würde", sagte er, „wenn ich Severin von Sponheim nicht kennen würde, wäre diese Geschichte für mich völlig unglaubwürdig. Aber die Hintergründe, die Ihr genannt habt, können nur Eingeweihte wissen."

„Worum geht es in diesem Pergament? Was bewirkt es?"

„Ich darf es Euch nicht sagen. Für den Wissenden ist es eine furchtbare magische Waffe. Aber sagt mir: Wo ist Severin von Sponheim?"

„Zurück in Rom."

„Und worin besteht das Geheimnis um Julia, das für den Papst angeblich so gefährlich sein soll?"

Angelina zögerte.

„Nachdem mein Vater schon gegangen war, gelang es mir, Severin von Sponheim dieses Geheimnis zu entlocken."

„Wie war Euch das möglich?"

Sie lächelte.

„Dieser Severin ist eine schwache Person, wenn es um Frauen geht. Kein Wunder. Schließlich ist er Mönch."

Wieder ging ein Lächeln über ihr Gesicht.

„Aber egal. Ich bereue es nicht. Ich tat es für die Wahrheit."

„Welche Wahrheit?"

„Die wahre Geschichte Julias. Wenn es sich denn so zugetragen hat, wie Severin es erzählte.“

Alanus blickte Angelina lange an, unsicher, was er von dieser ungewöhnlichen Frau halten sollte. Sein Schweigen schien sie nicht zu stören. Wieder strich sie sich das lange Haar aus dem Gesicht und musterte ihn aus tiefbraunen Augen.

„Erzählt“, bat Alanus sie schließlich.

Als Andreas Osiander am späten Nachmittag die Regimentsstube betrat, hatte Leitner bereits geraume Zeit auf ihn gewartet. Er war nicht allein. Etwas entfernt stand ein Mann, der eine braune Mönchskutte trug. Osiander hatte ihn noch nie gesehen, bemerkte nur die Narben in seinem ausdruckslosen Gesicht. Leitner machte sich nicht die Mühe, ihn vorzustellen.

„Ihr kommt spät“, begrüßte er den Prediger. Dann wies er ihm einen Stuhl auf der gegenüberliegenden Längsseite des Tisches zu. Licht fiel durch die hohen Fenster in den Raum. Nichts erinnerte mehr an das Unwetter, das kurze Zeit vorher über die Stadt hinweggezogen war.

„Entschuldigt“, sagte Osiander, „meine Frau ist schwer erkrankt. Ich musste mich um Medizin kümmern. Es sieht sehr ernst aus.“

„Ich verstehe“, Leitner nickte. „Umso mehr danke ich Euch, dass Ihr gekommen seid. Eure Einschätzung der Geschehnisse der letzten Nacht ist mir wichtig. Gestattet mir zunächst, zu fragen, warum Ihr Euch heute früh in Sankt Sebald aufgehalten habt und nicht in Sankt Lorenz, wo Ihr doch Prediger seid?“

„Ich hatte zu arbeiten. Eine meiner Schriften soll noch diesen Monat bei Petreius erscheinen. Es geht darin um die Lehre vom Fegefeuer und um entsprechende Kulte, also Vigilien und Opfermessen. Wie Ihr vielleicht wisst, habe ich Ende April die Leichenrede für Pfalzgräfin Susanna von Pfalz-Neuburg gehalten. Ich sprach damals über eben diese Dinge. Um das Manuskript endgültig für den Druck fertigzustellen, benötige ich einige Bücher, die man nur in der Bibliothek von St. Sebald findet."

„Ihr schreibt über die Lehre vom Fegefeuer? Was meint Ihr? Ist es das, was uns nach dem Tod erwartet? Oder sind all diese Vorstellungen nur die Erfindung frommer Seelen?"

„Es ist eine Erfindung der alten Kirche. In die Welt gesetzt, um die Menschen klein zu halten und von sich abhängig zu machen. Meine Predigt für die Pfalzgräfin ging von den Versen 13 bis 18 im vierten Kapitel des Thessalonikerbriefes aus. Dort finden sich ganz eindeutige Worte: Taufe und Tod reinigen den Menschen von seinen Sünden. Der Tod bedeutet das Ablegen des weltlichen Leibs. Die Seele wird schlafen und am Jüngsten Tag in einem neuen, unverweslichen Leib zu ewigem Leben erwachen. All dies kann man bei Paulus nachlesen. Auch im sechsten Kapitel des Römerbriefes. Es gibt kein Fegefeuer."

Leitner hatte aufmerksam zugehört. Er blickte hinüber zu dem unbekannten Mönch, so als erwarte er von ihm eine Bestätigung dieser Worte. Doch der Mann schien gar nicht zuzuhören.

„Eine klare Antwort auf eine drängende Frage", stellte Leitner fest. „Und ein beruhigender Ausblick auf das Jenseits, der uns zuversichtlich machen kann."

Er stand auf und ging zum Fenster.

„Wenn doch die Antworten auf weniger schwierige Fragen auch immer so schnell zu finden wären. Der Mörder von Zell läuft weiter frei herum. Und irgendwie scheint die Sache auch mit Astrologie zu tun zu haben. Sonst wäre das Manuskript des Kopernikus nicht verschwunden. Ich habe inzwischen Erkundigungen eingeholt, die besagen, dass Ihr selbst ein ausgewiesener Kenner der astrologischen Kunst seid. Auch habt Ihr die magischen Bücher des Agrippa von Nettesheim gelesen, die wohl zum Gefährlichsten auf diesem Gebiet gehören."

Leitner drehte sich um und bemerkte, dass Osiander unruhig geworden war.

„Außerdem", fuhr er fort, „berichtete man mir, Ihr hättet sehr gute Beziehungen nach Wittenberg, würdet mit Melanchthon korrespondieren und ein guter Freund Martin Luthers sein. Und auch zu Rheticus sollt Ihr Kontakt gehabt haben."

Osiander bemerkte, dass der fremde Mönch aufmerksam geworden war.

„Das ist alles richtig", erwiderte er. „Aber worauf wollt Ihr hinaus?"

„Nun, Ihr wisst sicherlich, dass Martin Luther ein Gegner des Kopernikus ist. Er hält ihn für einen Narren, dessen Werke man verbieten sollte, weil sie den christlichen Glauben untergraben. Luther verweist, ähnlich wie Ihr es soeben getan habt, auf Sätze der Heiligen Schrift. Ihr wisst sicherlich, was im zehnten Kapitel des Josuabuches zu lesen ist?"

Osiander nickte.

„Darin wird der Kampf der Kinder Israels unter Führung Josuas gegen die fünf Amoriterkönige beschrieben. Gott greift zugunsten seines Volkes ein, hält den Lauf der Sonne an und lässt sie fast einen ganzen Tag unbeweglich am Himmel stehen. Daraus ist zu folgern, dass die Sonne sich bewegt und nicht etwa, wie von Kopernikus behauptet, still steht. Im Gegensatz zur Erde."

„Und dies bedeutet", fuhr Leitner fort, „dass das Weltbild des Kopernikus nicht mit der Heiligen Schrift und der Lehre der christlichen Kirche vereinbar ist. Und so sagt mir bitte eins, Ihr selbst habt das Werk des Kopernikus für den Druck vorbereitet. Wie ist es möglich, dass ein christlicher Prediger, der weit über die Grenzen Nürnbergs bekannt ist, ein Werk herausgibt, das der Heiligen Schrift widerspricht?"

Leitner setzte sich wieder und schaute über den Tisch hinweg zu Osiander. Der rang sichtlich mit seiner Selbstbeherrschung.

„Es ist eine Hypothese", sagte er schließlich, „eine wissenschaftliche Hypothese, aber niemals ein Glaubensartikel."

„Das verstehe ich nicht."

„Es ist leider so, dass solch komplizierte Dinge nicht so einfach zu erklären sind. Aber schon vor Kopernikus gab es die Idee, dass die Sonne Zentrum des Kosmos sein könnte. Selbst Nikolaus von Kues und Regiomontanus liebäugelten mit dieser Vorstellung. Aber es ist nur eine Hypothese, ein mathematisches Spiel. Eine solche Theorie lässt sich nicht beweisen."

„Und wenn es Kopernikus nun doch gelungen wäre, diese, wie Ihr sie nennt, Hypothese zu beweisen?"

„Nein", sagte Osiander kurz und schüttelte den Kopf.

„Stimmt es, dass Ihr im April 1541 sowohl an Rheticus als auch an Kopernikus einen Brief geschrieben habt, in dem ihr vor einer Veröffentlichung des Buches warnt?"

„Nein." Wieder schüttelte Osiander den Kopf. Kurz wandte er sich zur Seite und stellte beruhigt fest, dass sich der unbekannte Mönch noch immer zurückhielt. „Ich habe lediglich darauf hingewiesen, dass die Theorie des Kopernikus nur eine Hypothese sei und keine Gewissheit beanspruchen sollte. Sein System ist eine bloße methodische Beschreibung der Himmelsbewegungen ohne inhaltlichen Wahrheitsanspruch. Und tatsächlich ist Kopernikus meinem Rat gefolgt und hat diesen Hinweis in seinem Vorwort aufgenommen. Und deshalb war es für mich auch kein Sakrileg, sein Buch herauszugeben. Versteht Ihr jetzt?"

Leitner schwieg einen Augenblick, stand auf, ging im Raum auf und ab und dachte nach. Etwas schien ihm bei all diesen Zusammenhängen nicht zu passen, und er bereute nun, so wenig von Astrologie zu verstehen. Trotzdem konnte er sich meist auf seinen Instinkt verlassen, und er spürte, dass noch nicht alles gesagt war.

„Eines verstehe ich nicht", sprach er betont langsam. „Warum möchte Martin Luther das Werk des Kopernikus möglichst aus der Welt haben, und warum wollt Ihr es veröffentlichen?"

„Luther ist oft sehr eifrig. Aber man sollte einen genialen Geist wie Kopernikus nicht verbieten. Er ist ein großer Mathematiker. Und als solcher schadet er der Kirche nicht. Ihr werdet sehen, dieses Buch wird dem christlichen Glauben nicht gefährlich werden."

Leitner ging weiter auf und ab, noch immer unzufrieden. Aber wie sollte er Osiander etwas entlocken, wenn er nicht wusste, was es war? Von dem Abgesandten aus Rom, jenem Luca Baresi, der am frühen Morgen zu ihm gekommen war und der noch immer schweigend im Raum stand, hatte er sich mehr versprochen. Tolosani musste helfen. Vielleicht konnte ihm der Alte in diesem verwickelten Gerede von Hypothesen und Glaubenssätzen noch einen Hinweis geben, der sein Gefühl des Misstrauens gegenüber Osiander bestätigte.

„Wenn Ihr mir erlaubt", fuhr Osiander fort, „würde ich Euch raten, an anderer Stelle zu forschen. Da sind zwei Abgesandte der Inquisition in der Stadt. Wenn jemand ein Interesse daran hat, gegen astronomische Bücher eine Untersuchung einzuleiten, dann sind sie es."

Leitner hatte sich Osiander wieder zugewandt. Zugleich sah er, dass Luca Baresi genau zuhörte und den Prediger von Sankt Lorenz nun finster musterte.

„Ihr liegt falsch. Das Heilige Officium hat klügere Mittel zur Hand, wenn es darum geht, so etwas durchzuführen. Und es würde keine Fehler machen. Vergesst nicht. Noch immer lagern 200 Drucke des Kopernikus-Buches bei Petreius. Wenn die Inquisition ein Buch verschwinden lassen will, macht sie das gründlicher. Aber da wir schon konkret werden: Wo wart Ihr in dieser Nacht?"

„Um Mitternacht in Sankt Lorenz", antwortete Osiander mit einem Unterton der Empörung in der Stimme. „Ich habe über den Missbrauch der Heiligenverehrung gepredigt, über die verwerfliche Anbetung von Heiligenbildern, über den Irrglauben, sie könnten Vermittler oder Versöhner mit Gott sein. Danach bin ich ins Pfarrhaus gegangen und habe bei meiner kranken Frau gewacht. Was wollt Ihr mit dieser Frage? Verdächtigt Ihr mich des Mordes?"

Leitner schüttelte den Kopf. „Nein, natürlich nicht. Entschuldigt, wenn ich Euch zu nahe getreten bin. Glaubt mir, die Geschehnisse zehren auch an meinen Kräften. Ich danke Euch, dass Ihr gekommen seid."

Osiander erhob sich, und als er merkte, dass Leitner offensichtlich keine Fragen mehr an ihn hatte, verabschiedete er sich mit wenigen Worten und verließ das Zimmer. Wenig später ging auch Luca Baresi. Zuvor hatte er dem Bürgermeister versichert, dass der weiterhin auf seine Hilfe bauen könne.

Leitner blieb zurück. Seine Gedanken kamen nicht zur Ruhe.

„Wenn es stimmt, was Severin sagt", fuhr Angelina fort, „ist Julia gar nicht meine leibliche Schwester. Doch ich muss mit der Geschichte von vorn beginnen. Es gibt eine Legende: Im Jahre 1227 erteilt Papst Honorius III. einem bekannten Medikus den ungewöhnlichen Auftrag, ein Mittel herzustellen, das Unsterblichkeit verleiht. Dieser Mann soll tatsächlich eine solche Arznei hergestellt und an mehreren Menschen ausprobiert haben, darunter auch an seiner Tochter Giulia. Doch die Versuche misslingen. Alle Menschen, die das teuflische Medikament eingenommen haben, sterben innerhalb eines Tages unter fürchterlichen Qualen. Honorius lässt den Arzt hinrichten, auch um zu vertuschen, dass er selbst Urheber dieser abwegigen Vorgänge ist. Etwas gibt jedoch allen, die damals damit zu tun haben, zu denken. Die Tochter des Arztes ist verschwunden. Man findet sie nicht, weder tot noch lebendig."

Angelina zögerte einen Augenblick, sah zu Alanus, der ihr gebannt zuhörte.

„Doch damit nicht genug. Wie Ihr sicherlich wisst, entstammen viele Päpste der letzten Jahrzehnte der Familie Borgia. So auch Alexander VI., der zu Lebzeiten durch seinen Lebenswandel für Aufsehen sorgte. Nicht nur, weil er mit einer Mätresse namens Vanozza de' Cattanei ein geheimes Familienleben führte, aus dem zwei später sehr einflussreiche Kinder hervorgingen, nämlich Cesare und Lucrezia Borgia. Sondern auch, weil er im hohen Alter noch einmal eine Geliebte hatte, die am päpstlichen Hof sehr einflussreich war."

„Was hat das alles mit dem zu tun, was hier in Nürnberg geschieht?"

„Habt einen Augenblick Geduld. Also, ich muss Euch nicht sagen, dass der gegenwärtig amtierende Papst den Namen Paul III. trägt. Sein wirklicher Name lautet Alessandro Farnese. Er ist der Bruder jener Giulia Farnese, die viele Jahre Geliebte von Papst Alexander VI. gewesen ist. Diese Giulia Farnese war Freundin der Tochter Alexanders, und ihr Bruder Alessandro benutzte sie dazu, selbst in die Nähe des Vatikan und der Macht zu gelangen. Die Rechnung ging auf. Papst Alexander verfiel den Reizen Giulias. Er ließ sogar eine Marmorstatue von ihr anfertigen. Keinem Römer blieb verborgen, wer die unbekleidete Schöne war, deren Abbild heute im Petersdom links neben dem Hochaltar zu sehen ist. „Giulia Bella" nannten die Römer die neue Mätresse des Papstes wegen ihrer Schönheit. Sie bescherte der Familie Farnese den Aufstieg von einem zweitrangigen Landadelsgeschlecht zu einer der ersten Familien Roms. Und ganz nebenbei machte der Papst Alessandro Farnese zum Kardinal. Dass Alessandro 1534 selbst Papst wurde, verdankt er letztlich Giulia."

„Alles richtig", unterbrach Alanus. „Ich kenne die Geschichte. Aber worauf wollt Ihr denn hinaus?"

„In Rom halten sich zwei Gerüchte besonders hartnäckig: Zum einen, dass der Papst seine Schwester Giulia 1524 ermorden ließ. Zum anderen, dass diese Giulia keinelei Anzeichen des Alterns zeigte. Als sie starb, war sie 49 Jahre alt. Aber alle, die sie kannten, bestätigen, dass sie da noch immer den Körper und die Schönheit einer Frau besaß, die höchstens Anfang zwanzig sein konnte."

„Wie Ihr schon sagt: Gerüchte", entgegnete Alanus. „Derartige Geschichten gibt es zu Hunderten."

„Die Geschichte ist noch nicht zu Ende."

Angelina verließ den Fenstersims, ging zum Tisch und betrachtete das Pergament.

„Es gibt wohl kaum ein Verbrechen, das man Alessandro Farnese nicht zutrauen darf. Giulia hatte ihm den Weg nach oben geebnet, aber nun war sie eine Gefahr. Erstaunlich ist, dass man ihren toten Leib nie gefunden hat. Deshalb kamen in Rom auch Gerüchte auf, sie sei ihrem Bruder zuvorgekommen und geflohen. Doch nun ein Letztes, das Severin mir mitteilte: Vertraute des Papstes, die Giulia noch kannten, wollen im vergangenen Jahr eine Frau gesehen haben, die seiner verstorbenen Schwester äußerlich und in Temperament und Charakter völlig gleicht. Hier in Nürnberg. Entsetzt von dieser Nachricht schickte der Papst einen Kundschafter in diese Stadt, um nach der seltsamen Frau zu suchen. Und der fand sie."

Angelina schaute auf. „Sie lebt. Versteht Ihr? Sie lebt schon seit mehr als 300 Jahren."

Alanus schüttelte den Kopf.

„Das ist völlig unmöglich."

„Unmöglich?", Angelina griff seine Hand. „So unmöglich wie dieses Pergament, das vor Euch liegt. Ich weiß nicht, welche Macht es hat. Ihr wisst es. Und Ihr wisst, dass viele Dinge möglich sind. Es soll einige Gemälde geben, die Giulia Farnese zeigen. Auf allen wird sie zusammen mit einem Einhorn abgebildet. Dem Symbol der Unsterblichkeit."

„Das mag sein. Aber Ihr kennt Eure Schwester doch seit Eurer Geburt."

„Nein. Erst vor zwei Jahren offenbarte mir mein Vater, dass ich eine Schwester hätte."

Alanus blickte überrascht zu ihr.

„Sie sei lange im Ausland verschollen gewesen", fuhr Angelina fort, „und man habe nicht daran geglaubt, sie je wiederzusehen."

Alanus stand auf, ging zum Fenster, sah hinaus auf den Fluss und dachte an Severin, den er damals hatte ziehen lassen. An Julia, die jetzt irgendwo in dieser Stadt auf der Suche nach einem Mörder war. Dann wandte er sich um und betrachtete Angelina. Wie sie nun am Tisch saß, das Gesicht fast vollständig unter den langen, dunkelbraunen Haaren verborgen, wirkte sie auf ihn fast hilflos. Er wusste nicht, was er glauben sollte.

„Warum habt Ihr Euch wegen all dem nicht an Euren Vater gewandt?", fragte er schließlich.

Sie blickte auf. Alanus bemerkte ihre Tränen.

„Das habe ich versucht", flüsterte sie. „Seitdem spricht er kein Wort mit mir."

Giovanni Maria Tolosani hatte sich in den Lesesaal der Ratsbibliothek begeben, um ein ganz bestimmtes Buch zu finden, doch offensichtlich hatte man ihm die falsche Signatur gegeben. Denn er zog einen großen Band aus dem Regal, in dem Stiche und Aquarelle Albrecht Dürers in loser Form gesammelt waren. Unschlüssig blätterte er, fand dieses und jenes interessant, bemerkte, dass Dürer viele seiner Motive in Nürnberg gefunden haben musste, und beschloss, sie sich auszuleihen. Er legte die Sammlung beiseite, schaute erneut auf die Signatur und verstand, dass er sich geirrt hatte.

Tolosani wunderte sich über das seltsame Ordnungssystem, ging noch einmal die Regale entlang und entdeckte schließlich, was er suchte. Da war es: *Epytoma in almagestum Ptolomei*, Venedig 1496, von Johannes Molitor. Später auch unter dem Namen Regiomontanus, der Königsberger, bekannt. Seit 1471 hatte er in Nürnberg gelebt, bis ihn 1476 auf einer Romreise der Tod ereilte. Tolosani wusste, dass er in diesem Kommentar zum berühmten *Almagest* des Ptolemäus auch Sterntafeln und ein Verzeichnis der geläufigen astronomischen Chiffren finden würde. Er legte das dickleibige Werk auf ein Lesepult, schlug es auf und begann sich zu orientieren. Wie erwartet beschrieb Regiomontanus die Lehre des Ptolemäus, verband sie mit eigenen Beobachtungen und kommentierte sie. Tolosani konnte sich jetzt nicht mit Details beschäftigen, blätterte deshalb weiter, fand das astrologische Tafelwerk und entdeckte die gesuchte Zusammenstellung. Sofort wurde er fündig.

Da war jener Halbkreis, den Zell gezeichnet hatte. Als astronomisches Symbol stand er für den zunehmenden Mond. Der Alte schüttelte den Kopf, denn er wusste, dass erst vor zwei Tagen Vollmond gewesen war. Das Zeichen musste noch etwas anderes bedeuten. Oder es bekam im Kontext einen neuen Sinn.

Dann entdeckte er ein weiteres Symbol, das Zell hinterlassen hatte. Regiomontanus ordnete es dem Planeten Venus zu. Seltsam, dachte Tolosani. Auch hier sah er keinen klaren Zusammenhang mit dem, was geschehen war. Vergeblich suchte er weiter nach dem dritten Zeichen, dem aufwärts gerichteten Dreieck. Vielleicht war es gar kein astronomisches Symbol, dachte der Alte. Vielleicht müssen wir ganz woanders suchen. Er schlug den Band zu, nahm ihn unter dem Arm, griff sich auch die Stiche und Aquarelle Dürers, verließ den Lesesaal und eilte durch den Kreuzgang des Klosters.

Am Abend kehrte Julia zurück und fand Alanus und Angelina über ein Buch gebeugt, das sie auf dem großen Tisch aufgeschlagen hatten. Als sie durch die Tür trat, schauten beide auf. Julia spürte, dass etwas seltsam war, und blickte zu ihrer Schwester, die sich jedoch nichts anmerken ließ.

„Wir haben die Zeichen gefunden, die Zell hinterlassen hat", sagte Alanus. Dann bemerkte er, dass noch jemand das Zimmer betrat.

„Ich freue mich, dass Leitners Männer dich nicht gefunden haben", sagte Julia und umarmte ihn. Dann blickte sie zu dem Jungen, der mit ihr gekommen war.

„Das ist Johannes Kettler, ein Novize aus dem Kloster Michaelsberg, der in der Nacht durch die Stadt irrte. Er hat beobachtet, was in der Oberen Schmiedgasse geschehen ist."

Alanus schaute den Jungen mit der Mönchskutte und den wirren Haaren verwundert an.

„Warum läufst du mitten in der Nacht durch diese Stadt?"

„Er ist ausgebüxt", erläuterte Julia, „und hat den langen Weg von Bamberg auf sich genommen. Er will nicht mehr Novize sein. Hier in Nürnberg befindet er sich außerhalb des Machtbereichs der alten Kirche. Ich habe ihm gesagt, dass er unbedingt seinen Abt benachrichtigen muss. Aber vorerst darf er hier übernachten. Heute lässt sich das wohl kaum mehr klären. Aber er hat uns einiges zu erzählen."

Sie gab dem Jungen ein Zeichen, sich zu setzen. Gleichzeitig bemerkte sie, dass sich Angelina an den Fenstersims gelehnt hatte und ihn aufmerksam musterte.

„Erzähle", sagte Alanus.

Johannes war verschüchtert, bemerkte Angelinas Blick, begann dann aber doch zu sprechen.

„Es war schon deutlich nach Mitternacht. Ich irrte durch die Stadt und dachte darüber nach, was ich dem Abt sagen sollte. Wisst Ihr, meine Eltern haben mich in das Kloster gegeben. Sie erwarten von mir, dass ich Mönch werde. Aber ich habe mich im Kloster nie richtig wohl gefühlt. Die Gebete helfen mir nicht. Ich bin immer unruhig und kann meine Gedanken nicht bündeln, wenn ich beim Stundengebet zwischen den betenden Brüdern in der Stille stehe. Ständig muss ich an andere Dinge denken, an die Geräusche, die durch die Fenster in den Kirchraum dringen. Oder an kluge Gedanken, die ich in den Büchern gelesen habe. Die Mönche wissen viel, aber sie fangen nichts damit an."

„Ich verstehe dich", unterbrach ihn Alanus. „Es ging mir früher auch oft so. Vielleicht wirst du irgendwann einmal anders darüber denken. Aber nun ist es wichtig, dass du uns sagst, was du gesehen hast."

Johannes zögerte einen Moment.

„Ich ging durch die Obere Schmiedgasse, hatte kein Ziel. Ich lief einfach nur drauflos. Dann hörte ich Lärm aus einem der Häuser. Geräusche eines Kampfes. Es dauerte nicht lange. Aber ich konnte mich nicht getäuscht haben. In dem Gebäude brannte noch Kerzenlicht. Ich wusste nicht, was ich machen sollte, und versteckte mich hinter einem Mauervorsprung. Kurze Zeit später kam ein Mann heraus, schlank und hochgewachsen. Er trug eine Mönchskutte. Er lief schnell davon, bog in die Gasse unter der Veste ein. Ich lief ihm nach, konnte ihn aber nicht mehr einholen."

Julia und Alanus wechselten Blicke.

„Du bist sicher, dass es ein Mönch war?", fragte Alanus.

Der Junge nickte.

„Was hast du sonst noch bemerkt?"

„Irgendwann erreichte ich den großen Markt. Es war dunkel, aber vom Fluss aus sah ich einen Feuerschein. Ich lief zur Brücke und sah den großen, brennenden Schuppen. Dort blieb ich eine ganze Weile. Dann fiel mir ein, noch einmal zurückzukehren. Das Haus in der Oberen Schmiedgasse war inzwischen hell erleuchtet. Menschen kamen und Menschen gingen. Ich versteckte mich wieder hinter dem Mauervorsprung. Plötzlich war großer Lärm im Haus, und ich sah Euch fliehen. Mir wurde das alles zu unheimlich, und so ging ich fort und irrte wieder durch die Stadt. Bis ich Euch auf der Brücke traf."

Mit den letzten Worten hatte er sich an Julia gewandt. Sie nickte.

„Seitdem hat Johannes mich begleitet. Ich habe ihm versprochen, dass er die Nacht hier verbringen kann."

„Ist das wirklich alles, was du gesehen hast?" fragte Angelina plötzlich. Während der Junge erzählt hatte, war sie wie abwesend gewesen. Nun richtete sie sich auf und blickte ihn herausfordernd an.

„Das ist alles", antwortete der verwundert.

Julia warf ihrer Schwester einen zurechtweisenden Blick zu.

„Glaubst du ihm nicht?"

Angelina erhob sich, ging bewusst langsam zur Tür und wandte sich noch einmal um.

„Ich weiß nicht", sagte sie kurz. „Egal. Wenn ihr mich sucht, ich bin oben. Gute Nacht."

Sie schaute noch einmal zu Alanus, lächelte ihm zu und verschwand in der Diele.

Julia sah ihr nach.

„Was ist geschehen?", fragte sie Alanus.

„Wir haben astrologische Bücher studiert. Und tatsächlich Zells Zeichen gefunden."

„Und. Machen sie einen Sinn?"

„Noch nicht. Ich werde mit Tolosani sprechen. Allein gelingt es mir nicht, den Zusammenhang zu verstehen."

Julia nahm auf einem der Stühle Platz und ließ den Kopf auf die Tischplatte sinken.

„Ich muss schlafen", sagte sie, „muss einfach ein paar Stunden schlafen."

Alanus nahm ihre Hand.

„Mir geht es ebenso. Ich werde jetzt ins Spital zurückkehren. Tolosani erwartet mich. Und dann werde ich auch versuchen, ein paar Stunden Ruhe zu finden. Wann sehen wir uns wieder?"

„Wenn die Sonne aufgegangen ist. Kommt hierher zurück. Dieses Haus ist sicher."

Julia suchte seinen Blick.

„Kommt Ihr auch bestimmt?"

„Aber ja", sagte Alanus.

Als Alanus das Spital erreichte, wartete Tolosani in dem kleinen Raum schon auf ihn. Er hatte zwei Bücher auf den Tisch gelegt und sah ihn erwartungsvoll an.

„Alanus, gut, dass Ihr noch immer auf freiem Fuß seid."

„Das war nicht schwer. Die meiste Zeit habe ich im Kontor am Fluss verbracht. Leitner hat Wachen vor dem Eingang postiert. Er weiß nichts von dem unterirdischen Fluchtweg."

Tolosani lächelte.

„Das ist gut", sagte er. „Auch sonst scheint der Bürgermeister im Dunkeln zu tappen. Er hat alle verhört, die in irgendeiner Weise mit diesen Geschehnissen zu tun haben, aber das hat ihn kaum weitergebracht. Er hofft auf meine Hilfe. Ich soll ihm die rätselhaften Zeichen Zells entschlüsseln. Ein kleines Stück bin ich vorangekommen. Schaut einmal."

Er schlug das Buch des Regiomontanus auf und zeigte Alanus das astrologische Tafelwerk.

„Zwei Zeichen finden sich hier immerhin wieder. Was haltet Ihr von den Erläuterungen?"

Alanus betrachtete die Seite und nickte.

„Ich bin zu ähnlichen Ergebnissen gekommen. In Julias Bibliothek fanden sich einige sehr gute Werke zur Astronomie und Alchemie, auch das Buch des Agrippa von Nettesheim. Angelina, ihre ältere Schwester, zeigte sie mir. Ich konnte alle drei Symbole Zells wiederfinden."

„Erzählt."

„Der Halbkreis wird ebenso gedeutet wie in Eurem Buch: als zunehmender Mond. Wir konnten mit dieser Erklärung nichts anfangen, denn vor kurzem war Vollmond."

Tolosani nickte. „Das habe ich auch bemerkt. Fahrt fort."

„Das zweite Symbol Zells ist die Chiffre für den Planeten Venus. Aber auch dies konnten wir nicht deuten. Die Venus ist am Sternenhimmel zur Zeit nicht sichtbar."

„Das wusste ich nicht. Gut. Kommt zum dritten Symbol: dem aufwärts gerichteten Dreieck."

„Es ist ein Zeichen, das die Alchemisten verwenden. Es steht für das Element des Feuers."

„Der Brand des Lagerhauses!", entfuhr es Tolosani.

„Richtig. Endlich haben wir immerhin für eines der Zeichen eine Erklärung mit unmittelbarem Bezug zum Geschehen. Aber der Rest bleibt unklar. Auch im Zusammenhang komme ich auf keine Lösung."

„Immerhin", sagte Tolosani. „Ihr seid erfolgreicher gewesen als ich."

„Nicht erfolgreich genug. Aber wir wissen jetzt, dass Zell die Zeichen tatsächlich ganz bewusst gewählt hat. Das Symbol des

Feuers ist ein klarer Hinweis. Wir müssen noch tiefer in den Büchern graben."

„Das wird schwierig. Es gibt nicht mehr viele. Die wesentlichen haben wir ausgewertet."

„Beim Blättern in den Büchern hatte ich manchmal das Gefühl, wir machen uns die Dinge zu schwer. Vielleicht kann man diese Zeichen ganz intuitiv entschlüsseln."

Tolosani nickte.

„Daran habe ich auch schon gedacht. Aber anscheinend steht es nicht so gut um unsere Intuition. Übrigens: Ihr spracht davon, dass Julia eine Schwester hat."

„Angelina. Eine ungewöhnliche Frau, einige Jahre älter. Etwas stimmt nicht mit ihr. Sie erzählt seltsame Dinge, die mal wahr sind, mal völlig unglaubwürdig erscheinen."

„Bitte erklärt mir das genauer", drängte Tolosani.

Alanus wusste nicht, wo er anfangen sollte, und so begann er mit Julias abenteuerlicher Lebensgeschichte, so wie Angelina sie ihm erzählt hatte. Er brauchte dafür viel Zeit, verirrte sich oft in der Reihenfolge der Zusammenhänge und schilderte die Dinge manchmal so umständlich, dass er sich über seine eigene Ungeschicklichkeit wundern musste. Aber Tolosani hörte aufmerksam zu und ermunterte ihn immer wieder, weiter zu berichten. Alanus sprach auch über die Eindrücke, die er von Julia gewonnen hatte. Als er endlich fertig war, fühlte er sich erschöpft.

„Was haltet Ihr von all dem?", fragte er Tolosani.

Der Alte schüttelte den Kopf.

„Ich weiß nicht. Es klingt wie ein Märchen. Andererseits haben sich viele der Geschehnisse, die Angelina schildert, ganz genau so zugetragen. Sie weiß vieles, was selbst im Vatikan nur wenigen Eingeweihten bekannt ist. Ihre Kenntnisse sind verblüffend."

Tolosani schwieg und dachte nach.

„Ich frage mich allerdings, woher sie die hat." fuhr er fort. „Kaum zu glauben, dass Severin von Sponheim, ein Legat des

Heiligen Vaters, ihr das erzählt hat. Und die Vorstellung, es gäbe eine Frau, die unsterblich sei, weil sie nicht altert? Alanus, so etwas gehört in das Reich der Sagen und Legenden. Glaubt Ihr etwa daran? Diese Angelina scheint mir, vorsichtig gesagt, etwas verwirrt zu sein. Habt Ihr an Julia irgendetwas bemerkt, was ihre Geschichte bestätigen könnte?"

„Wie sollte man das merken?" Alanus schüttelte den Kopf. „Nein, Monsignore, es fällt mir schwer, diese Geschichte zu glauben. Und ich habe keinen Grund, an Julia zu zweifeln. Sie ist eine junge Frau, die sehr geradlinig denkt. Mein Gefühl sagt mir nach wie vor, dass ich mich auf sie verlassen kann."

„Vielleicht solltet Ihr Euch vor beiden Schwestern hüten", sagte Tolosani. „Vergesst nicht. Wir haben eine Aufgabe zu erfüllen. Da ist es besser, niemandem zu sehr zu vertrauen und sich immer einen Fluchtweg offen zu halten."

„Manchmal seid Ihr zu vorsichtig."

„Das macht das Alter", erwiderte Tolosani und lachte. „Nein, ernsthaft. Warum erzählt Angelina einem Wildfremden diese Geschichte? Will sie Julia schaden? Will sie vielleicht noch etwas ganz anderes bewirken, das mir im Augenblick noch nicht in den Sinn kommt? Ich finde das alles sehr eigenartig. Und deshalb sollten wir vorsichtig sein. Aber ich sehe, Ihr seid sehr müde. Kein Wunder, nach einer solchen Nacht und einem solchen Tag. Ich lasse Euch allein. Ihr müsst schlafen."

Alanus nickte. „Werdet auch Ihr Euch zur Ruhe begeben?"

Tolosani erhob sich.

„Ich werde Leitner noch einmal besuchen. Ich hab es ihm versprochen."

Alanus stand ebenfalls auf und umarmte den Alten.

Wenig später war Alanus allein. Als er sich in seinem kleinen Schlafraum umsah, bemerkte er, dass Tolosani etwas zurückgelassen hatte. Er nahm den großen Band, legte ihn auf den Tisch und entzündete eine Kerze. Zu seiner Überraschung fand er darin Stiche und Aquarelle, die lose aufeinander lagen. Alanus erkannte sofort, dass es sich um Werke von Albrecht Dürer handeln musste. Er betrachtete Blatt für Blatt, spürte aber bald, dass seine Aufmerksamkeit nachließ. Die Müdigkeit forderte ihren Preis.

Als er schon soweit war, die Stiche und Aquarelle beiseite zu legen, entdeckte er eine Abbildung, die ihn stocken ließ. Entsetzt starrte er auf das, was Dürer gemalt hatte.

Das konnte doch nicht sein, ging es ihm durch de Kopf. Das war doch nicht möglich.

Er sah weites Land. Dürer hatte es in hellbraunen Erdfarben dargestellt. Es reichte bis zum Horizont. Einige wenige Bäume und Gebäude waren angedeutet. Von oben fiel Wasser herab. Doch das war kein gewöhnlicher Regen. Das Wasser stürzte in Säulen herab, Säulen von unvorstellbarem Durchmesser. Da, wo es aufkam, überflutete es das Land, schob sich in anwachsenden Wellen auf den Betrachter zu. Wie weit mochte es noch entfernt sein? Mehr und mehr Säulen ragten vom Himmel herab. Es nahm kein Ende. Das Land würde nicht mehr sein, und auch der Betrachter würde nicht davonlaufen können. Es gab kein Entrinnen.

Alanus bemerkte, dass Dürer etwas unter sein Bild geschrieben hatte, in schnellen, aber gut lesbaren Buchstaben:

Im 1525 Jor nach dem pfinxstag zwischen dem Mitwoch und pfintzdag in der nacht im schlaff hab ich dis gesicht gesehen wy fill großer wassern vom himmell fillen Und das erst traff das erthrich ungefehr 4 meill fan mir mit einer solchen grausamkeitt mit einem ubergroßem raüschn und zersprützn und ertrenckett das gantz lant In solchem erschrack ich so gar schwerlich das ich doran erwachett e dan dy andern wasser filn Und dy wasser dy do filn dy warn sehr gros und der fill ettliche weit etliche neher und sy kamen so hoch herab das sy im gedancken gleich langsam filn. aber do das erst wasser das das ertrich traff schie herbey kam do fill es mit einer solchen geschwindigkeit wynt und braüsen das und ich also erschrack do ich erwacht das mir all mein leichnam zittrete und lang nit recht zu mir selbs kam. Aber do ich am morgen auff stund, molet ich hy oben wy ichs gesehen het.

Got wende alle ding zum besten. - Albrecht dürer

Alanus las die Worte, als wären es seine eigenen. Für einen Augenblick hatte er ganz ähnlich empfunden. Als sich am Morgen die graue Regenwand auf die Stadt zubewegte. So musste die Apokalypse aussehen, das Ende der Welt. Dann würde eine Wand aus Wasser und Feuer über die Erde hinwegfegen. Der Himmel würde auf die Erde fallen und alles unter sich begraben. Und dann würde auch kein Himmel mehr sein.

Noch einmal schaute er auf Dürers Bild.

Wie zerbrechlich ist doch alles, dachte Alanus. Was gibt uns die Sicherheit, dass die Sonne morgen noch einmal aufgeht? Und was gibt uns die Sicherheit, dass wir morgen wieder aufwachen werden? Dass unser Leben auch nur einen Tag, eine Stunde, eine Minute länger andauert?

Alanus schlug das Buch zu. Er lag noch lange wach.

Kurz vor Mitternacht war Petreius in seiner Werkstatt damit beschäftigt, eine Buchseite für den Druck zu setzen. Das neue Werk Osianders musste in diesem Monat fertig werden.

Als es plötzlich von draußen klopfte, schaute er verwundert auf. An diesem Tag war so viel Ungewöhnliches geschehen, dass er sich nur noch Ruhe wünschte. Unwillig ging er zur Pforte und öffnete.

Noch ehe er verstand, was geschah, schlug etwas Hartes gegen seine Schläfe.

Er sank sofort zu Boden und verlor das Bewusstsein.

KAPITEL 6

Nürnberg, 26. Mai 1543,
früher Morgen

DIE SCHRITTE DER MÄNNER auf dem nassen Kopfsteinpflaster hallten von den Häuserwänden zurück und durchbrachen die nächtliche Stille. Gerade noch hatte es geregnet. Das Mondlicht spiegelte sich auf dem Wasser, das langsam in Rinnsalen die Gasse hinablief. Als Leitner in Begleitung von Schöner, Tolosani und vier seiner Männer die Werkstatt betrat, fand er Petreius auf einem Schemel sitzend, den Blick starr zum Fenster gerichtet. Es dauerte einige Augenblicke, bis dem Buchdrucker bewusst wurde, dass er nicht mehr allein war.

Die Werkstatt wurde von zwei Kerzen schwach erleuchtet. Leitner schaute sich um. Auf den ersten Blick schien nichts ungewöhnlich zu sein. Doch als er bemerkte, in welchem Zustand Petreius sich befand, verlor er alle Zweifel.

„Was ist geschehen?", fragte er ihn.

Petreius blickte auf und sah apathisch in den Raum, sagte jedoch nichts. Tolosani beugte sich zu ihm herab und erkannte, dass sein Gesicht von Blut verschmiert war. Die Wunde am Kopf nässte noch. Der Mann schien völlig benommen zu sein, denn er reagierte zunächst gar nicht.

„Als ich ihn fand, lag er am Boden", sagte Schöner. „Er war bewusstlos. Ich musste ihn ins Leben zurückholen. Aber er wollte nicht sprechen. Dann verließ ich ihn, um Euch zu benachrichtigen."

„Was habt Ihr hier so früh zu tun gehabt?", fragte Leitner.

„Ich wollte Petreius helfen. Er druckt ein Buch für Osiander. Es muss bald fertig werden. Er hat mich gebeten, früh am Morgen zu ihm zu kommen. Zell ist ja nun tot, und so fehlt ihm ein Mitarbeiter."

Leitner sah ihn ungläubig an.

„Und er beginnt drei Stunden nach Mitternacht mit der Arbeit?"

„Das kommt bei ihm häufig vor. Er sagt immer, man könne dann ungestörter arbeiten."

Tolosani hatte sich weiter um Petreius gekümmert. Der schrie auf, als ihm die Haare aus dem Gesicht gestrichen wurden.

„Holt Wasser", sagte der Alte an die Männer gewandt. Es dauerte nur einige Augenblicke, bis einer von ihnen mit einem Krug zurückkam. Tolosani nahm ein Tuch, befeuchtete es und begann, Petreius das Blut abzuwaschen.

„Wie geht es Euch jetzt?", fragte er den Buchdrucker.

„Schmerzen", sagte der. „Mein Schädel dröhnt."

„Erzählt. Was habt Ihr gesehen?"

„Es klopfte an der Pforte", schilderte Petreius mühsam in langsamen Worten. „Ich hatte sie noch nicht richtig geöffnet, als etwas Hartes auf meinen Kopf schlug. Einmal. Zweimal. Dann wurde es dunkel."

„Habt Ihr jemanden erkannt?"

Petreius schüttelte nur den Kopf und blickte wieder zu Boden.

„Was ist mit Eurer Werkstatt?", drängte Leitner. „Ist Euch irgendetwas aufgefallen?"

Doch er bekam keine Antwort.

Die Männer schauten sich um. Schöner bemerkte als Erster, was geschehen war.

„Sie sind weg", sagte er verwundert. „Die Bücher sind weg." Er schaute auf den Boden unterhalb des Fensters.

„Richtig." Jetzt hatte es auch Tolosani bemerkt. „Die Drucke. Es waren 200 Exemplare."

Leitner verschlug es die Sprache. Dort, wo gestern noch eine beeindruckende Menge Bücher gestapelt war, sah man nur noch den Holzboden. Offenbar hatte jemand die gesamte Auflage verschwinden lassen. Der Bürgermeister griff eine der Kerzen und kam näher. Auf dem Boden waren keine Spuren zu erkennen. Nichts deutete auf das hin, was vor wenigen Stunden geschehen sein musste. Die Fensterläden waren verschlossen. Nirgends Schmutz, nirgends ein Fußabdruck oder irgendetwas, das umgestoßen worden war. Es schien so, als hätten sich die Bücher geradezu in Luft aufgelöst.

„Unbegreiflich", sagte Tolosani. Er hatte die gleichen Gedanken gehabt und konnte sich das, was er sah, nicht erklären. „Wie ist es möglich, in so kurzer Zeit zweihundert Bücher zu stehlen, ohne Spuren zu hinterlassen? Wir sollten draußen nachschauen. Vielleicht finden wir in der Gasse irgendwelche Hinweise. Vielleicht die Spuren eines Fuhrwerks. Das benötigt man wohl fur solch einen Transport."

„Vergesst es", antwortete Leitner. „Wenn es Spuren gab, hat sie der Regen beseitigt."

Tolosani nickte. Dann ging er zurück zu Petreius und fuhr damit fort, ihm vorsichtig das Blut abzuwaschen. Leitner und die Männer durchsuchten nun jeden Winkel der Werkstatt, aber sie konnten nichts Auffälliges entdecken. Da waren die beiden großen Druckmaschinen, die Setzkästen, unzählige kleine Fächer, in denen Bleimodeln aufbewahrt wurden, gedruckte Seiten, die, sorgsam aufeinandergelegt, darauf warteten, gebunden zu werden, doch all das hatten sie genau so schon am gestrigen Morgen vorgefunden.

„Mein Gott!", rief Schöner plötzlich. „Seht einmal!"

Er stand vor dem Lesepult und starrte auf ein gebundenes Manuskript. Tolosani war als erster bei ihm und glaubte seinen Augen nicht zu trauen. Er schlug den Band auf, erkannte die Handschrift sofort wieder, blätterte die ersten Seiten um und wollte es kaum wahrhaben.

„Was ist das?" fragte Leitner, der nun neben ihm stand.

Tolosani zögerte.

„Ihr wisst", begann er, „dass in der letzten Nacht nicht nur

Zell ermordet wurde, sondern auch Bücher verschwunden sind."

„Ja, ja", drängte Leitner ungeduldig. „Weiter, bitte."

„Nun", sagte der Alte. „Eines davon ist wieder da: Das Manuskript des Kopernikus."

„Seid Ihr Euch sicher?"

Tolosani nickte.

„Absolut sicher. Dies ist das Original. Ich habe diese Handschrift schon einmal gesehen. Es gibt keinen Zweifel. Das ist von Kopernikus."

„Aber was ...". Leitner brachte den Satz nicht zu Ende. Er blickte auf das Buch vor ihm, dann über das Lesepult hinweg dorthin, wo gestern noch 200 Bücher gestapelt waren.

Und er verstand nicht.

Als Tolosani Stunden später das Spital erreichte, war die Sonne gerade aufgegangen. Sie tauchte den Innenhof in ein freundliches Licht. Über die schmale Treppe erreichte er das Zimmer und klopfte, hörte aber keinen Laut. Er öffnete die Tür und fand Alanus auf seinem Bett, in sich gewendet wie ein kleines Kind und noch immer in tiefen Schlaf versunken. Der Alte überlegte kurz. Aber es musste sein. Die Zeit lief davon. Und so schüttelte er Alanus am Arm. Es dauerte eine ganze Weile, bis es ihm gelungen war, ihn wach zu bekommen.

Alanus richtete sich langsam auf, blickte unsicher, sah in den Raum, aus dem Fenster hinaus zum Fluss und dann zu Tolosani. Er hätte noch länger schlafen können, fühlte sich aber nicht mehr erschöpft, sondern nur etwas schläfrig.

„Ein neuer Tag", sagte er. „Hoffen wir, dass er besser wird als der gestrige."

„Ich muss Euch leider enttäuschen", entgegnete Tolosani. Dann berichtete er ausführlich, was nach Mitternacht geschehen war. Alanus hörte aufmerksam zu. Schließlich erhob er sich, ging zum Fenster und schaute auf die ruhig und gleichmäßig dahinfließende Pegnitz.

„Unglaublich“, sagte er nur und wandte sich wieder zu Tolosani um. „Damit sind all unsere bisherigen Vermutungen hinfällig. Wir können wieder ganz von vorn beginnen.“

„Das glaube ich nicht. Wir müssen nur damit leben, dass die Wahrheit komplizierter ist, als wir sie uns vorgestellt haben. Diese neue Situation hat aber auch einen Vorteil für Euch.“

Alanus blickte auf. „Wie meint Ihr das?“

„Ihr müsst Euch nicht mehr verstecken, könnt Euch stellen. Leitner ist dabei, alle Beteiligten zu überprüfen. Er will von jedem ganz genau wissen, wo er sich in dieser Nacht aufgehalten hat. Seine Männer befragen alle möglichen Zeugen. Mich hat er nicht gefragt. Das war ihm wohl zu unangenehm. Aber der Wirt meines Gasthofs teilte mir am Morgen mit, dass Leitners Leute auch bei ihm gewesen sind, um sich nach mir zu erkundigen. Alanus, nun ist die Gelegenheit, die Dinge zu klären. Bruder Laurentius hat im Spital die Nachtwache gehalten. Er kann bezeugen, dass Ihr hier gewesen seid und Euer Zimmer nicht verlassen habt.“

Alanus nickte und dachte einen Moment nach.

„Das klingt verlockend“, sagte er schließlich. „Aber es würde lediglich beweisen, dass ich den Überfall auf Petreius und den Raub der Bücher nicht zu verantworten hätte. Der Mord an Zell bliebe nach wie vor offen. Nein, versteht recht, ich glaube, das ist kein guter Einfall.“

„Es wäre immerhin ein Anfang“, erwiderte Tolosani. „Ihr könntet Eure Glaubwürdigkeit zurückgewinnen.“

„Aber Leitner würde mich sicher verhaften. Und im Keller des Rathauses bin ich seiner Willkür völlig ausgeliefert.“

Tolosani legte die Stirn in Falten.

„Außerdem“, ergänzte Alanus, „könnte ich nichts mehr zur Suche nach dem wirklichen Täter beitragen.“

Die beiden schwiegen einen Augenblick.

„Wahrscheinlich habt Ihr Recht“, sagte Tolosani schließlich. „Zu zweit wird es uns eher gelingen, die Dinge aufzuklären.“

„Ihr solltet Leitner darum bitten, Euch das Kopernikus-Manuskript auszuleihen", ergänzte Alanus. „Nur für eine kurze Zeit. Nach einem Vorwand müsste man nicht lange suchen. Ihr wollt das Buch noch einmal prüfen, um es nach möglichen Motiven für einen Mord und den Diebstahl der Druckexemplare durchzusehen. Tatsächlich habt Ihr so die Möglichkeit, unseren Auftrag zu erfüllen, zu prüfen, inwieweit es sich um ein für die Kirche und die gläubigen Menschen gefährliches Buch handelt."

„Richtig." Der Alte nickte. „Ich sehe, der Schlaf hat Euch gut getan. Ich hatte auch daran gedacht. Noch nie war es für uns so einfach, das Original einzusehen. Vielleicht müssen wir dann gar nicht mehr lange bleiben. Und Ihr könnt die Stadt verlassen, ohne Leitner in die Hände zu fallen."

Tolosani bemerkte, dass Alanus auch von diesem Vorschlag nicht überzeugt war.

„Ich möchte weiterhin hierbleiben", entgegnete er. „Ich möchte wissen, wie sich die Dinge auflösen."

„Lasst Euch nicht zu sehr von Julia leiten."

„Es geht nicht nur um Julia. Ich möchte die Sache zu Ende bringen. Ich will wissen, was sich hinter diesem Geschehen verbirgt. Wir sind ganz offensichtlich nicht die Einzigen, die ein Interesse an dem Buch haben. Wie anders wollt Ihr erklären, dass 200 Druckexemplare einfach so verschwinden? Da will jemand verhindern, dass die Idee des Kopernikus in die Welt gelangt. Und nicht wir sind es, die das veranlasst haben. Obwohl die Heilige Inquisition in solchen Dingen als erstes unter Verdacht gerät. Zumal ja auch der päpstliche Legat Farsini und sein Gehilfe in der Stadt sind. Also: Wer ist es, der hier eingreift? Und was bezweckt er damit? Was ist es wert, dass man dafür einen Mord begeht oder Menschen halb totschlägt? Versteht Ihr, Monsignore? Es reicht nicht, dass wir ein Buch auswerten. Hier sind Kräfte am Werk, die wir kennen sollten. Denn sie greifen in Dinge ein, die gewöhnlich nur der Heiligen Kirche obliegen. Und zugleich geeignet sind, unser christliches Weltbild aus den Angeln zu heben. Habt Ihr einmal darüber nachgedacht, dass die

Gefahr gar nicht von Kopernikus ausgeht, sondern von denen, die seine Gedanken für ihre Zwecke ausnutzen?"

Tolosani hatte längst auf dem Stuhl Platz genommen und Alanus aufmerksam zugehört.

„Ja", sagte er. „Ja, das könnte sein, was Ihr da sagt. Und ich sehe es alles ganz genau so wie Ihr."

Er zögerte einen Augenblick.

„Aber ist es nicht seltsam, dass ausgerechnet derjenige, der alle zweihundert Drucke verschwinden lässt, das Original zurückbringt? Da stimmt doch etwas nicht. Das macht doch keinen Sinn. Entweder will er verhindern, dass dieses Buch veröffentlicht wird. Dann hätte er aber auch das Original behalten. Oder er will gerade sicherstellen, dass es tatsächlich veröffentlicht wird, und es also selbst in Umlauf bringen. Vielleicht, um einem künftigen Verbot des Buches zuvorzukommen. Aber dann muss er sich nicht die Mühe machen, dass Original zurückzulegen. Im Gegenteil. Nur das Original beweist, dass seine Druckexemplare authentisch sind. Er sollte es behalten. Versteht Ihr, was ich meine?" Alanus musste lachen.

„Ich glaube ja", sagte er. „Ihr meint, dass wir bislang nicht im Entferntesten verstanden haben, was hier eigentlich vor sich geht."

„Genau."

Beide schwiegen. Von draußen hörte man den ruhigen Lauf des Flusses. So früh am Morgen war es noch ganz still.

„Seltsam", sagte Alanus, der aus dem Fenster auf das Wasser schaute. „Alles wirkt so friedlich dort draußen."

Nun war es Tolosani, dem ein Lächeln über das Gesicht ging.

„Ja, manchmal wirkt die Welt so auf uns. Genießt diese Ruhe noch eine Zeit lang. Aber dann solltet Ihr Euch auf den Weg machen."

Alanus blickte den Alten fragend an. „Wie meint Ihr das?"

„Wenn Ihr bei Julia seid, lasst Euch noch einmal die astronomischen Bücher zeigen. Vielleicht verraten uns Zells Zeichen doch noch mehr, als wir bislang wissen. Und fragt Julia, wo man in Nürnberg 200 Bücher verstecken kann, ohne dass es auffällt. Sie könnte es wissen."

In den Gewölben des Rathauses konnte man die unterschiedlichsten Dinge erwerben. Dort traf man auf Korbflechter, Fassbinder, Töpfer, Leineweber, die ihre Waren ausgelegt hatten, und auch Buchdrucker waren hier vertreten. Doch ein Stand blieb heute leer. Tolosani ging daran vorbei und überlegte, dass Petreius, von Siegfried Zell abgesehen, bislang am meisten unter den Geschehnissen gelitten hatte. Für einen kurzen Moment dachte der Alte daran, dass andere Buchdrucker ein Interesse haben könnten, Petreius zu schaden. Doch nach kurzer Überlegung verwarf er den Gedanken. Die Geschehnisse in der Werkstatt waren zu verwirrend, als dass sie sich damit erklären ließen.

Als Tolosani den Eingang zur Regimentsstube erreichte, bemerkte er sogleich, dass dort keine Wachen standen. Leitner benötigte für seine Untersuchungen offenbar jeden Mann.

Die Treppen machten dem Alten sehr zu schaffen. Als er den oberen Stock erreicht hatte, blieb er stehen, hielt sich am Geländer fest und wartete einen Moment. Du bist nicht mehr der Jüngste, sagte er sich, und zugleich ging ihm ein Lächeln über das Gesicht, denn er war dankbar, dieses hohe Alter noch erleben zu dürfen. Gott hatte sich ihm gnädig gezeigt, und wenn einmal das Ende käme, würde er versöhnt und ohne Reue gehen.

Er betrat den Vorraum der Regimentsstube, einen hohen, an der Decke und an den unteren Wandhälften getäfelten Raum, der vom Licht, das durch die Fenster fiel, hell erleuchtet war. In der Mitte befand sich ein großer runder Tisch. Einige von Leitners Männern warteten hier. Sie hatten Tolosani bemerkt und verbeugten sich ehrfurchtsvoll.

Als er die Regimentsstube betrat, kam Leitner auf ihn zu und begrüßte ihn herzlich.

„Meine Männer haben offenbar Julia Fugger festgenommen", flüsterte er. „Sie sind auf dem Weg hierher. Ich hoffe, das bringt uns weiter. Setzt Euch doch. Ich möchte zunächst noch einige Beteiligte befragen."

Tolosani war überrascht und nickte nur. Zugleich sah er, dass Schöner und Osiander im Raum waren. Und Luca Baresi. Der Alte konnte sich keinen Reim darauf machen, was die Anwesenheit des Vertrauten Farsinis zu bedeuten hatte.

Leitner setzte sich zurück an den großen Tisch und schaute zu Osiander.

„Lasst uns fortfahren", sagte er. „Also, es stimmt, was meine Leute mir sagten? Ihr habt die Nacht im Pfarrhaus von Sankt Lorenz verbracht?"

Osiander wirkte sichtlich ungehalten.

„Ich habe Euch schon gestern gesagt, dass meine Frau sehr krank ist", antwortete er. „Es ist mir völlig unverständlich, warum ich hier verhört werde wie ein Dieb. Wenn Ihr weiter in dieser Weise verfahrt, werde ich mich beim Rat der Stadt über Euch beschweren. Ihr habt kein Recht, mit einem der angesehensten Männer der Stadt so umzugehen."

„Andreas Osiander, Ihr seid Zeuge, nicht Angeklagter", versuchte Leitner zu beruhigen. „Ich benötige Eure Hilfe. Und für diese bin ich Euch sehr dankbar. Aber ich muss Euch auch Fragen stellen, die über das Gewöhnliche hinausgehen. Bei all dem, was seit gestern Nacht vorgefallen ist, sollte Euch das nicht wundern."

Tolosani bemerkte wohl, dass der Prediger von Sankt Lorenz verunsichert war und mit sich rang. Und Leitner schien seine Sache gut zu machen.

„Ein Verdacht gegen mich wäre absurd", sagte Osiander. „Ich habe das Manuskript des Kopernikus für den Druck vorbereitet. Kopernikus ist schon seit Monaten nicht mehr ansprechbar. Er wäre nicht in der Lage, sein Werk herauszubringen. Ich ganz allein bin derjenige, der ein Erscheinen des Buches überhaupt möglich gemacht hat. Und da glaubt Ihr, ich lasse seine Bücher verschwinden? Das ist doch unsinnig."

Leitner ließ sich nichts anmerken und behielt die Ruhe. Er zeigte auf das große Buch, das neben ihm auf dem Tisch lag.

„Wie erklärt Ihr Euch, dass es plötzlich wieder auftaucht?"

Osiander schüttelte den Kopf.

„Ich habe nicht die geringste Vorstellung, was da geschehen ist. Aber ich bin erleichtert, dass wir es wiederhaben."

„Wirklich?", entgegnete Leitner. „Ist es nicht naheliegend, dass gerade jemand, der die Theorie des Kopernikus von ganzem Herzen ablehnt, dieses Original an sich bringt und auf kluge Weise verschwinden lässt?"

Tolosani bemerkte, wie sich Osianders Gesichtsausdruck seltsam veränderte und es ihm nur mühsam gelang, die Fassung wiederzugewinnen.

„Es ist empörend, was Ihr Euch herausnehmt. Ich bin froh, dass wir dieses Manuskript wiedergefunden haben. So ist es für Petreius immerhin möglich, neu zu drucken. Und ich werde ihm dabei helfen, es zu tun, auch wenn Ihr mir andere Absichten unterstellt. Ich denke, unser Gespräch ist beendet."

Mit den letzten Worten erhob sich Osiander und griff nach dem Buch. Doch Leitner legte seine Hand darauf.

„Das bleibt hier", stellte er nüchtern fest. „Solange dieser Fall nicht aufgeklärt ist, behalte ich das Kopernikus-Manuskript in meiner Obhut."

Osiander blickte überrascht und wütend zugleich.

„Was nehmt Ihr Euch heraus? Das Buch gehört nicht Euch. Petreius braucht es dringend. Durch all die Geschehnisse befindet er sich nun in großer Geldnot. Nur der Druck dieses Buches kann ihm helfen."

Noch einmal versuchte er, das Buch zu greifen. Doch Leitner zog es an sich und legte beide Hände darauf.

„Ich gebe das Buch erst frei, wenn ich den Mörder Zells kenne", sagte er ruhig und bestimmt.

Tolosani, der das Gespräch hellwach verfolgt hatte, meinte,

zum ersten Mal einen Hauch von Unsicherheit, ja sogar Angst in Osianders Augen zu bemerken.

Als es an der Pforte klopfte, schreckte Julia zusammen. Sollten das schon wieder Leitners Männer sein?

Sie schickte Johannes zur Tür. Vorsichtig, ohne ein Geräusch zu machen, verließ der Junge den Arbeitsraum, ging durch die Diele, versuchte, irgendeinen Laut von draußen zu erhaschen, aber da schien nichts zu sein, keine Männerstimmen, kein Aufschlagen von Pferdehufen, gar nichts. Er gab Julia ein Zeichen. Als sie die Tür vorsichtig öffnete und Alanus draußen warten sah, lief sie auf ihn zu und umarmte ihn.

„Welch ein Glück!", rief sie, zog ihn mit sich ins Haus und ließ die Pforte zufallen. Als sie in der Diele standen, umarmte sie ihn noch einmal.

„Ich bin so froh", sagte sie, schaute ihm in die Augen und sah, dass auch er sich freute, sie wiederzusehen. „Wenigstens Ihr seid noch frei. Kommt mit."

Sie ging zurück ins Arbeitszimmer. Alanus folgte ihr, bemerkte den Jungen und nickte ihm zu.

„Angelina ist fort", sagte Julia. „Leitners Männer haben sie verhaftet."

Sie setzte sich an den Tisch und bat ihn, ebenfalls Platz zu nehmen.

„Angelina? Warum Angelina?"

„Leitners Männer waren gekommen. Ich habe es rechtzeitig bemerkt und bin in den Keller geflüchtet. Aber meine Schwester ahnte nichts und öffnete ihnen. Sie wurde sofort verhaftet. Diese Narren hielten sie für mich. Angelina hat getobt, geflucht und sich gewehrt, aber das machte die Sache nur noch schlimmer."

Sie fuhr sich mit der Hand durchs Haar und ließ sich die Locken nach hinten über die Schulter fallen. Dann bemerkte sie, dass Alanus sie seltsam anschaute.

„Was ist?", fragte sie.

Alanus schüttelte den Kopf, wirkte etwas unbeholfen. „Das war die gleiche Handbewegung, die ich auch bei Angelina gesehen habe."

„Ja, das stimmt", erwiderte Julia und lächelte. „Sie tut das allerdings ständig."

„Was geschieht jetzt mit ihr?"

„Nun, Leitner wird den Irrtum sofort bemerken. Schließlich kennt er mich. Und dann wird er Angelina befragen. Er wird dabei nicht zimperlich sein. Und meine Schwester wird toben und ihm das Leben zur Hölle machen. Ihr habt sie ja kennengelernt. Sie lässt ihren Gefühlen schnell freien Lauf. Das wird ein böses Ende nehmen."

„Leitner sperrt sie ein."

„Richtig. Und ein weiteres Mal wird es die Familie Fugger sein, die Schaden davonträgt. Mein Vater wird mich dafür verantwortlich machen."

Julia sah zur Wand. Ihr Blick verlor sich darauf. Sie malte sich aus, wie es sein würde: Angelina im Gefängnis, mitten unter Söldnern und Folterern. Noch dazu als Mitglied der mächtigen Familie der Fugger. Die Leute waren gierig nach Skandalgeschichten. Diese wäre eine ganz nach ihrem Geschmack.

Sie senkte den Kopf auf die Tischplatte, damit niemand sehen konnte, wie ihr die Tränen kamen. Zugleich spürte sie, dass Alanus, der nun unmittelbar neben ihr saß, von ihren Gefühlen überfordert war, unsicher, was er tun sollte. Sie fasste sich, nahm seine Hand und sah ihn wieder an.

„Entschuldigt."

Dann erhob sie sich, ging zum Fenster, schaute hinaus und blieb dort eine Weile stehen, um wieder zu sich zu kommen.

„Ich habe von dem gehört, was heute in der Früh geschehen ist", sagte sie. „Eine unglaubliche Geschichte. Wir müssen ganz neu nachdenken, um herauszubekommen, wie das alles zusammenhängt. Warum wurden die Bücher gestohlen? Und was hat das mit dem Mord zu tun? Und mit dem Brand in meinem Lagerhaus? Wir müssen jetzt schnell handeln. Auch, um Angelina zu befreien."

Alanus nickte.

„Tolosani sagt, der Täter habe keinerlei Spuren hinterlassen. Das ist ungewöhnlich. Zweihundert Bücher sind verschwunden und es sieht so aus, als hätten sie sich in Luft aufgelöst, als sei Magie im Spiel gewesen. Man kann so viele Bücher aber nicht einfach verschwinden lassen. Irgendwo müssen sie sein. An einem Ort, wo niemand sie entdecken kann, wo sie kein Aufsehen erregen."

„Ein Keller", sagte Johannes plötzlich. Der Junge lehnte an der Wand, hatte die ganze Zeit aufmerksam zugehört, sich aber zurückgehalten. Nun sprudelte es nur so aus ihm heraus.

„Zunächst braucht man zwei Pferdewagen. Ich habe das gerade einmal ausgerechnet. Wenn man das Gewicht eines Buches berücksichtigt und überlegt, was ein solches Fuhrwerk laden kann, dann kommt man darauf, dass für eine solche Menge mindestens zwei, besser drei Fuhrwerke nötig sind. Und wenn ihr diese Bücher ohne Spuren zu hinterlassen aus der Werkstatt zu den Wagen bringen wollt, benötigt ihr eine Menschenkette. Wie beim Löschen eines Feuers. Dabei müssen jene Männer, die in der Werkstatt arbeiten, diese mit sauberen, nackten Füßen betreten. Alle anderen arbeiten draußen. Der Wagen muss auch ein Verdeck haben. Es hat in der Nacht geregnet. Die Bücher müssen abgedeckt worden sein. Ein großes Tuch, das man über die Bücher wirft, hilft nicht, denn es wird bei Regen sofort nass und überträgt die Feuchtigkeit auf die Bücher. Das Tuch muss also wie eine Art Dach über den Wagen gespannt sein und auch seitlich abfallen."

Er hielt kurz inne und vergewisserte sich, dass Alanus und Julia zuhörten.

„So also könnte es gewesen sein. Die Spuren der Wagen und der Männer, die im Freien arbeiteten, wurden dann vom Regen weggespült. Es bleibt weder in der Werkstatt noch draußen irgendein Hinweis auf das, was geschehen ist. Also: keine Zauberei. Aber alles wurde ausgezeichnet geplant und durchgeführt. Das können nur wenige. Und die Wagen müssen schnell und möglichst leise und unauffällig davongefahren sein. Ach übrigens, am Stadttor hätten die Wachen sie bemerkt. Daraus folgt, dass die Bücher sich noch in der Stadt befinden."

Ungläubig betrachtete Julia den Jungen. Wie war es möglich, dass ein Zwölfjähriger solche Gedanken entwickeln konnte? Sie schaute zu Alanus und sah ihm an, dass er Ähnliches dachte.

„Sehr überzeugend", sagte er. „Und wo würdest du die Bücher vermuten?"

„Wie gesagt: in einem Keller", antwortete der Junge. „Das Einfachste wäre, wenn er groß genug ist, ganze Pferdewagen darin verschwinden zu lassen. So kann man die Bücher ungestört ausladen. Aber auch ein Lagerhaus wäre gut."

„Da bin ich ja geradezu beruhigt, dass unser Lagerhaus abgebrannt ist", warf Julia lachend ein. „Und riesige Kellerräume besitzen wir auch nicht. Johannes, ich bin noch nie einem solch klugen Novizen begegnet. Du hast soeben meine Unschuld bewiesen."

„Leitner wird das leider nicht überzeugen", wandte Alanus ein. „Aber alles könnte tatsächlich genau so geschehen sein, wie Johannes es gerade dargestellt hat. Es würde erklären, warum keinerlei Spuren gefunden wurden. Und auch ich glaube, dass die Bücher noch in der Stadt sind. Wenn wir sie finden, finden wir vielleicht auch Zells Mörder. Wo in Nürnberg gibt es große Lagerhäuser oder große unterirdische Kellergewölbe?"

Der Junge zuckte mit den Schultern. „Ich weiß zu wenig über diese Stadt."

Julia dachte nach. Sie kannte die Lagerhäuser der Fernhändler sehr genau. Aber diesen Familien traute sie eine solche Tat nicht zu. Sie würden sich kaum der Gefahr aussetzen, ihren guten Ruf zu verlieren. Blieben also die Keller der Stadt, von denen es unzählig viele gab. Ein solcher Raum musste groß genug sein, unauffällig, nicht zugänglich, am besten unbekannt.

„Ich glaube, ich weiß, wo das sein könnte."

Julia ging zum Regal und nahm eine Pergamentrolle hervor, legte sie auf den Tisch und breitete sie aus. Sie hatte diesen Plan schon vor einigen Monaten erworben, um herauszubekommen, ob an all den Gerüchten über die unterirdischen Geheimgänge der Stadt etwas Wahres sei. An den Legenden vom geheimen Gang zur Alten Veste, zum Rechenberg, zum Dutzendteich oder zum Tiefen Brunnen. Damals konnte sie noch nicht ahnen, dass dieser Plan ihr nun sehr nützlich sein würde.

„Dies ist eine recht genaue Abbildung der Stadt. Sie zeigt im Süden St. Sebald, das Rathaus und den Egidienhof. Im Norden seht Ihr die Obere Schmiedgasse, die Drahtschmiedsgasse, die Burg und die Kaiserstallungen. Und nun schaut einmal, was hier schwarz eingezeichnet ist."

Sie blickte zu Alanus, der nicht verstand und den Kopf schüttelte.

„Es sind die Wasserleitungen der Stadt", fuhr sie fort. „Ihr seht, dass sich die meisten in der Nähe der Burg befinden. Am Ölberg, in der Oberen Schmiedgasse und in der Gasse unter der Veste."

„Wasserleitungen?", stellte Alanus verwundert fest. „Wie soll man da etwas verstecken?"

„Viele sind mehr als mannshoch. Und manchmal miteinander verbunden. Man kann stundenlang in diesen Gängen laufen. Sie sind wie Labyrinthe. Wenn Ihr Euch nicht auskennt, seid Ihr verloren. Und nun schaut einmal hier. Fast alle Häuser unterhalb der Burg besitzen Keller. Vor mehr als 100 Jahren wurden die Besitzer vom Rat der Stadt verpflichtet, sie zu bauen. Besonders jene Bürger, die dort Bier brauten. Auf dieser Karte sind sie alle verzeichnet. Schaut."

Alanus und Johannes konnten sofort erkennen, was sie meinte.

„Wie groß sind sie?", fragte er.

„Das ist ganz unterschiedlich. Manche dieser Keller wären durchaus geeignet, ganze Wagenladungen darin zu verstecken."

„Und die Wasserleitungen? Weiß Leitner von ihnen?"

„Vielleicht. Sie sind geheim. Es gibt nur zwei Männer, die sie wirklich kennen. Der eine ist der Stadtbaumeister aus dem Inneren Rat. Der andere ein für die Wasserversorgung der Stadt verantwortlicher Röhrenmeister."

Alanus dachte nach.

„Und woher stammt dann diese Karte?"

Julia sah ihn an und lächelte nur.

Tolosani hatte nicht ohne eine gewisse Genugtuung wahrgenommen, wie Leitner mit Osiander umgesprungen war. Und sein Gefühl sagte ihm, dass der Prediger von Sankt Lorenz noch für manche Überraschung gut sein konnte. Irgendetwas verbarg er. Und das hatte mit jenem Buch zu tun, das nun auf wundersame Weise wieder aufgetaucht war. Konnte es sein, dass Osiander gar nicht so selbstlos daran gearbeitet hatte, wie er vorgab? Dass er still und heimlich einen eigenen Plan verfolgte?

Inzwischen hatte Leitner mit der Befragung von Johannes Schöner begonnen. Dieser Mann war seit langer Zeit weit über Nürnbergs Grenzen hinaus als Mathematiker und Astronom bekannt. Er hatte nach dem Tod des Regiomontanus dessen Nachlass studiert, sich um die Veröffentlichung seiner Werke verdient gemacht und selbst einige bemerkenswerte Arbeiten zur Astronomie verfasst. Viele Gelehrte waren über die Jahre nach Nürnberg gekommen, um bei ihm zu lernen. Tolosani wusste, dass auch Rheticus ihn aus diesem Grund aufgesucht hatte.

Als Schöner gegenüber dem Bürgermeister Platz nahm, konnte er kaum verbergen, wie unwohl er sich fühlte. Leitner bat ihn, noch einmal darzulegen, was er am Morgen erlebt hatte. Das tat Schöner in einer Genauigkeit, die den Zuhörer nur ermüden konnte. Er hatte Petreius in der Früh gefunden, ihn wachgerüttelt, ihm zu trinken gegeben und war dann davongeeilt, um Leitner zu benachrichtigen. Den Diebstahl der Bücher hatte er bis dahin noch nicht bemerkt.

Es war ein Detail in der umständlichen Schilderung des Johannes Schöner, das Leitner sofort aufhorchen ließ.

„Könnt Ihr den letzten Satz noch einmal wiederholen?", drängte er.

„Was meint Ihr?"

„Ihr spracht davon, dass Ihr auf dem Weg einem Mann begegnet seid. Das ist zu solch früher Stunde sehr ungewöhnlich. Habt Ihr ihn erkannt?"

Schöner nickte und schaute den Bürgermeister verwirrt an.

„Ja. Doch." Er zögerte kurz. „Es war Benjamin Rashi. Der Kaufmann."

Tolosani bemerkte, wie es Leitner für einen Augenblick die Sprache verschlug. Schöner hatte, ohne es selbst zu bemerken, den vielleicht ersten erfolgversprechenden Anhaltspunkt gegeben.

Plötzlich drang Lärm in den Raum. Er kam aus dem Erdgeschoss. Auf der Treppe war lautes Geschrei und Getrampel zu hören. Dies verwirrte Leitner so sehr, dass er die Befragung Schöners kurzerhand unterbrach und abwartete, was nun geschah.

Nur einen Augenblick später betraten seine Männer den Raum. Sie zerrten eine Frau hinter sich her, die wild um sich schlug. Drei von ihnen mussten sie festhalten und wurden wüst von ihr beschimpfte.

„Das ist Julia Fugger", rief einer der Männer. „Wir haben sie in ihrem Kontor am Fluss ergreifen können."

Leitner betrachtete diese Frau näher. Sie versuchte noch immer, sich loszureißen. Ihr langes dunkelbraunes Haar war so wirr, dass man ihr Gesicht kaum sehen konnte. Sie trug ein dunkelrotes Kleid, das am rechten Arm aufgerissen war. Ihre nackten Füße waren von Schlamm beschmutzt. Man mochte kaum glauben, dass eine solch zierliche Gestalt so viel Kraft entwickeln konnte. Als es ihr gelungen war, sich aus dem Zugriff der Männer zu befreien, blieb die Frau stehen und schaute sich um.

„Was habt Ihr Euch eigentlich dabei gedacht?“, fuhr sie Leitner an.

Er hatte längst bemerkt, dass es nicht Julia Fugger war, die vor ihm stand.

Sie hatten es vorerst aufgegeben, über Kellergewölbe und geheime Wasserleitungen nachzudenken. Stattdessen war Julia die Idee gekommen, in ihren Büchern noch einmal den rätselhaften Symbolen nachzugehen, die Zell hinterlassen hatte. Sie holte nacheinander vier Bände aus dem Regal, legte sie vorsichtig auf den Tisch und schlug das erste auf.

„Agrippa von Nettesheim“, stellte Alanus fest. Er nahm den Band, blätterte darin und kam schließlich zu jener Seite, die er schon gestern gefunden hatte.

„Hier. Seht...“

Julia erkannte das Symbol sofort wieder.

„Venus“, sagte sie. „Ein astrologisches Zeichen. Es steht auch für Liebe. Und für das Weibliche. Eine Frau.“

„Richtig. Und dies?“ Alanus zeigte auf das Dreieck.

„Feuer. Es ist eines der vier Elemente. Es meint Zerstörung. Verwandlung. Es steht für das Männliche. Also ein Mann. Oder ein Feuer. Das Feuer im Lagerhaus.“

„So sehe ich es auch. Und nun das letzte Symbol: der Halbkreis. Ich habe ihn in einem Buch des Kopernikus gefunden. Er steht für den aufgehenden Mond. Aber das ergibt keinen Sinn. In der Nacht war Vollmond.“

Julia dachte nach, versuchte sich bewusst zu machen, wo sie dieses Zeichen bereits gesehen hatte. Der Mond. Und immer wieder der Mond. Der Mond als das Weibliche. Der aufgehende Mond als Zeichen der Hoffnung. Der Halbmond. Der Halbmond als Symbol.

„Aber ja“, sagte sie plötzlich, selbst überrascht von ihrem neuen Gedanken. „Es ist kein astronomisches Zeichen. Und es hat auch nichts mit Alchemie zu tun. Es ist der Halbmond. Das Zeichen des Islam.“

Sie sah zu Alanus und bemerkte, wie verblüfft der war.

„Wir haben das Feuer“, fuhr sie fort, „wir haben den Hinweis auf eine Frau und ...“

„ ... einen Hinweis auf den Araber“, ergänzte Alanus.

„Ja, der Araber. Aber wie passt das alles zusammen?“

„Wer ist der Araber?“, fragte Johannes, der den Gedankengang der beiden aufmerksam verfolgt hatte und noch immer gebannt die aufgeschlagenen Seiten des Buches betrachtete.

„Ein arabischer Händler“, sagte Julia in Gedanken versunken, „der sich auch mit Astronomie beschäftigt. Eigentlich weiß niemand so recht, was er wirklich tut.“

„Das Zeichen des Feuers ist eindeutig“, stellte Alanus fest. „Das brennende Lagerhaus.“

Julia nickte.

„Der Halbmond könnte für den Araber stehen. Ist er der Mörder? Aber wer ist die Frau?“

Alanus sah zum Tisch und dachte nach.

Julia spürte, dass etwas in ihm vorging. Dass ein ganz naheliegender Gedanke ihn gefangennahm, von einem Augenblick auf den anderen, ein Gedanke, den er vielleicht selbst nicht wahrhaben wollte. Sie wusste, dass es ihr kaum gelingen konnte, etwas wirklich Handfestes vorzubringen gegen jenen Verdacht, der sich nun aufdrängte. Ihr selbst war dieser Gedanke sofort in den Kopf gekommen, und Alanus würde es nicht anders ergehen.

„Ihr wisst ...“, sagte er, brachte den Satz aber nicht zu Ende.

Julia nickte nur.

„Gestern, als ich mit Eurer Schwester sprach ...“, fuhr Alanus fort, aber wieder stockte er, schaute zum Tisch. „Diese astronomischen Bücher. So viele findet man selten an einem Ort. Eigentlich nur in wenigen Klosterbibliotheken.“

„Sie gehören meinem Vater", sagte Julia und tat so, also würde sie seine Anspielung nicht bemerken. „Ich lese gern darin. Es gibt viel Interessantes zu entdecken."

„Und das Pergament des Honorius?"

Julia blickte auf und sah Alanus ungläubig an.

„Welches Pergament?"

„Angelina hatte es hier auf dem Tisch liegen. Eine magische Schrift des Papstes Honorius."

„So etwas kenne ich nicht."

„Ein gewisser Severin von Sponheim soll es Eurem Vater anvertraut haben."

Julia verstand nicht.

„Severin war vor etwa einem Jahr bei meinem Vater in Augsburg zu Gast", sagte sie. „Aber von einem Pergament weiß ich nichts."

Sie setzte sich auf die Bank und schaute auf die Tischplatte. Plötzlich ahnte sie, was geschehen sein musste, und das machte sie wütend. Dennoch versuchte sie, ruhig zu bleiben.

„Meine Schwester hat Euch gestern eine Geschichte erzählt, nicht wahr?"

„Ja", Alanus nickte. „Diese Geschichte hörte sich sehr seltsam an. Aber vieles war bemerkenswert, denn Angelina weiß offenbar Dinge, die selbst am Heiligen Stuhl höchster Geheimhaltung unterliegen."

Julia nickte. „Ich kenne das. Sie hat großes Wissen. Und spielt gern damit. Aber sagt, handelte diese Geschichte auch von mir?"

Alanus schwieg. Und das machte Julia nur noch wütender. Wie sollte sie ihm klarmachen, dass Angelina gerne mit den Menschen spielte? Dass es ihr Freude bereitete, mit ihren Geschichten Gerüchte in die Welt zu setzen? Dass es für sie nur ein Spiel war. Dass sie auflebte, wenn ihre Fantasien die Menschen verwirrten. Und dass sie in tiefe Finsternis fiel, wenn die Tage lang und öde waren. Eine Finsternis, aus der man sie dann viele Stunden lang nicht befreien konnte.

Julia stand auf, wandte sich ab, ging zum Fenster und schaute hinaus.

„Ich verstehe, dass nun alles gegen mich sprechen muss" sagte sie. „Ich kann nichts dagegen tun. Ich weiß nicht, wie ich Euch vom Gegenteil überzeugen soll. Davon, dass Angelinas Geschichten nur erfunden sind. Davon, dass ich nicht die Mörderin Zells bin. Aber wenn Ihr meint, dass Ihr mir nicht mehr vertrauen könnt ..."

Sie wandte sich um und suchte seinen Blick.

„... dann solltet Ihr jetzt besser gehen."

Mehrfach musste Leitner die Frau auffordern, sich zu setzen, und letztlich gelang ihm das nur mit Gewalt. Schließlich saß sie widerwillig auf einem Stuhl und wurde von zwei Männern, die rechts und links von ihr standen, daran gehindert, erneut aufzustehen.

„Was erlaubt Ihr Euch? Wisst Ihr nicht, mit wem Ihr es zu tun habt?", rief sie.

„Ihr seid nicht Julia Fugger", stellte Leitner nüchtern fest und warf seinen Leuten einen wütenden Blick zu. „Ihr seid Julias ältere Schwester."

„Sehr richtig", fauchte Angelina ihn an. „Und wenn Ihr nicht große Schwierigkeiten mit meinem Vater bekommen wollt, lasst Ihr mich sofort gehen!"

Sie fuhr sich durchs Haar und schaute ihn herausfordernd an.

Tolosani saß nicht weit von ihr am großen Tisch. Er hatte Angelina Fugger bislang noch nicht kennen gelernt, nur von ihr gehört. Nun musste er feststellen, dass es nicht übertrieben war, was man über ihr Temperament sagte. Und zugleich spürte er, welch ein Zorn von dieser jungen Frau ausging, die offenbar keinerlei Furcht kannte und vor niemandem Respekt hatte. Und so schien Leitner noch immer mit sich zu ringen und darüber nachzudenken, wie es ihm gelingen konnte, die Dinge nicht aus der Hand zu verlieren.

„Ihr seid als Zeugin hier, nicht als Angeklagte“, begann er mit betont ruhiger Stimme. „Wenn Ihr meine Fragen beantwortet habt, könnt Ihr gehen.“

Angelina warf ihm einen verächtlichen Blick zu.

„Wo seid Ihr in den letzten beiden Nächten gewesen?“

„Im Kontor“, fauchte sie widerwillig. „In der ersten Nacht habe ich geholfen, das Feuer zu löschen. Unser Lagerhaus brannte herunter bis auf das Fundament. Die vergangene Nacht habe ich geschlafen. Bis ich von Euren Männern geweckt wurde.“

Leitner nickte.

„Und Eure Schwester?“

„Ich weiß nichts von meiner Schwester. Ich habe sie kaum gesehen.“

„Nicht einmal, als das Lagerhaus brannte?“

„Doch.“ Angelina schaute gelangweilt „Ich möchte gehen.“

„Erzählt mir etwas über Eure Schwester.“

„Ich wüsste nicht, was ich Euch erzählen sollte.“

Tolosani sah, dass Leitner mit seiner Fassung rang. Angelina Fugger hatte begonnen, mit ihren Haaren zu spielen und schaute nun wie unbeteiligt aus dem Fenster.

„Eure Schwester ist im Besitz astrologischer und magischer Bücher“, fuhr der Bürgermeister fort. „Meint Ihr nicht, dass dies eine ungewöhnliche Lektüre ist?“

„Julia ist fasziniert von solchen Dingen. Sie beschäftigt sich mit Magie, aber sie hat noch nie irgendjemandem Schaden zugefügt. Das würde sie nicht tun. Und sie hat auch niemanden ermordet.“

„Immerhin hat sie den toten Zell gefunden. Und ist geflohen.“

„Ich wäre auch geflohen. Eure Männer sind widerlich. Julia hat aber niemanden ermordet. Es ist Zufall, dass sie bei Petreius war.“

„Zu solch früher Stunde?“

„Petreius steht gern früh auf. Er meint, er hätte in der Früh mehr Ruhe.“

Tolosani bemerkte, wie Leitner zu ihm sah, und verstand den unauffälligen Wink sofort. Er erhob sich, trat an den Tisch und sah Angelina in die Augen.

„Meint Ihr nicht doch", begann er, „dass es von Eurer Schwester ungeschickt war zu fliehen? Wie soll man darüber denken? Sie hat sich verdächtig gemacht. Warum ist sie nicht einfach geblieben? Man hätte sie befragt, so wie jetzt Euch, und anschließend hätte sie gehen können. Als freier Mensch."

„Wer seid Ihr?", fragte Angelina Fugger. Plötzlich war sie wieder aufmerksam geworden.

„Das ist Monsignore Tolosani", antwortete Leitner. „Er unterstützt mich bei den Ermittlungen. Beantwortet seine Fragen."

„Welche Fragen?", sagte sie spöttisch. „Dass es klug war zu fliehen, sieht man schon daran, wie Eure Männer mit mir umgegangen sind. Julia hat richtig gehandelt. Und das, obwohl sie es in den Tagen zuvor nicht leicht hatte."

„Wie meint Ihr das?"

„Sie ist vor drei Tagen gestürzt und auf den Kopf gefallen. Seither kann sie sich an manches nicht erinnern. Sie bringt Dinge durcheinander. Ich helfe ihr, die Geschäfte zu führen."

„Dann habt also auch Ihr Kontakt zu Petreius gehabt?"

Angelina schüttelte den Kopf und fuhr sich erneut mit der Linken durch das Haar.

„Nein. Julia verhandelte mit ihm. Nicht ich. Und es ging lediglich um drei Bücher, die in der Werkstatt neu eingebunden wurden."

Tolosani bemerkte, dass sich Leitner offenbar wieder gesammelt hatte, und überließ ihm das Gespräch.

„Eure Familie hat viele Handelsbeziehungen", fuhr der Bürgermeister fort. „Sicherlich kennt Ihr einen Kaufmann namens Rashi."

„Ein Händler aus der Judengasse", antwortete Angelina kurz. Sie sah wieder zum Fenster und ließ Leitner spüren, dass sie nicht gewillt war, weiter auf seine Fragen einzugehen. „Wir haben mit

Benjamin Rashi nichts zu tun. Wenn Ihr mehr über ihn erfahren wollt, fragt Ibn-al-Cordobes, den Araber, von dem niemand so recht weiß, was er eigentlich in Nürnberg macht. Die beiden hatten häufig miteinander zu tun. Aber egal. Ich möchte jetzt gehen."

„Angelina Fugger, stimmt es, dass Ihr bei Eurem Vater in Ungnade gefallen seid, weil Ihr in Augsburg einige Geschäfte mit fehlender Sorgfalt betrieben habt? Dubiose Geschäfte, die den Fuggern Streit mit anderen Familien einbrachten?"

„Mein Vater hätte mich wohl kaum nach Nürnberg geschickt, wenn er an meinen Fähigkeiten zweifeln würde", entgegnete sie ungehalten. „Seit wann versteht einer der 13 jungen Bürgermeister etwas vom Fernhandel?"

„Stimmt es, dass Ihr ein Verhältnis mit Ibn-al-Cordobes, dem Araber, hattet?"

„Unfug. Was soll diese Unterstellung? Ich möchte jetzt gehen. Eure Fragen sind eine Zumutung. Unerträglich."

Leitner überlegte kurz und nickte.

„Ihr seid frei", sagte er, ohne ein weiteres Wort zu verlieren.

Angelina Fugger stand auf, vergewisserte sich, dass die Wächter sie in Ruhe ließen, rückte sich das Kleid zurecht, warf sich mit einer schnellen Kopfbewegung das Haar zur Seite und ging aus dem Saal, ohne Leitner auch nur eines weiteren Blickes zu würdigen. Statt dessen ließ sie die Tür laut hinter sich zufallen.

Alanus öffnete die Pforte zur Straße und vergewisserte sich, dass niemand von Leitners Männern in der Nähe war. Julia folgte ihm nach draußen.

„Ich werde noch einmal zu Tolosani gehen", sagte er. „Sicher weiß er inzwischen mehr."

Julia suchte seinen Blick. Noch immer fühlte sie eine große Leere und war verwirrt.

„Und Ihr glaubt mir wirklich?"

„Ich habe nie an Euch gezweifelt", sagte Alanus und umarmte sie. Julia legte ihren Kopf an seine Schulter.

„Aber ich habe wohl an Euch gezweifelt", sagte sie. „Bitte verzeiht mir."

Alanus schwieg, hielt sie fest.

„Es ist so vieles unsicher", sagte er. „In diesen Tagen verliert man leicht den Boden unter den Füßen."

Einige Augenblicke standen sie so beisammen. Dann löste er sich von ihr und sah sie an.

„Am späten Mittag. Auf dem großen Markt. Wartet am Brunnen."

„Seid Ihr Euch sicher?", fragte Julia.

„Sicher", antwortete Alanus und lächelte.

Wenig später sah sie, wie er über die Brücke ging, sich vorsichtig umsah, immer darauf bedacht, nicht entdeckt zu werden. Noch einmal drehte er sich zu ihr um. Dann war er in den Gassen der Stadt verschwunden. Julia blickte hinunter zum Fluss. Das Licht spielte mit den Wellen und blendete sie.

Leitner starrte noch immer zur Tür. Tolosani kam zu ihm und setzte sich an den Tisch.

„Diese Frau weiß, wer sie ist", sprach er leise.

Der Bürgermeister nickte nur. „Die Familie Fugger besitzt Einfluss im Großen Rat. Sie kann mir große Schwierigkeiten bereiten. Das lässt sich wohl kaum verhindern."

„Wenn Ihr die Geschehnisse aufklärt, wird Euch niemand etwas vorwerfen können", beruhigte ihn der Alte. „Und Ihr habt vielleicht sehr wichtige Hinweise erhalten. Da sind zwei Männer, die mit der Sache zu tun haben könnten: Benjamin Rashi. Und der Araber. Ihr solltet sie suchen lassen."

„Hoffen wir, dass uns das weiterbringt", entgegnete Leitner unsicher und schaute auf das Manuskript des Kopernikus, das vor ihm lag. Tolosani war es nicht entgangen.

„Ich könnte mir das Buch noch einmal anschauen", schlug er vor. „Das findet sicherlich auch die Zustimmung des päpstlichen Legaten."

Der Alte blickte zu Luca Baresi, der das Verhör und die Gespräche aufmerksam verfolgt hatte und nun geradezu genötigt war, den Vorschlag durch ein kurzes Nicken gut zu heißen.

„Vielleicht finde ich darin irgendetwas, das die Geschehnisse erklären kann", fuhr Tolosani fort. „Es wäre nicht das erste Mal, dass ein Buch den Schlüssel für ein Verbrechen in sich birgt."

Leitner schob ihm den Band über den Tisch.

„Jeder Hinweis ist jetzt wichtig", sagte er. „Versucht Euer Glück. Und bringt mir das Buch am Abend zurück. Es scheint von großer Bedeutung zu sein."

Tolosani nickte. Endlich war er am Ziel seiner Reise. Leitner konnte nicht wissen, wie sehr seine Worte zutrafen. Tatsächlich. Dieses Buch war von großer Bedeutung. Und nun war die Gelegenheit da, es in Ruhe zu lesen.

„Aber gewiss", sagte Tolosani und nahm es an sich.

Als Alanus durch die Gassen der Stadt ging, waren seine Gedanken noch immer bei Julia. Schon einmal hatte er so gefühlt. Vor Jahren. Als er eine junge Heilerin in sein Herz geschlossen hatte. Es darf nicht sein, ging es ihm durch den Kopf. Ein Mönch muss frei sein. Zu dieser Freiheit hatte er sich verpflichtet. Hatte das Gelübde nie als eine Einschränkung empfunden. Doch er wusste auch um die Macht des Herzens. Sie mochte den Geist verwirren, alle Sinne erfassen, Schmerzen bereiten. Und doch konnte sie rein und selbstlos sein. So wie es die Liebe zu Gott war.

Abrupt wurde er aus seinen Gedanken gerissen. Jemand rempelte ihn an und brachte ihn damit in die Wirklichkeit zurück. Alanus sah um sich. Immer auf der Hut. Er hatte jetzt den großen Platz erreicht. Nirgendwo konnte man ihn so leicht entdecken wie hier. Aber er wollte Sankt Egidien so schnell wie nur möglich erreichen, und so führte ihn sein Weg mitten über den großen Markt. Zwischen all den überdachten Ständen fühlte er sich sogar ein wenig sicher. Er musste nur aufmerksam sein.

Hier gab es viele Fluchtmöglichkeiten. Notfalls konnte man einfach versuchen, in der Menge zu verschwinden.

Nun zur Mittagszeit herrschte ein solches Gedränge, dass Alanus häufig gezwungen war, einen Augenblick stehen zu bleiben. Dann wieder wurde er von der Masse der Menschen vorwärts geschoben und musste Acht geben, dass er sein Ziel nicht aus den Augen verlor.

Plötzlich hörte er inmitten des Lärms seinen Namen. Er reagierte nicht darauf, versuchte schneller voranzukommen. Doch da war sie wieder. Eine Frauenstimme. Als ihm jemand von hinten die Hand auf die Schulter legte, blieb er stehen und wandte sich entsetzt um.

Da war Angelina. Sie lächelte ihn an, sichtlich erfreut, dass sie ihm einen solchen Schrecken versetzt hatte.

„Seid Ihr noch bei Sinnen“, fuhr er sie an und zog sie beiseite. „Gebt Ruhe, oder wollt Ihr, dass Leitners Männer mich finden?“

„Seid nicht so“, entgegnete sie. „Kommt. Ich bringe Euch sicher über den Platz.“

Schon lief sie voran, und Alanus hatte Mühe, mit ihr Schritt zu halten. Angelina verließ den Platz, betrat eine Gasse, die er nicht kannte, und blieb stehen. Sie wandte sich kurz um, vergewisserte sich, dass Alanus ihr gefolgt war, und betrat ein Wirtshaus.

Als er ebenfalls eintrat, schlugen ihm die seltsamsten Gerüche entgegen. Und es war sehr laut. Gut zwei Dutzend Männer tranken und unterhielten sich. Angelina hatte sich an die Theke begeben und sprach mit dem Wirt. Sie schien ihn zu kennen. Alanus wusste, dass es für Frauen nicht üblich war, hierher zu kommen, schon gar nicht für Frauen angesehener Familien.

„Was wollt Ihr an diesem Ort?“, fragte er Angelina.

„Mit Euch sprechen. Hier seid Ihr sicher. Hier wird man Euch nicht suchen. Diese Schänke heißt übrigens ‚Zum gläsernen Himmel‘. Ein vortrefflicher Ort für Mönche.“

Sie lächelte ihn an.

Der Wirt brachte zwei große Humpen und stellte sie den beiden auf den Tresen.

„Was ist das?“, wollte Alanus wissen.

„Ihr müsst Euch nicht sorgen“, sagte Angelina. „Kühles Wasser. Mit Rebensaft vermischt. Sehr erfrischend, wenn es draußen so warm ist wie heute.“

Alanus nahm einen Schluck und stellte fest, dass sie recht hatte.

Der Mann direkt neben ihm schien sich dagegen schon eine ganze Weile an Bier gehalten zu haben. Er blickte aus glasigen Augen zu ihnen herüber, sagte aber nichts.

„Ich komme soeben von Leitner“, begann Angelina. „Seine Leute haben mich am Morgen festgenommen. Sie hielten mich für Julia. Mit Gewalt zerrten sie mich zum Rathaus. Leitner, dieser widerliche Geselle, hatte Freude daran, mir alle möglichen Gerüchte aufzutischen. Aber ich habe ihm die Sache so schwer wie möglich gemacht.“

Erneut ging ein Lächeln über ihr Gesicht.

„Da war auch ein Monsignore Tolosani. Kennt Ihr ihn?“

Alanus nickte.

„Ein kluger Kopf“, fuhr sie fort, strich sich das Haar zur Seite und nahm noch einen großen Schluck aus ihrem Krug. „Er fragte danach, warum Julia geflohen sei. Und damit sprach er genau das an, was niemand versteht und was Julia bei allen unglaubwürdig macht. Manchmal bin ich selbst nicht sicher, ob ich meiner Schwester vertrauen kann.“

Der Mann an der Theke war inzwischen auf Angelina aufmerksam geworden und betrachtete sie von oben bis unten.

„Warum sollten wir Julia nicht glauben“, wandte Alanus ein. „Sicherlich. Ihre Flucht spricht gegen sie. Aber alles, was sie sagt und tut, überzeugt mich davon, dass sie es ehrlich meint.“

„Ich kenne Julia besser“, erwiderte Angelina. „Sie weiß manchmal nicht, wie ihr geschieht. Vor drei Tagen ist sie gestürzt und hat sich den Kopf aufgeschlagen. Seither ist sie oft verwirrt, kann sich an manches nicht mehr erinnern. Und deshalb habe ich ihr einige Geschäfte abgenommen und kümmere mich darum, solange sie es nicht kann."

„Sie ist gestürzt?"

„Ja. Und seitdem nicht immer ganz bei sich. Mit ihrer Flucht verhält es sich ähnlich. Fragt Julia doch einmal, warum sie es getan hat. Sie wird Euch keine klare Antwort geben."

Der Mann an der Theke musterte Angelina noch immer. „Schöne Frau", lallte er nun. „Viel zu schön, für diese Welt. Engel gehören in den Himmel ..."

Sein Bierhumpen fiel ihm aus der Hand und krachte zu Boden. Der Wirt wies ihn wütend zurecht. Eingeschüchtert wandte der Mann sich ab.

Angelina ging nicht darauf ein. Sie lehnte sich an den Tresen und begann, mit ihrem langen Haar zu spielen. Dabei betrachtete sie Alanus amüsiert.

„Ihr werdet doch am Ende nicht verliebt sein? Julia kann das gut. Sie versteht sich darauf, Männern ein Gefühl des Besonderen zu geben. Ich weiß nicht, wie ich das beschreiben soll. Aber bislang haben sich noch alle daran verbrannt. Kümmert Euch nicht zu sehr um meine Schwester. Sie wird Euch kein Glück bringen." Während sie das sagte, nahm sie seine Hand.

„Kein Glück", wiederholte der Mann an der Theke und schwankte. „Kein Glück", stammelte er weiter. „Höret!", rief er laut, taumelte und drehte sich einmal um sich selbst. „Wasser wird in Säulen vom Himmel fallen! Wir werden durch den gläsernen Himmel rings um uns die Finsternis sehen. Und der Himmel wird auf die Erde stürzen! Und die Gestirne werden ausgelöscht! Und nichts wird mehr sein! Nichts als die Urflut!" Er blickte um sich, zu den Männern an den Tischen, die ihre Gespräche unterbrochen hatten, und zeigte schließlich auf Alanus. „Und Euch wird vorher ein Engel töten! Nehmt Euch in Acht vor den Frauen!"

Angelina sah den Mann entsetzt an. Dann war der Wirt da,

griff den Betrunkenen am Arm, zog ihn hinter sich her und stieß ihn hinaus auf die Gasse. Dabei redete der Mann noch immer vor sich hin. Krachend fiel die Tür zu. Und für einen Augenblick war es still.

Dann brach lautes Gelächter los. Die Männer an den Tischen und am Tresen johlten vor Vergnügen. Nur Alanus blickte noch immer benommen zur Tür. Dann spürte er, wie Angelina sich ängstlich an ihn drückte.

KAPITEL 7

Nürnberg, 26. Mai 1543,
Mittag

VOM HINTERHOF FÜHRTE eine Treppe in das Obergeschoss des kleinen Hauses. Benjamin Rashi stieg die Stufen hinauf, öffnete die Tür und trat in das schmale Zimmer, das nur zur Straße hin ein Fenster besaß. Dort gab es genügend Licht, um das Geschenk des Arabers genauer zu betrachten. Voller Erwartung legte Rashi den schweren Band auf sein Lesepult und strich mit der flachen Hand über das Leder. Wie alt mochte dieses Buch sein? 200 Jahre? 300 Jahre? Vorsichtig schlug er es auf und fand auf dem Deckblatt einen Namen: Rabbi Schlomo ben Jizchak. Rashi wusste, dass dieser Mann ein großer Gelehrter gewesen war und in Worms gelebt hatte. Sein Talmudkommentar galt überall in der Welt als wegweisend. Und dies war die vielleicht letzte noch erhaltene Urschrift.

Er blätterte weiter und erkannte den eigentümlichen Aufbau der Seiten sofort wieder. In der mittleren Spalte befand sich der Talmudtext, rechts davon der Kommentar und links die Erweiterungen und Erklärungen. So ging es Seite um Seite fort. Hin und wieder las er ein Wort, einen Satz, von rechts nach links geschrieben, und erfreute sich an der gut lesbaren, geradlinigen Handschrift, die über die vielen Seiten hinweg niemals an Schönheit und Präzision verlor. Der Schreiber musste über einen langen Zeitraum mit unverminderter, nie ermüdender Sorgfalt gearbeitet haben.

Bald war Rashi so sehr in diese Schrift vertieft, dass er die Hufschläge in der Gasse nicht hörte und auch nicht bemerkte, wie der Lärm der Menschen dort allmählich nachließ. Statt dessen dachte er an seine Jugend in Worms, an das Leben in der Judengasse, die Synagoge und den Heiligen Sand, auf dem er so oft die Zeit verbracht hatte, um seinen Vorfahren nahe zu sein. Dieses Buch brachte die Erinnerungen zurück: an die Toraschule, seine Lehrer und seine Eltern, die längst gestorben waren.

Er hatte eine Textstelle aus dem Buch Jesaja gefunden. Was er da las, verwunderte ihn sehr. Hiskia, ein Nachkomme König Salomos, war todkrank und betete zu Gott, er möge ihn verschonen. Gott erhörte seine Gebete und ließ den Propheten Jesaja eine Nachricht überbringen. Hiskia würde noch 15 Jahre leben. Als Zeichen dafür, dass dies wirklich geschehe, ließ Gott den Schatten der Sonnenuhr zehn Striche zurücklaufen.

Rashi schüttelte den Kopf. Das würde die Regeln der Astronomie auf den Kopf stellen. Warum sollte er das tun? Um ein Zeichen zu geben? Ein außergewöhnliches Vorgehen. Wie hatte Rabbi Schlomo ben Jizchak diese seltsame Geschichte gedeutet? Bevor Rashi in der rechten Spalte der Seite weiterlesen konnte, wurde er von einem Geräusch abgelenkt. Das musste ganz in der Nähe sein, dachte er, und blickte hinunter auf die Gasse.

Dort unten waren fünf Reiter. Sie hatten vor seinem Haus haltgemacht und stiegen von ihren Pferden. Rings herum standen Menschen. Verunsichert und neugierig zugleich beobachteten sie das Geschehen. Dann klopfte jemand an die Pforte.

„Benjamin Rashi, öffnet die Tür!" hörte er von unten. Erschrocken lehnte er sich aus dem Fenster und sah, dass Josef Leitner, einer der 13 jungen Bürgermeister, noch einmal kräftig gegen das Holz schlug. Rashi wusste, dass es nur noch eine Fluchtmöglichkeit gab. Durch den Hinterhof zum angrenzenden Haus, das auf die Rotschmiedgasse hinausging. Er lief zur Treppe und hörte zugleich, wie die Pforte seines Hauses eingetreten wurde. Als er den kleinen Hof erreicht hatte, standen dort schon die Männer. Sie packten ihn und warteten, bis Leitner ihnen gefolgt war.

„Bringt ihn nach oben", sagte der, und als er bemerkte, dass Rashi keinerlei Widerstand leistete, ordnete er an, ihn loszulassen.

In dem schmalen Raum im Obergeschoss gab es kaum genügend Platz für so viele Männer. Leitner sah sich um, entdeckte einen Tisch mit Rechenbrett, auf dem Berge von Papieren lagen. Dann bemerkte er das Lesepult, trat näher und entdeckte eine hebräische Schrift, die dort lag.

„Was ist das?"

„Ein Talmudkommentar", antwortete Rashi. „Sehr alt. Er wurde von einem meiner Vorfahren aus Worms verfasst."

Leitner nickte.

„Ich hätte hier das Buch eines gewissen Nikolaus Kopernikus erwartet."

Er bekam keine Antwort. Statt dessen ging der jüdische Kaufmann zum Fenster, schaute auf all die Menschen, die dort unten warteten, und wandte sich wieder um.

„Was geschieht hier eigentlich?", fragte er. „Wozu die vielen Männer?"

„In der Nacht ist zum zweiten Mal die Werkstatt des Petreius überfallen worden. 200 Drucke wurden gestohlen. Für solch eine Tat benötigt man Pferdewagen und Arbeiter, die beim Transport helfen. Es gibt in Nürnberg nur wenige Menschen, die über solche Mittel verfügen. Versteht Ihr nun, warum wir einen Kaufmann in Verdacht haben?"

„Es gibt viele Kaufleute in der Stadt", verteidigte sich Rashi. „Warum kommt Ihr zu mir? Nur weil ich ein Jude bin?"

Mit einem wütenden Blick wies ihn Leitner zurecht.

„Auch darüber könnten wir sprechen. Seit mehr als 40 Jahren ist Juden der Aufenthalt in dieser Stadt untersagt. Nürnberg ist nicht Worms und auch nicht Augsburg. In dieser Stadt habt Ihr nichts zu suchen."

Rashi blickte verschüchtert zu Boden. „Ich lebe seit drei Jahren hier", sagte er. „Die Menschen waren immer freundlich. Ich habe sie nie betrogen. Und sie nahmen es mir nicht übel, dass ich ein Jude bin. Ohne Synagoge. Ohne eine Gemeinde, in der mein Glaube gelebt wird. Ohne Aussicht, auf dem Friedhof dieser Stadt begraben zu werden."

„Darum geht es nicht", fuhr Leitner ihn an. „Ihr seid gesehen worden. In der Nacht. Nahe der Werkstatt des Petreius."

„Aber das kann doch nicht sein", stammelte Rashi. „Da muss ein Irrtum vorliegen."

„Die Beobachtung eines angesehenen Bürgers der Stadt ist mir Beweis genug."

Leitner wandte sich ab und befahl seinen Männern, das Haus zu durchsuchen. Danach sollten sie den Kaufmann in Fesseln legen und zum Gefängniskeller unter dem Rathaus bringen.

Rashi begriff, dass es keinen Sinn hatte, sich zu wehren, und zugleich stieg Furcht in ihm auf. Was dachte der Bürgermeister? Was konnte geschehen? Was würde ihn in der Zelle erwarten? Er vermochte kaum, sich das auszumalen.

Leitner war noch einmal zum Lesepult gegangen und betrachtete das aufgeschlagene Buch.

„Verratet mir noch eins", sagte er und wandte sich wieder dem jüdischen Kaufmann zu. „Wo finde ich Ibn-al-Cordobes? Jenen Mann, den alle nur den Araber nennen?"

Er hatte sein Ziel erreicht. Rings um den großen Platz erhoben sich prachtvolle Gebäude, manchmal fünf Stockwerke hoch. An einem der Giebel erkannte er eine Sonnenuhr, die ihm zeigte, dass die Mitte des Tages erreicht war.

Noch immer dachte er an Angelina. Fast schien es Alanus, als könne er noch immer spüren, wie sie neben ihm stand, aus tiefbraunen Augen zu ihm aufblickte und ihn anlächelte, als wolle sie ihn verzaubern. Und ebenso konnte er es kaum glauben, dass diese zarte, fast zerbrechlich wirkende Frau einen solchen Willen entwickeln konnte. Wer Angelina nicht näher kannte, musste sie völlig falsch einschätzen. Aber wie war sie wirklich? Oft wirkten ihre Gedanken klar und klug. Sie schien ihre Schwester sehr zu lieben, sich um sie sorgen. Dann wieder meinte man sie in einer Traumwelt zu erleben, in der sich viele Wahrheiten zu einer neuen Geschichte mischten. Wer war diese Frau wirklich?

Die Klosterkirche von Sankt Egidien konnte man nicht verfehlen, denn ihre beiden mächtigen Glockentürme überragten alle anderen Gebäude. Alanus empfand das massive Mauerwerk als schwer und erdrückend. Es hatte nichts von der aufstrebenden Leichtigkeit gotischer Kathedralen. Daran änderten auch die schlanken Säulen nichts, die rechts und links des Eingangs in die Höhe zeigten.

Er ging am Gebäude entlang und fand genau dort, wo Tolosani es beschrieben hatte, eine kleine Pforte. Augenblicke später stand er im Kreuzgang des Klosters. Der Alte erwartete ihn am Brunnen.

„Seid gegrüßt!", rief er ihm zu. „Heute haben die Schüler keinen Unterricht. Wir sind hier ganz ungestört. Leitner wird Euch nicht finden. Kommt und erfrischt Euch am Wasser."

Alanus begrüßte Tolosani herzlich. Dann ließ er sich das Nass über die Arme laufen, nahm eine Handvoll und kühlte sein Gesicht.

„Ein ungewöhnlich warmer Tag", sagte der Alte. „Man mag kaum glauben, dass es noch Mai ist. Der Schatten auf der Sonnenuhr wirkt dunkel wie im Sommer. Schaut."

Er zeigte zur gegenüberliegenden Seite des Kreuzgangs. Alanus folgte seinem Blick und entdeckte oberhalb des Eingangs zum ehemaligen Refektorium den Stab und die Stundenzeichen.

„Als ich über den Platz ging, habe ich am Giebel eines der Patrizierhäuser auch einen Gnomon gesehen. Die Nürnberger haben offenbar eine gewisse Begeisterung dafür."

„Sonnenuhren sind nun einmal faszinierend", stimmte Tolosani zu. „Sie geben uns eine Anschauung vom Voranschreiten der Zeit. Und sie bestätigten, dass es verlässliche Gesetzmäßigkeiten gibt. Gott hat der Welt eine Ordnung gegeben. Schließlich würdet Ihr nie erleben, dass der Schatten eines Gnomon plötzlich stehen bleibt. Oder gar rückwärts läuft. Er verhält sich absolut verlässlich und zeigt uns nicht nur den Lauf der Zeit, sondern auch, dass man sich auf die Gesetze Gottes verlassen kann. Und so versuchen Astronomen, diese Gesetze zu beschreiben. Sie versuchen, Gottes Schöpfung zu begreifen."

„Das ist der Grund, warum gute Astronomie nicht nur aus mathematischen Theorien besteht."

„Richtig. Aber lassen wir das zunächst. Erzählt doch, was Ihr in den letzten Stunden erlebt habt."

Alanus berichtete ausführlich über Julias Entdeckung, ihren Verdacht gegen den Araber und jenen Zweifel, der gegen sie selbst entstanden war. Dann schilderte er seine Begegnung mit Angelina.

„Diese junge Frau ist ganz außergewöhnlich", sagte Tolosani schließlich. „Ich habe sie beobachtet, als Leitner sie befragte. Nie hätte ich gedacht, dass es eine Frau geben könnte, die sich so verhält. Sie hat es dem jungen Bürgermeister nicht leicht gemacht. In einigen Hexenprozessen habe ich erlebt, dass Frauen ungewöhnliche Stärke entwickeln, aber hier war es das pure Selbstbewusstsein. Fast kam es mir so vor, als wäre dieses Verhör nur ein Spiel für sie. Angelina weiß, dass sie sich auf den besonderen Schutz ihres mächtigen Vaters verlassen kann. Und so benimmt sie sich auch. Auf den ersten Blick traut man ihr das gar nicht zu. Leitner hat mir jedoch einiges über sie erzählt. Angelina soll verheiratet gewesen sein und einen kleinen Sohn haben, den sie in Augsburg bei ihren Eltern zurückgelassen hat. Ihr Mann, ein erfolgreicher Kaufmann, soll in Venedig ums Leben gekommen sein. Er ist überfallen worden. Die genauen Umstände konnten nicht geklärt werden. Angelina hat das, so Leitner, nie ganz überwunden. Der Mann sei ihre große Liebe gewesen. Sie habe lange getrauert, sich dann aber von einem Tag auf den anderen völlig zügellos in Liebschaften gestürzt. Das war dem öffentlichen Ansehen der Fugger alles andere als dienlich. Ihr Vater zwang sie, damit aufzuhören, und übertrug ihr einige Geschäfte. Aber das soll nicht gutgegangen sein. Leitner sprach Angelina im Verhör darauf an, doch sie ging nicht auf diese Vorwürfe ein. Vielleicht wollte der Bürgermeister sie auch nur provozieren."

Alanus hatte aufmerksam zugehört.

„Sie sorgt sich um ihre Schwester", erklärte er. „Sie behauptet, Julia habe teilweise das Gedächtnis verloren."

„Richtig. Das sagte sie auch gegenüber Leitner. Julia soll vor drei Tagen gestürzt und auf den Kopf gefallen sein. Was haltet Ihr davon?"

„Ich habe nichts Ungewöhnliches an Julia bemerkt. Sie hat auch keine Verletzung am Kopf. Oder an den Armen. Wenn sie gefallen wäre, müsste man doch zumindest einige Kratzer sehen. Aber nichts davon."

„Ihr seid offenbar ein genauer Beobachter", sagte der Alte und lächelte.

Alanus verstand, worauf er anspielte, ging jedoch nicht darauf ein.

„Was haltet Ihr von Julias Verdacht?", fragte er.

„Der Araber? Nun, wir wissen bis heute nicht, was er in Nürnberg eigentlich tut. Ich glaube aber nicht, dass er ohne fremde Hilfe in der Lage wäre, einen solchen Diebstahl durchzuführen."

Alanus erläuterte Tolosani, was Julia und Johannes über den Ablauf der Tat und das mögliche unterirdische Versteck gesagt hatten.

„Dieser Novize scheint ein kluger Kopf zu sein", meinte der Alte schließlich. „Er gehört zurück ins Kloster. Auf solche Begabungen können wir nicht verzichten. Seine Vorstellung vom Ablauf des Diebstahls ist sehr plausibel. Auch Julias Vermutung, dass die Bücher nun in einem geheimen Keller irgendwo in Nürnberg lagern. Aber wie gesagt, der Araber hat dazu nicht die Mittel. Ihr wisst, dass Schöner in der Nacht Benjamin Rashi gesehen hat. Ein Kaufmann, der vor allem Fernhandel betreibt, besitzt schon eher die Möglichkeiten, so etwas zu tun. Und die

Präzision, mit der die Diebe vorgegangen sind, zeugt vom Geist eines Mannes, der sorgfältiges Planen gewohnt ist."

„Vielleicht haben beide zusammengearbeitet."

„Gut möglich. Aber worin besteht ihr Interesse? Keiner von beiden kann 200 Bücher verkaufen, ohne dass es auffällt. Rashi würde als Kaufmann für alle Zeiten unglaubwürdig sein. Und das als Jude."

Alanus nickte und schaute zur Sonnenuhr. Der Schatten hatte sich einen Fingerbreit weiterbewegt.

„Habt Ihr das Buch?", fragte er.

Tolosani nickte und gab ihm ein Zeichen zu folgen.

„Mit etwas List konnte ich Leitner überzeugen, es mir für kurze Zeit zu überlassen. Und ebenso gelang es mir, den mysteriösen Vertrauten Farsinis davon fernzuhalten. Ich traue ihm nicht über den Weg."

Sie gingen zur anderen Seite des Kreuzgangs und betraten den alten Lesesaal, der sich seit der Übergabe des Klosters an die Stadt kaum verändert hatte. Ein großes Fenster spendete Licht. Unmittelbar darunter hatte der Alte auf einem Tisch das große gebundene Manuskript aufgeschlagen.

„Ich konnte in der kurzen Zeit nicht alles lesen, aber das war auch nicht nötig. Die einzelnen Kapitel entwickeln all jene Gedanken, die Kopernikus schon im *Commentariolus* vorgestellt hat. Und Rheticus in der *Narratio Prima*. 330 Textseiten, etwa 100 Tabellen. Ein äußerst fleißiges und sorgfältig erarbeitetes Werk. Sechs Kapitel. Im ersten stellt er sein heliozentrisches Weltbild dar und setzt sich mit Aristoteles auseinander. All das kennt Ihr. Dann folgen Sternenlisten. Der dritte Abschnitt ist besonders interessant: Kopernikus versucht nachzuweisen, dass es eine Täuschung ist, wenn wir die Bewegung der Sonne wahrnehmen. Konkret zeigt er, dass wir, auch wenn sich die Erde um die Sonne dreht, aus unserer täglichen Beobachtung heraus doch irrtümlich schließen würden, dass sich die Sonne um die Erde dreht. Könnt Ihr mir folgen?"

„Grundsätzlich schon."

„Gut. Ein andermal mehr. Die Zeit drängt. In den drei letzten Abschnitten geht es um die Bewegung des Mondes und der Planeten. Bemerkenswert ist, dass Kopernikus die Entfernung von der Erde zu den äußeren Sphären viel höher angibt, als es andere Astronomen tun."

„Um wie vieles höher?"

„Ich kann es Euch nicht so recht sagen. Es sind solch große Zahlen, dass mir dabei schwindelig wird. Aber das ist jetzt auch nicht so wichtig. Wie gesagt, wenn man die früheren Werke des Kopernikus gelesen hat, kennt man das alles bereits. Es gibt nur zwei Besonderheiten an diesem Buch. Die allerdings haben es in sich. Zum einen belegt Kopernikus sein Weltbild sehr genau durch Beobachtungen und mathematische Berechnungen. Und zum anderen sagt er in seinem Vorwort eindeutig, dass es sich hier nicht um bloße Theorie handelt, nicht um ein Spiel der Zahlen, sondern um eine Beschreibung der Wirklichkeit."

„Das bedeutet", folgerte Alanus, „dass er dem Weltbild des Ptolemäus widerspricht. Und damit der Auffassung der christlichen Kirche."

„Ganz genau. Aber schaut einmal!" Tolosani schlug eine der ersten Seiten des Buches auf. „Kopernikus richtet sich in seinem Vorwort direkt an Papst Paul. Er schreibt: *Heiliger Vater, wie ich mir ganz gut denken kann, wird es so kommen, dass gewisse Leute, sobald sie vernommen haben, dass ich in meinen vorliegenden Büchern, die ich über die Umschwünge der Weltsphären geschrieben habe, der Erdkugel bestimmte Bewegungen zuschreibe, die laute Forderungen erheben, man müsse mich mit einer solchen Meinung sofort verwerfen.* Kopernikus ist sich also der Brisanz seiner Theorie völlig bewusst. Und in der gleichen Einleitung sagt er über sein Weltbild: *Wir finden daher in dieser Anordnung die wunderbare Zusammenfügung der Welt und den festen harmonischen Zusammenhang zwischen Bewegung und Größe der Kugelschalen, wie er auf keine andere Weise gefunden werden kann.* Versteht Ihr, was das bedeutet?"

Alanus nickte.

„Kopernikus behauptet, dass sein Weltbild nicht bloße Theorie sei. Es ist viel mehr, nämlich die einzig stimmige Erklärung der kosmischen Zusammenhänge."

„Richtig. Er behauptet, er allein sage die Wahrheit."

Leitner hatte den Egidienhof erreicht, begleitet von Schöner und zwei seiner Männer. Er blickte hinüber zum Kloster, zu den hohen Fassaden der Patrizierhäuser und entdeckte die Schänke auf der gegenüberliegenden Seite, so wie Rashi es beschrieben hatte. Einige Arbeiter der Bauhütte saßen dort an zwei kleinen Tischen, und als sie die Männer näher kommen sahen, unterbrachen sie ihre Gespräche und beobachteten neugierig, was nun geschehen würde. Leitner ging an ihnen vorüber und fand unmittelbar neben der Schänke, was er suchte. Da war jene Laterne, die über der Pforte des Hauses herabhing, und auch der kleine Brunnen unmittelbar unterhalb des Fensters. Er tauchte seine Arme in das kühle Wasser und wusch sein Gesicht.

Das Haus des Arabers war einer jener Fachwerkbauten, wie man sie zu Hunderten in der Stadt finden konnte. Aber es gab einige Besonderheiten, die Leitner sofort bemerkte. Die Lehmwände waren frisch geputzt und das Holz der Fensterläden musste vor kurzer Zeit erneuert worden sein. Wer immer hier wohnte, war nicht arm. Selbst an kunstvollen Verzierungen im Fachwerk fehlte es nicht. Und neben dem steinernen Rundbogen der Pforte waren mehrere gebrannte Kacheln in den Lehm eingelassen. Sie hatten einen weißen Untergrund, auf dem eigentümlich geschwungene Zeichen zu sehen waren. Während seine Leute nun lautstark an das Tor klopften, machte er Schöner darauf aufmerksam, aber auch der war nicht in der Lage, die Schrift zu deuten.

Nachdem die Männer zum dritten Mal kräftig gegen die Tür geschlagen hatten, ohne dass sich im Haus irgendetwas regte, beschloss Leitner, mit Gewalt einzudringen. Doch dann stellte er fest, dass die Pforte nicht verschlossen war. Seltsam, ging es ihm durch den Kopf. Der Araber war entweder ein gutgläubiger Mensch, oder er hatte das Haus fluchtartig verlassen. Sollte es Rashi möglich gewesen sein, ihn doch noch zu warnen?

Sie betraten eine kleine Diele, tasteten sich in der Dunkelheit vorwärts und waren für einen Augenblick ohne Orientierung. Dann gelang es Schöner, die Fensterläden zu öffnen und Sonnenlicht in den Raum zu lassen. Leitner war verblüfft von dem, was er sah. Er befahl den beiden Männern, das übrige Haus zu durchsuchen, und betrachtete näher, was der Araber in diesem Zimmer angesammelt hatte.

Das Erstes, was ihm auffiel, war die große Kugel, etwa eine Armlänge im Durchmesser. Sie wurde von einem Gestell aus Metall gehalten. Als er näher trat, erkannte Leitner, dass darauf etwas verzeichnet war, ähnlich wie auf Landkarten.

„Was ist das?“, fragte er Schöner.

„Ein Globus“, antwortete der und vergewisserte sich zunächst einige Augenblicke lang, was auf der Kugel zu sehen war. „Eine Abbildung der Welt“, fuhr er fort. „Es gibt diese Form der Darstellung noch nicht allzu lange. Sie versucht, die Kugelform der Erde abzubilden, soweit das möglich ist. Wir haben von den entfernteren Ländern leider noch keine genauen Vorstellungen.“

„Die Erde. Eine Kugel?“

Schöner ging nicht darauf ein, war noch immer ganz gebannt von dem, was er sah.

„Dieser Globus ist sehr wertvoll. Es dauert Monate, ihn anzufertigen. Ich habe übrigens noch etwas anderes entdeckt, das Ihr Euch anschauen solltet.“

Er wandte sich um und zeigte auf ein Lesepult. Leitner erkannte darauf eine flache Scheibe aus Metall.

„Ein Quadrant“, erläuterte Schöner. „Man nutzt ihn zur Beobachtung des Himmels und zur Bestimmung der Position der Sterne. Er hilft auch bei der Navigation auf hoher See.“

Leitner schüttelte den Kopf.

„Von all diesen Dingen verstehe ich nichts. Was meint Ihr? Warum beschäftigt sich der Araber damit?"

„Entweder er handelt mit diesen Instrumenten. Oder aber er ist selbst Astronom und Mathematiker, so wie ich."

Leitner begriff noch immer nicht. Was wollte ein arabischer Astronom und Mathematiker in Nürnberg? Einige Handwerker der Stadt verstanden sich auf die Herstellung derartiger Werkzeuge. Weit über die Stadtgrenzen hinaus waren sie für ihre Kunst und ihr Wissen bekannt. Aber wohl kaum bis in die fern gelegenen arabischen Länder.

Inzwischen hatte Schöner einige Pergamente gefunden und rollte sie auf dem Tisch aus.

„Sternkarten und Tabellen", stellte er fest. „Dieser Ibn-al-Cordobes ist tatsächlich Astronom. Und Geograf."

Einer der Männer war inzwischen zurückgekommen.

„Es ist niemand im Haus", stellte er fest.

„Habt ihr auch im Keller gesucht?"

„Es gibt keinen Keller."

Leitner nickte, sah sich weiter um und bemerkte einen kleinen, niedrigen Tisch. Er bestand aus einer großen, sehr flachen, polierten Metallscheibe, die von einem Holzgestell getragen wurde. Kleine Glasbehälter standen darauf. An der Wand hing die Abbildung eines Gebäudes mit Rundkuppel und Türmen. Als Leitner näher kam, stellte er fest, dass es sich um einen Teppich handelte, der aus unzähligen, allerfeinsten Fäden geknüpft war. Daneben entdeckte er an der Wand einige jener Kacheln wieder, die er schon draußen gesehen hatte. Auf weißem Untergrund waren blaue Schriftzeichen und Ornamente aufgetragen.

„Habt ihr irgendwo im Haus Bücher gesehen?", fragte er seine Männer. Aber die schüttelten nur den Kopf.

„Im Regal hinter mir liegen einige", ergänzte Schöner. „Aber nichts, was uns interessieren könnte. Mit einer Ausnahme. Das Werk des Ptolemäus. Unter den vielen Pergamentrollen habe ich es entdeckt. Eine Abschrift, die sehr wertvoll sein muss. Aber nirgendwo ein Werk des Kopernikus."

Leitner hatte auf einem der Stühle Platz genommen.

„So kommen wir nicht weiter", sagte er. „Hier gibt es zwar einige ungewöhnliche Dinge, aber nichts, was den Araber verdächtig machen würde. Ich glaube, er hat nichts mit der Sache zu tun."

Verzweifelt blickte er aus dem Fenster hinaus über den großen Platz auf Sankt Egidien. Er dachte an Tolosani. Vielleicht hatte der Alte inzwischen mehr Glück gehabt.

Als es von draußen gegen die Tür klopfte, zuckte Petreius zusammen und schaute hilflos in der Werkstatt umher, auf der Suche nach etwas, mit dem er sich verteidigen konnte. Doch dann hörte er eine bekannte Stimme und atmete erleichtert auf.

„Keine Angst! Ich bin es!"

Petreius öffnete und ließ Osiander herein.

„Wie geht es Euch?", fragte der.

„Ich habe keine Kopfschmerzen mehr. Die Wunde tut weh, wenn ich mich bewege. Aber das ist zu ertragen. Allerdings bin ich noch etwas benommen."

„Schont Euch. Ein Glück, dass Ihr am Leben seid."

Osiander griff nach einem Stuhl und setzte sich.

„Leider bringe ich schlechte Neuigkeiten. Leitner will das Manuskript nicht herausgeben, sondern behalten, bis Zells Mörder gefunden ist."

Petreius nahm ebenfalls Platz und schaute zu Boden.

„Konntet Ihr ihm nicht klarmachen, wie wichtig es für mich ist, eine neue Auflage zu drucken? Ich habe viel in diese Bücher investiert. Nicht nur Zeit. Allein die Kosten für die Druckerschwärze und das Papier. Ganz zu schweigen von den Ziffern, die ich erst gießen musste, weil es sie in keinem anderen Buch gibt. Ich weiß nicht mehr, wovon ich leben soll. Der Fuggerstochter bin ich drei Bücher schuldig, die aus meinem Haus gestohlen wurden. Außer Eurer Predigt habe ich keinerlei Aufträge. Und ob ich die gut verkaufe, muss sich erst zeigen."

„Sie wird sich verkaufen. Dafür sorge ich. Und vielleicht ist es gut, wenn Ihr den Kopernikus vorerst nicht ein zweites Mal druckt. Vielleicht gelingt es, die gestohlenen Exemplare zu finden. Dann wäre Eure Arbeit nicht umsonst. Ihr solltet abwarten und zuversichtlich sein."

Petreius schüttelte den Kopf.

„Meine Werkstatt wurde zweimal überfallen. An was soll ich da noch glauben? Die schützende Hand Gottes hat mich verlassen. Er straft mich."

„Nein", entgegnete Osiander. „Es ist vielleicht eine Prüfung Eures Glaubens, Eurer Standhaftigkeit. Aber keine Strafe."

Er ging zu den Setzkästen und schaute, wie weit die Arbeit vorangekommen war.

„In diesen Tagen trifft es mich selbst hart. Meine Frau ist sehr krank. Sie hört gar nicht mehr auf zu husten. Ganz schlimm ist es in der Nacht. Ich finde kaum noch Schlaf. Aber glaubt mir: All das sind keine Strafen Gottes."

„Wird sie überleben?"

Osiander schüttelte den Kopf. „Ich weiß es nicht. Es käme einem Wunder gleich. Der Medikus sagt, dass er nichts tun kann. Man darf die Gnade Gottes nicht erzwingen. Wenn er uns heimholt, müssen wir bereit sein."

Petreius stand auf und schaute auf die Druckpressen.

„Wenn ich die Lettern für ein neues Buch setze, dann ist es unvermeidlich, dass ich mitlese. Diese Predigt, die Ihr mir als Manuskript überlassen habt, handelt vom Leben nach dem Tod."

„Richtig."

„Ihr schreibt, dass es kein Fegefeuer gibt. Dass Paulus uns Gewissheit verleiht. Die Seelen verlassen ihren toten Leib, aber am Jüngsten Tag werden sie in einem neuen Körper wieder auferstehen."

„So schreibt Paulus."

„Aber Ihr kennt auch die Offenbarung des Johannes. Darin findet man anderes. Und unser Herr Jesus spricht in seinen Gleichnissen von jenen, die das Wort hören, aber nicht bereit sind für das Reich Gottes. Und sie verdorren wie Samenkörner, die auf trockenen Boden fallen."

Osiander wandte sich um.

„Denkt jetzt nicht über solche Dinge nach. Ihr seid verwirrt. Und das verwundert nicht nach all dem, was geschehen ist. Aber Ihr müsst nach vorne schauen. Die Dinge werden sich aufklären. Und auch die Bücher werden gefunden. Sie liegen unversehrt an irgendeinem geheimen Ort. Da bin ich sicher. Irgendwer muss ein Interesse an ihnen haben. Vielleicht ist es jemand, der sie fortschaffen und an einen fernen Ort bringen will. Vielleicht ein Kaufmann, für den es nicht schwer ist, Waren über große Entfernungen fortzuschaffen. Vielleicht ist es tatsächlich Julia Fugger. Ihr Vater unterhält Niederlassungen in Italien und ebenso im hohen Norden."

Petreius schüttelte den Kopf.

„Das glaube ich nicht", sagte er, „Schöner war bei mir. Er erwähnte, dass ihm am frühen Morgen auf dem Weg zum Rathaus ein Mann begegnet sei. Er ist sich sicher, dass es Rashi war."

„Benjamin Rashi?"

„Ja."

„Am frühen Morgen? Wurde er von seinen Männern begleitet?"

„Er war allein. Schöner sah ihn zwei Stunden vor Sonnenaufgang. In der Oberen Schmiedgasse."

Osiander schaute Petreius verwundert an.

„Wenn das wahr ist …", begann er, brachte den Satz jedoch nicht zu Ende.

Es gab für Tolosani keinen Zweifel mehr. Zwar wusste er noch immer nicht, wer für die Taten der beiden letzten Tage verantwortlich war. Aber er hatte nun verstanden, warum all das geschah. Der Alte betrat die steile Treppe, die hinauf zur Regimentsstube führte, und fluchte. Gott prüft uns Menschen jeden Tag, dachte er, und wir dürfen zufrieden sein, wenn es kleine Prüfungen sind. Er begann, die Stufen hinaufzusteigen. Dann fiel ihm ein, dass vielleicht jemand da war und ihn beobachtete. Man darf seine Haltung nicht verlieren. Giovanni Maria Tolosani, streng dich an! Aber auf halber Treppe musste er stehen bleiben, in Ruhe durchatmen. Er lächelte. Giovanni Maria Tolosani, Hochmut ist eine Todsünde, und es wäre Hochmut, wenn du dir einbildest, du hättest den Körper eines jungen Mannes. Er atmete tief durch und setzte seinen Weg fort.

Nun ging es nur noch darum, das Werk zu vollenden. Irgendjemand, den er nicht kannte, hatte den Anfang gemacht. Er hatte es auf grausame Weise getan, aber das ließ sich nun nicht mehr ändern. Wer immer es war, er gehörte dafür verurteilt, aber er hatte, ohne es zu wissen, der Heiligen Inquisition in die Hände gespielt. Nun musste Leitner den Rest erledigen. Bei diesem Gedanken lächelte Tolosani innerlich. Es würde leicht sein, den jungen Bürgermeister zu lenken. Es würde leicht sein und zugleich ein Meisterstück, auf das er stolz sein konnte. Doch wie war das mit dem Hochmut? Der Alte besann sich, ging durch den Vorraum und betrat die Regimentsstube.

Leitner kam auf ihn zu und begrüßte ihn herzlich.

„Monsignore Tolosani", sagte er, „mehr und mehr verstehe ich, welch treuen Freund ich an Euch habe."

„Zuviel der Ehre", entgegnete der Alte. „Ich helfe gern. Seid Ihr vorangekommen?", fragte er, setzte sich auf einen der Stühle und sah sich um.

Die Regimentsstube war größer als ihr Vorraum und ebenso an der Decke und an den unteren Wandhälften mit kunstvoll verziertem Holz getäfelt. Hohe Fenster ließen das Sonnenlicht herein. In der Mitte des Raumes befand sich ein großer, rechteckiger Tisch, an dem Tolosani Platz genommen hatte. Entlang der Fensterseite standen sechs gepolsterte Lehnstühle, an den übrigen Wänden einfache Holzbänke. Tolosani entdeckte ein Stehpult und eine große Kommode, auf der allerlei Pokale und Silberschalen abgestellt waren. Auch bemerkte er oberhalb der Wandtäfelung zwei Gemälde, die offenbar den Kaiser abbildeten.

Leitner setzte sich neben Tolosani an den Tisch.

„Die Regimentsstube scheint Euch zu gefallen", sagte er. „Mir geht es ebenso. Das liegt wohl an der Würde und Größe, die man zu spüren glaubt, wenn man diesen Raum betritt."

Tolosani nickte.

„Direkt über uns", fuhr Leitner fort, „gibt es übrigens noch eine obere Regimentsstube. Ich würde sie Euch gerne zeigen."

Der Alte schaute den jungen Bürgermeister unschlüssig an.

„Die Gelegenheit solltet Ihr Euch nicht entgehen lassen. Nur wenigen wird diese Ehre zuteil. Dort oben befinden sich einige Kostbarkeiten, auf die die Stadt besonders stolz ist. So der berühmte Erdapfel von Martin Behaim. Oder das Gemälde der vier Apostel von Albrecht Dürer. Wenn Ihr mögt, können wir die Treppen nach oben steigen und ich führe Euch durch den Raum."

Tolosani war hin- und hergerissen. Gern hätte er den berühmten Globus einmal selbst gesehen. Er kannte ihn aus Beschreibungen. Und auch die Gemälde von Dürer waren von außergewöhnlicher Kunstfertigkeit. Natürlich hatte er von den Aposteln gehört. Aber die Vorstellung, eine weitere Treppe steigen zu müssen, zügelte doch seine Neugier.

„Gern komme ich auf Euer freundliches Angebot zurück, wenn wir wieder die nötige Muße haben", sagte er.

Leitner nickte, wartete einen Augenblick und begann zu berichten.

„Wir haben Benjamin Rashi gefangengenommen. Ich konnte ihn jedoch noch nicht verhören. Es ist mir wichtig, zunächst auch Ibn-al-Cordobes zu ergreifen. Aber der Araber war nicht in seinem Haus. Wir haben es durchsucht und fanden nicht den geringsten Anhaltspunkt. Einige meiner Männer sind noch dort, aber ich werde sie wohl wieder abziehen. Der Araber kann nicht so dumm sein, ihnen direkt in die Arme zu laufen. Dieser Mann ist offenbar Astronom und handelt mit Werkzeugen, die man für diese Kunst benötigt. Schöner konnte mir einiges erklären. Aber Ihr merkt schon", Leitner zögerte, verschränkte die Arme. „Ich bin nicht weitergekommen. Und ich hoffe, dass wenigstens Ihr mir etwas Erfreuliches mitgebracht habt."

Er blickte den Alten erwartungsvoll an.

Der legte das Buch des Kopernikus auf den Tisch.

„Das habe ich", sagte er und genoss für einen Moment den erstaunten, neugierigen Blick des Bürgermeisters.

„Ich kann Euch nicht sagen, wer hinter all den Verbrechen steht. Aber ich weiß, warum er sie begeht."

Leitner setzte sich ebenfalls und forderte Tolosani auf fortzufahren.

„Es war gut, dass Ihr mir das Buch mitgegeben habt."

„Bitte kommt zur Sache", drängte der Bürgermeister.

„Etwas Geduld benötigt es schon", erwiderte der Alte. „Man muss die Bedeutung des Buches verstehen. Und dafür muss man die Thesen des Kopernikus wahrnehmen und die daraus folgenden Konsequenzen abwägen."

„Gut", sagte Leitner. „Ihr habt meine ganze Aufmerksamkeit."

„Einige Thesen", begann Tolosani, „waren uns bekannt. Kopernikus behauptet, dass die Erde nicht Mittelpunkt der Welt ist. Sie ist lediglich ein Zentrum der Schwerkraft und des Mondumlaufs. Stattdessen steht die Sonne im Zentrum. Aber nach den Berechnungen, die in diesem Buch dargestellt werden, stimmt das nicht exakt. Eigentlich haben die Himmelskreise und -sphären nur annäherungsweise in der Sonne ihren Bezugspunkt. Kopernikus erklärt diesen Umstand aber mit Ungenauigkeiten bei der Sternbeobachtung. Die Sterntafeln sind nicht exakt. Deshalb arbeitet er mit Ausgleichskreisen."

„Das ist alles sehr verwickelt“, unterbrach ihn Leitner.

„Gut“, fuhr Tolosani fort. „Ich versuche, mich auf das Wesentliche zu beschränken. Im Widerspruch zu Ptolemäus und dem Weltbild der Heiligen Kirche behauptet Kopernikus also, dass die Sonne still steht und sich alle Planeten und Gestirne in Kreisbahnen um sie bewegen. Auch die Erde. Die Bewegung der Sonne, so wie wir sie sehen, ist eine Illusion. In Wirklichkeit dreht sich die Erde um die eigene Achse und zugleich um die Sonne. Die erste dieser beiden Rotationen vollzieht sich an einem Tag, die zweite in 365 Tagen, also einem Erdenjahr. Kopernikus kennt auch die Umrundungszeiten der übrigen Planeten und errechnet daraus den Abstand zur Sonne und zur Erde. Es sind Entfernungen, die wir uns beim besten Willen nicht vorstellen können. Noch unglaublicher verhält es sich mit dem Abstand zu den Fixsternen. All diese Himmelkörper bewegen sich in Wirklichkeit nicht um die Erde. Vielmehr ist es so, dass wir dies annehmen, weil sich die Erdkugel mit jedem Tag einmal um sich selbst dreht.“

„Das sind wahrhaft unglaubliche Behauptungen. Aber was bedeuten sie für die Geschehnisse hier in Nürnberg?“

„Ihr müsst Euch zunächst vor Augen führen, was sie für jeden von uns bedeuten würden. Für die Gelehrten, die Mächtigen und vor allem für die einfachen Leute. Was würde geschehen, wenn sie erfahren, dass sich alle Sphären in Wahrheit um die Sonne drehen und nicht um die Erde? Wenn die Menschen erfahren, dass sie sich nicht mehr im Mittelpunkt der göttlichen Schöpfung befinden, dass wir alle aus der Mitte verdrängt sind, dass unsere Erde nicht anders ist als Mars oder Venus, Saturn oder Jupiter? Wenn man ihnen sagt, dass sie ihren Augen nicht mehr trauen können? Dass es die Bewegung der Gestirne gar nicht gibt? Dass sie auf einer Kugel leben, die sich um sich selbst dreht und durch die Sphären fliegt, mit einer Geschwindigkeit, die sich kein Mensch vorstellen kann? Und dass all dies dem widerspricht, was die Kirche über Jahrhunderte gelehrt hat.

Dass die Kirche nicht die Wahrheit sagt, die göttliche Wahrheit. Könnt Ihr Euch vorstellen, was dann sein wird? Wenn die Menschen den Schrecken des unendlichen Raumes erfahren und ins Nichts fallen?"

Leitner stand auf und ging durch den Raum.

„Aber das, was Kopernikus sagt, entspricht nicht der Wahrheit."

„Er war ein sehr fleißiger und gewissenhafter Sternenbeobachter. Und seine Berechnungen stimmen. Es reicht nicht, zu behaupten, Kopernikus habe Unrecht. Wer dieses Buch liest, kann nur staunen. In der Einleitung betont Kopernikus deshalb auch, dass es sich bei seinen Ausführungen nicht um Mutmaßungen handelt, sondern um Wahrheiten. Was er darstellt, ist keine Theorie, sondern ein begründetes Weltbild. Ähnlich dem des Ptolemäus. Aber versteht mich recht. Es geht mir gar nicht um die Frage nach der Wahrheit. Es geht mir um die Konsequenzen. Wenn Kopernikus Recht hätte, hätte die Kirche Unrecht. Selbst die Protestanten halten an dem überlieferten Weltbild fest. Luther hat Kopernikus schon vor Jahren einen Narren genannt. Dabei beruft er sich auf die Heilige Schrift. Im Buch Josua im zehnten Kapitel gibt es eindeutige Hinweise, die belegen, dass die Sonne von sich aus nicht stillstehen kann, sondern sich bewegt."

„Ich verstehe", sagte Leitner. „Man sollte also verhindern, dass sich diese Lehre in der Welt verbreitet, die Menschen verunsichert und den Glauben zerstört."

„Genau das meine ich. Es geht um die Seelen der Menschen. Selbst wenn es zutreffen würde, was Kopernikus sagt: Es gibt Wahrheiten, die nicht ausgesprochen werden sollten. Zum Wohle der Menschen. Es gibt Wichtigeres als die Wahrheit: den Frieden, das Seelenheil, den Menschen, der festen Grund braucht, um leben zu können."

Tolosani suchte Leitners Blick und fuhr fort.

„Ja, ich würde dafür sorgen, dass dieses Buch nie gelesen wird.

Aber ich muss es nicht mehr tun. Denn offensichtlich ist mir jemand zuvorgekommen."

„Ihr meint, derjenige, der für den Mord verantwortlich ist, für den Brand des Lagerhauses, für den Diebstahl der Bücher. Derjenige hat ..."

„... hat dieses Buch sehr genau gelesen. Noch wissen wir nicht, wer es ist. Aber es kann nur zwei Gründe für seine Tat geben: Entweder er will verhindern, dass dieses Buch veröffentlicht wird. Oder er will im Gegenteil sicherstellen, dass es tatsächlich Verbreitung findet. Er hat die Bücher gestohlen, um sie zu vernichten. Oder um sie überall in der Welt zu verkaufen und den Gedanken des Kopernikus zu verbreiten."

Leitner hatte aufmerksam zugehört.

„Das, was Ihr sagt, überzeugt mich." Er hielt einen Moment inne und schaute auf das Buch. „Aber Ihr habt soeben gesagt, Ihr selbst würdet dieses Buch gern ungeschehen machen, wenn es die Gelegenheit gäbe."

Tolosani lachte auf. Genau das hatte er von Leitner erwartet. Dieser Mann würde wohl nie lernen, zwischen Freund und Feind zu unterscheiden.

„Ihr dürft mich gerne festnehmen", sagte der Alte und lehnte sich mit betonter Gelassenheit in den Stuhl. „Ein alter Mann wie ich läuft nicht mehr davon. Aber es wäre wohl klüger, nach den verschwundenen Büchern zu suchen. Sie sind der Schlüssel. Wenn Ihr sie findet, findet Ihr auch den Mörder Zells. Ich bin ganz sicher."

Er hatte versprochen, am späten Mittag da zu sein. Aber die Sonne war längst über ihren Zenit hinweggezogen. Julia stand am großen Brunnen, lehnte gegen den Stein und schaute sich um. So viele Leute. Immer wieder verlor sich ihr Blick. Sie hielt nach Alanus Ausschau, aber auch nach Menschen, die ihr gefährlich werden konnten. Zwar hatte sie sich das schlichte Kleid einer Magd übergeworfen, ganz und gar nicht angemessen für eine Tochter des Wolfgang Fugger, aber sie musste trotzdem vorsichtig sein, um nicht erkannt zu werden. Für einen Tag im Mai war es ungewöhnlich warm. Nicht eine Wolke stand am Himmel. Auf dem Marktplatz gab es keinen Schatten. Lange würde sie das nicht mehr ertragen. Wo blieb Alanus? Hatte sie ihn vielleicht doch verschreckt? Julia hasste sich dafür. Plötzlich fasste jemand sie am Arm. Erschrocken wandte sie sich um. Und erkannte die junge Heilerin.

„Was tust du hier?“, fragte Helena und betrachtete sie amüsiert. „Noch dazu als Magd verkleidet. Ist dir das Personal davongelaufen?“

„Sei still“, flüsterte Julia ihr zu. „Ich kann dir das jetzt nicht erklären. Du weißt, ich bin in großen Schwierigkeiten und muss mich verstecken.“

„Kann ich dir helfen?“

„Nein. Du kannst nichts tun. Ich warte auf Alanus.“

„Der gutaussehende Mönch?“, fragte Helena lächelnd.

„Bitte“, wies Julia sie zurecht, „das ist jetzt nicht der richtige Zeitpunkt. Mach dich davon. Wir fallen auf.“

„Da ist er doch“, stellte die junge Heilerin fest. Julia folgte ihrem Blick und entdeckte Alanus in der Menge. Er hatte sie ebenfalls bemerkt und drängte sich durch die Menschen.

„Gut. Ich lasse dich allein“, flüsterte Helena ihr ins Ohr. „Viel Glück.“ Sie küsste Julia freundschaftlich auf die Wange und lief davon.

Inzwischen hatte Alanus den Brunnen erreicht.

„Fast hätte ich Euch nicht erkannt“, sagte er. Dann nahm er sie bei der Hand und zog sie durch die Menge, vorbei an den Ständen, eilig, ohne stehen zu bleiben, bis sie eine Gasse erreicht hatten, in der sie Schutz fanden. Julia konnte kaum folgen. Noch immer hielt sie den Krug in der Hand.

„Halt!“, rief sie und blieb stehen. „Sagt mir doch erst einmal, was Ihr vorhabt.“

Auch Alanus war außer Atem. Er blickte zu ihr und musste lachen.

„Eure Verkleidung ist wirklich gut. Aber Ihr habt etwas vergessen."

Sie schaute ihn unsicher an.

„Eine Magd trägt das Haar nicht offen, so wie Ihr."

Für einen Moment wusste Julia nicht, was sie sagen sollte. Er hatte recht. Wie war es möglich, dass sie das vergessen hatte? Doch es blieb ihr keine Zeit, länger darüber nachzudenken. Alanus zog sie weiter. Als sie das Wirtshaus erreicht hatten, in das Angelina ihn am Morgen geführt hatte, blieb er erneut stehen.

„Ich habe Eure Schwester getroffen", sagte er. „Sie ist wieder frei. Leitner hat sie verhört, konnte ihr aber nichts anhängen."

„Das ist gut. Wo befindet sie sich jetzt?"

„Ich weiß es nicht."

Inzwischen kamen ihnen nicht mehr viele Menschen entgegen.

„Wir können langsamer gehen", stellte er fest.

Als sie in die nächste Gasse einbogen, berichtete er Julia, welche Schlüsse Tolosani gezogen hatte.

„Ihr lagt mit Eurer Vermutung sehr richtig", sagte er schließlich. „Wir müssen die Bücher finden. Dann werden wir auch erfahren, wer tatsächlich hinter allem steckt."

„Und wir beginnen mit dem Araber?", fragte Julia. Alanus nickte. Und zugleich sah sie, dass er fest entschlossen war. Vor lauter Glück konnte sie nicht anders, als ihn zu umarmen. Und dann war sie es, die den verdutzten Mönch weiterzog.

Als sie den großen Egidienhof erreicht hatten und zum Haus des Arabers hinübersahen, bemerkten sie sofort die Wache an der Pforte und suchten hinter einem Pferdewagen Schutz.

„Leitner war schneller", stellte Alanus fest. „Er hat am Morgen Benjamin Rashi festgenommen. Der wird ihn auf die Spur des Arabers gebracht haben."

Julia verstand. Der Bürgermeister verdächtigte inzwischen also auch andere. Sollte er ähnliche Gedanken verfolgen wie sie selbst?

Sie konnte ihre Überlegungen nicht zu Ende bringen. Das Tor des Hauses öffnete sich. Leitner, Schöner und zwei weitere Männer kamen heraus, berieten sich kurz und gingen langsam davon. Ibn-al-Cordobes war nicht dabei. Stattdessen ein Mönch, den Julia nicht kannte. Der Mann zog das linke Bein nach.

„Haben sie ihn nicht angetroffen?", fragte Julia. Doch dann bemerkte sie, dass Alanus noch immer gespannt hinübersah. Eine hochgewachsene, schlanke Gestalt war aus dem Tor des Gasthauses ins Freie getreten. Julia erkannte ihn sofort wieder. Der Araber hatte sich offenbar im Nachbarhaus versteckt und abgewartet, bis Leitner und seine Leute gegangen waren. Nun blickte er sich vorsichtig um, ging dann die wenigen Schritte zur Tür seines Hauses und verschwand darin.

„Nicht zu glauben", stellte Alanus fest. Sie ließen ihr Versteck hinter sich und überquerten den Platz.

Alanus machte sich nicht die Mühe, an der Tür des Hauses zu klopfen, sondern öffnete sie und trat ein.

Sie fanden Ibn-al-Cordobes in seinem Arbeitszimmer über mehrere Schriften gebeugt. Als er sie bemerkte, schreckte er hoch. Schnell gelang es ihm, seine Fassung zurückzugewinnen.

„Ihr habt mich überrascht", stellte er fest und versuchte, freundlich zu wirken. „Warum klopft Ihr nicht an?"

Julia blickte auf den Tisch und erkannte die drei Bücher sofort wieder.

„Ich glaube", sagte sie ruhig, „Ihr seid uns einige Antworten schuldig."

Noch auf dem Weg zurück zur Kirche hatte Osiander von der Verhaftung Rashis erfahren. Nun gab es für ihn keine Zweifel mehr. Als er das Rathaus erreicht hatte, machte er sich nicht die Mühe, nach Leitner zu fragen, sondern ging unmittelbar die Stufen hinab in den Keller. Dort wurde er von den beiden Wachen aufgehalten. Erst als er vorgab, einem Gefangenen geistlichen Beistand gewähren zu wollen, erhielt er

Zugang. Einer der Männer führte ihn in den schmalen, langgezogenen Gewölbegang. Fackeln gaben etwas Licht, aber es dauerte eine Weile, bis sich das Auge an das Dunkel gewöhnt hatte. Nun erst erkannte Osiander entlang des Gangs in regelmäßigen Abständen schwere Holztüren, hinter denen sich die Zellen verbargen. Er hatte gehört, dass es gut ein Dutzend sein sollten. Die Gefangenen blieben nie lange an diesem Ort. Sie warteten hier auf ihre Verhandlung. Oder auf die Hinrichtung.

Die ersten Türen waren geschlossen, so dass Osiander nicht sehen konnte, wie viele Menschen hier festgehalten wurden. Immer deutlicher spürte er die Kälte. Allein das musste auf die Dauer eine Qual sein. Und die Gefangenen waren in ihren kleinen Gewölben von völliger Dunkelheit umgeben.

Im Vorbeigehen bemerkte Osiander eine offene Zellentür. Der schwache Lichtschein ließ erahnen, dass dies ein besonderer Raum war. Ketten hingen von der Decke. Im Hintergrund befand sich eine Art Leiter und an der Seite erblickte er etwas, das er früher schon einmal gesehen hatte: eine Streckbank. Rechts davon stand ein Regal mit Daumenschrauben.

Der Wächter war weitergegangen. Er blieb vor einer schweren, mit Eisengurten verstärkten Zellentür stehen. Darüber war auf weißem Putz eine schwarze Katze abgebildet. Der Mann schob den Riegel beiseite, öffnete und überließ Osiander eine Fackel. Dann blieb er etwas entfernt im Gang stehen und wartete.

Als Osiander die Zelle betrat, wurde es noch kälter. So schlimm hatte er sich das nicht vorgestellt. Der Raum mochte drei Schritt tief und ebenso breit sein. Gerade Platz genug, um eine Pritsche und eine Bank unterzubringen. Der Boden und die Wände waren mit Holzbohlen ausgeschlagen. Benjamin Rashi hatte sich an die Wand gedrückt, wurde vom Licht der Fackeln geblendet und versuchte blinzelnd zu erkennen, was geschah. Man hatte ihm die Hände gebunden und das Seil zusätzlich an einem Ring befestigt, der im Boden eingelassen war. Es dauerte eine Weile, bis der Gefangene verstand, wer ihn aufsuchte.

„Welch eine Ehre", sagte Rashi spöttisch. „Der Prediger von Sankt Lorenz. Seid Ihr gekommen, um mir die Beichte abzunehmen? Oder habt Ihr vor, einen Juden zu bekehren?"

„In Eurer Lage sollte man nicht scherzen", entgegnete Osiander. Dabei zeigte er auf das Seil. „Ihr solltet Euch lieber Gedanken machen, wie Ihr hier heil herauskommt."

„Und ein christlicher Prediger will mir dabei helfen?"

„Vielleicht", antwortete Osiander kurz und nahm auf der Bank Platz. „Ihr seid ein Kaufmann, und es wäre möglich, dass wir ins Geschäft kommen. Vorausgesetzt, Ihr verratet mir Euer Geheimnis."

Rashi schaute ungläubig.

„Ihr wollt mit mir Geschäfte machen? Mit einem Juden?"

„Wenn es guten Zwecken dient. Was haltet Ihr davon: ein Geschäft, das Euch dazu verhilft, Euer Gesicht zu wahren und ungeschoren aus der Sache herauszukommen; und das mir erlaubt, die Früchte langer Arbeit einzufahren."

„Ich verstehe nicht. Werdet deutlicher."

„Ihr habt 200 Bücher aus der Werkstatt des Petreius gestohlen und damit mächtig Aufsehen erregt. Niemand kann Euch das bislang nachweisen. Leitner hat allenfalls Vermutungen, aber keine Beweise. Mit einem angesehenen Fürsprecher, der Euren guten Leumund bezeugen würde, könntet Ihr Euren Kopf retten. Andernfalls reicht schon der bloße Verdacht, und Ihr endet im Gefängnisturm auf der Burg. Oder in der ‚Kapelle', wo man mit einem Juden nicht eben zimperlich umgehen wird. Es gibt keinerlei Rettung, es sei denn, ich setze mich für Euch ein. Aber dieser Freundschaftsdienst hat einen Preis." Osiander beugte sich zu Rashi herab und sah ihm in die Augen. „Ich möchte von Euch wissen, wo sich die Bücher befinden."

Er ging zurück zum Stuhl, setzte sich wieder und wartete.

Ein Lächeln ging über das Gesicht des jüdischen Kaufmanns.

„Ihr täuscht Euch. Ich habe nichts mit all den Dingen zu tun."

Osiander ließ sich seine Unsicherheit nicht anmerken. Wieder beugte er sich vor.

„Das stimmt nicht. Und Ihr wisst es ganz genau. Aus dieser Sache kommt Ihr nur noch heraus, wenn sich jemand für Euch einsetzt. Genau das ist mein Angebot. Und spielt bitte nicht länger den Ahnungslosen. Euer Märchen vom unschuldigen Kaufmann könnt Ihr Leitner erzählen. Trotz Eures genialen Plans seid Ihr in der Nacht gesehen worden. Es gibt einen Zeugen, der mir sehr wohl bekannt ist. Er verfolgt die gleichen Ziele wie ich und er wäre bereit, zu vergessen, was er gesehen hat. Aber nur unter einer Bedingung: Ihr müsst reden."

Osiander ließ seine Worte wirken. Dann setzte er nach.

„Es liegt nur an Euch, ob Ihr noch länger in diesem kalten, finsteren Loch bleibt oder den freien Himmel wiederseht."

Rashi dachte einen Moment nach. Er war erst wenige Stunden hier, und doch hatte sich sein Körper längst vor Kälte zusammengezogen. Stille und Dunkelheit würden ihn bald zum Wahnsinn treiben. Trotzdem mussten seine Gedanken gerade jetzt klar bleiben.

„Wer garantiert mir, dass Ihr Wort haltet und mir tatsächlich helft?"

„Ich bin in der Lage, mit jenem Mann sprechen, der Euch in der Nacht gesehen hat, und würde ihn dazu bringen, seine Aussage zurückzunehmen. Damit wärt Ihr entlastet."

„Und die Wachen, die Euch soeben hereingelassen haben?"

„Sie sind mir noch eine Gefälligkeit schuldig."

Beide schwiegen. Für einige Augenblicke war kein Laut zu hören, nur das leise Flackern der Fackel.

„Gut", sagte Rashi schließlich. „Mir bleibt keine andere Wahl. Ich vertraue Euch, wenn Ihr bei Eurem Gott schwört, unsere Abmachung einzuhalten."

Osiander nickte. „So soll es sein. Ich werde Euch nicht im Stich lassen." Er faltete die Hände wie zu einem Gebet.

„So soll es sein" wiederholte Benjamin Rashi. „Was ich nun sage, müsst Ihr Euch genau einprägen. Der Weg ist nur wenigen bekannt und sehr schwer zu finden."

Der Araber schwieg und schaute betroffen zum Tisch, auf dem die Bücher lagen. Julia hatte sich schnell umgesehen und eine Öffnung in der Wand bemerkt. Sonst hing an dieser Stelle ein fein geknüpfter Teppich, der eine Moschee zeigte. Der lag nun am Boden. Leitner hatte das Versteck nicht gefunden, denn sonst wären ihm die Bücher nicht entgangen.

„Ich warte auf eine Antwort", wiederholte Julia.

Ibn-al-Cordobes sah sie an. „Es ist nicht so, wie Ihr denkt."

„Dann sagt mir, wie es ist."

Julia hatte seine Bitte, Platz zu nehmen, ignoriert, ging zum Fenster und ließ ihn nicht aus den Augen.

Alanus stand noch immer in der Tür. „Wir haben nicht die Zeit für lange Erklärungen", stellte er fest. „Wenn Ihr nicht augenblicklich sprecht, werde ich dafür sorgen, dass Leitner diese Befragung fortsetzt." Der Araber nickte.

„Ihr sollt alles erfahren. Wirklich alles. Wenn Ihr mir einen Tag gebt. Einen Tag, um diese Stadt zu verlassen. Einen Tag, an dem Ihr die Wahrheit für Euch behaltet."

„Wir sollen einen Mörder decken?"

„Ich bin kein Mörder. Das dürft Ihr mir glauben."

„Ich glaube Euch kein Wort mehr", sagte Julia. „Ihr seid mein Freund gewesen. Seit vielen Monaten. Wie oft haben wir in dieser Zeit miteinander gesprochen und ganze Abende verbracht. Nie wäre ich auf den Gedanken gekommen, dass ausgerechnet Ihr meine Bücher stehlt. Nun soll ich Euch glauben? Nachdem mein Lagerhaus in Flammen aufging? Nachdem Zell getötet wurde? Nachdem ich seit gestern Morgen auf der Flucht bin, aufgrund einer falschen Beschuldigung? Und soll Alanus Euch glauben, der ebenfalls von Leitner gejagt wird?"

„Das alles habe ich nie gewollt. Ursprünglich war mir nicht einmal klar, dass dies Eure Bücher sind. Es tut mir unendlich leid."

Der Araber sah zu Boden.

Julia kannte ihn lange genug, um zu wissen, dass er es ernst meinte. Dennoch durfte sie jetzt nicht nachlassen. „Wir können Euch nicht verschonen. Es gibt eindeutige Belege, dass Ihr den Mord an Zell begangen habt."

„Das ist nicht wahr", entgegnete Ibn-al-Cordobes. „Vieles von dem, was geschehen ist, geht auf mich zurück, aber ich habe keinen Menschen umgebracht. Das würde ich nie tun. Das könnt Ihr mir glauben. Aber wenn Leitner mich ergreift, wird es um mich geschehen sein. Deshalb brauche ich einen Tag. Ich weiß, es ist anmaßend, nach all dem, was ich Euch angetan habe, Julia Fugger. Aber ich muss nun mein Leben retten. Ich kann nur sagen, dass es mir unendlich leid tut, Eure Freundschaft und Euer Vertrauen so enttäuscht zu haben. Aber glaubt mir, das war nicht gewollt, nie so vorgesehen."

„Man hat am Boden der Werkstatt des Petreius drei Zeichen gefunden", stellte Alanus fest. „Zell hat sie in den letzten Sekunden seines Lebens auf den Holzboden gezeichnet: das Symbol der Venus, das des Feuers und einen Halbkreis. Wir haben lange daran gerätselt, bis uns die Lösung einfiel. Es handelt sich um den Halbmond, das Zeichen des Islam. Zell hat seinen Mörder genannt."

Der Araber schaute ihn entsetzt an.

„Das war mir nicht bekannt", sagte er. „Aber glaubt mir. Zell hat nicht seinen Mörder genannt. Er wusste es vielleicht nicht besser. Ihr dürft die beiden anderen Symbole ...."

„Redet nicht um die Dinge herum", unterbrach ihn Julia. „Es ist an der Zeit, dass Ihr sprecht. Ich möchte keine Entschuldigungen. Keine Ausflüchte. Und schon gar keine Schmeicheleien mehr, mit denen Ihr mich für Euch gewonnen habt. Ich möchte einfach hören, was geschehen ist. Und ich möchte es jetzt hören."

Julia bemerkte, dass er ihr nicht mehr in die Augen schauen konnte. Statt dessen wandte sich der Araber zum Tisch, nahm einen Schluck aus dem Becher, der dort stand, sah erneut zu Boden und nickte.

„Ihr habt Recht. Ich habe Eure drei Bände aus der Werkstatt des Petreius genommen. Eigentlich ging es um das Manuskript des Kopernikus. Ich wusste, dass es in der Werkstatt zu finden war. Eines der Druckexemplare hatte ich einige Tage zuvor von Petreius erworben, hatte es in Ruhe gelesen und war dabei auf Widersprüche gestoßen. Es gab Gründe für Zweifel. Irgendetwas stimmte nicht mit diesem Buch. Deshalb wollte ich es mit dem Original vergleichen. So blieb mir nur die Wahl, noch einmal die Werkstatt aufzusuchen. In dieser Nacht war Vollmond, die Wahrscheinlichkeit, gesehen zu werden, also groß. Ich beschloss, dennoch zu handeln. Drei Stunden nach Mitternacht öffnete ich die Pforte zur Druckerei. Es wunderte mich, dass Petreius nicht abgeschlossen hatte. Drinnen war kein Licht zu sehen und nicht das geringste Geräusch zu hören. Also wagte ich es, entzündete eine Kerze und trat ein. Ich musste nicht lange suchen. Dort, wo Petreius gewöhnlich die Manuskripte ablegte, fand ich drei Bücher. Ich blätterte sie auf und verstand schnell, dass es darin um Magie ging. Das eine war der letzte Band der *Occulta Philosophia*. Ich wollte dieses Werk immer schon einmal studieren und beschloss, es ebenfalls mitzunehmen. Einige Tage später würde ich es zurückbringen. Dann besann ich mich auf mein eigentliches Ziel. Das Manuskript des Kopernikus lag auf dem Lesepult. Es war dort aufgeschlagen, wo das Vorwort fing an. Ich stellte die Kerze ab und fing an zu lesen. Es gab keinen Grund zur Eile. Und vielleicht konnte ich meine Frage ja klären, ohne das Buch mitnehmen zu müssen. Plötzlich hörte ich hinter mir ein Geräusch. Ohne nachzudenken, drehte ich mich um und schlug mit der Faust zu. Dann erst erkannte ich Zell. Er war von meinem Schlag so getroffen, dass er sofort zusammensackte. Für einen

Moment blieb ich tatenlos stehen und überlegte, was zu tun war. Dann vergewisserte ich mich, dass Zell wirklich nur bewusstlos war. Das würde er noch einige Minuten sein, und ich musste die Zeit nutzen. So griff ich mir das Manuskript des Kopernikus und die anderen Bücher und eilte davon. In den Gassen begegnete mir niemand."

„Wollt Ihr damit sagen, dass Zell noch lebte, als Ihr die Werkstatt verlassen habt?", unterbrach ihn Alanus.

Ibn-al-Cordobes sah ihn an und nickte.

„Ich bin absolut sicher."

„Wie kann man da sicher sein?", warf Julia ein. „Zell hätte an seinen Verletzungen auch sterben können."

„Er hatte keine Verletzungen", versicherte der Araber. „Später habe ich gehört, man hätte ihn in einer Blutlache gefunden. Mit Stichwunden. Das habe ich nicht getan. Nicht ich habe auf Zell eingestochen. Er war von meinem Schlag bewusstlos. Mehr nicht."

„Aber er hatte Euch gesehen. Er konnte bezeugen, dass Ihr in der Werkstatt gewesen seid."

„Das ist nicht möglich."

„Und wie erklärt Ihr Euch das Zeichen des Halbmondes?"

„Ich kann es nicht erklären."

Julia blickte zu Alanus, vergewisserte sich, dass auch er den Äußerungen des Arabers nicht recht glauben wollte.

„Ihr hattet vor, das Original des Kopernikus mit der Druckfassung zu vergleichen", stellte sie fest. „Wenn das stimmt, könnt Ihr uns sicherlich sagen, was Ihr entdeckt habt."

„Oh ja. Es gibt einen erstaunlichen Unterschied. In der Druckfassung wurde etwas ergänzt. Ein Vorwort, das man im Manuskript vergeblich sucht."

„Was steht in diesem Vorwort?", fragte Alanus mit gespielter Ahnungslosigkeit.

„Ich muss etwas genauer sein. Es gibt in dieser Fassung zwei Vorworte. Eines, das man auch im Manuskript findet. Kopernikus widmet darin sein Buch dem Heiligen Vater. Er ist sich bewusst, dass seine Ausführungen bei vielen Gelehrten auf Widerstand stoßen werden. Er bittet Papst Paul, diese Einsprüche nicht ernst zu nehmen, weil sie nicht von Menschen kommen, die wirklich etwas von Astronomie und Mathematik verstehen. Kopernikus setzt auf das Wohlwollen des Papstes. In der Druckfassung seines Buches ist dieser Einleitung aber ein weiteres Vorwort vorangestellt. Darin wird gesagt, dass alles, was Kopernikus in seinem Buch entwirft, eine Theorie und bloße mathematische Berechnung ist, die nicht den Anspruch erhebt, ein neues Weltbild darzustellen. Seine wissenschaftlichen Ausführungen berühren nicht die Glaubensgewissheiten."

„Und wie deutet Ihr das?"

„Kopernikus entwirft in diesem Buch ein neues Weltbild. Und behauptet, dass die Welt wirklich so ist, wie er sie beschreibt. Er muss sich dabei bewusst gewesen sein, dass er das christliche Weltbild in Frage stellt. Deshalb die Widmung an den Heiligen Vater. Er nimmt wohl an, dass ein Papst wie Alessandro Farnese vernünftig genug denkt, um diese Ausführungen ernst zu nehmen. Wer immer hier ein neues Vorwort vorangestellt hat, will die Absicht des Kopernikus aufweichen, will, dass diese Gedanken nicht so brisant erscheinen, sondern als bloßes Spiel der Zahlen daherkommen. Kurz, er will verhindern, dass dieses Buch irgendwelche Konsequenzen hat. Er will verhindern, dass die Wahrheit ans Licht kommt. Und der christliche Glaube ins Wanken gerät."

„Wen habt Ihr in Verdacht?"

Der Araber blickte Alanus erneut an.

„Die Heilige Kirche. Und ihren langen Arm, die Inquisition. Dafür spricht, dass Ihr und Tolosani seit einigen Tagen in der Stadt seid. Allerdings steht Ihr auch im Verdacht, Zell ermordet zu haben. Das passt nicht zusammen."

Alanus nickte. „Richtig. Das passt nicht zusammen. Und es ist auch nicht so. Aber sagt, warum habt Ihr ein Interesse an dem Buch des Kopernikus?"

Julia entging nicht, dass der Araber einen Augenblick zögerte.

„Ich handele mit astronomischen Werkzeugen und Büchern. Außerdem bin ich selbst Astronom. Da interessiert mich alles, was mit dieser Kunst zu tun hat."

„Ibn-al-Codobes", sagte Alanus mit dem Unterton der Verärgerung, „Ihr habt uns versprochen, ehrlich zu sein. Aber mein Gefühl sagt mir, dass Ihr uns noch immer nur einen Teil der Wahrheit mitgeteilt habt. Jenen Teil, den wir ohnehin schon kennen. Wenn es tatsächlich rein wissenschaftliches Interesse ist, das Euch leitete, warum seid Ihr dann eine Nacht später noch einmal bei Petreius eingebrochen? Diesmal, um zweihundert Drucke des Kopernikus-Werkes verschwinden zu lassen und das Original zurückzubringen?"

Der Araber schaute sichtlich verwirrt. Julia konnte nur ahnen, was nun in ihm vorging. Er wusste, dass man Alanus nicht unterschätzen durfte. Und an der Tatsache, dass sich das Manuskript des Kopernikus gestern noch in diesem Zimmer befunden hatte, heute morgen aber wieder auf dem Lesepult des Petreius lag, ließ sich nicht rütteln.

„Ihr behauptet selbst, das Original in der vorletzten Nacht aus der Werkstatt des Petreius entwendet zu haben", stellte Julia fest. „Heute Morgen fand man es dort wieder. Wenn Ihr wirklich wollt, dass wir Euch einen Tag Zeit zur Flucht lassen, dann ist jetzt der Augenblick, die ganze Wahrheit zu sagen."

„Wahrheit gegen Freiheit?"

Julia nickte. „Wahrheit gegen Freiheit. Unter der Bedingung, dass Ihr kein Mörder seid."

Der Araber stand auf, ging zum Globus, betrachtete ihn und setzte ihn dann mit sanfter Hand in Bewegung.

„Es ist richtig. Mein Interesse ging weiter, als ich es Euch bislang eingestanden habe. Alles, was ich vorhin sagte, ist die Wahrheit. Doch es kommt etwas Wesentliches hinzu. Ich selbst will, dass das Werk des Kopernikus so gedruckt wird, wie er selbst es gewünscht hat. Ich möchte, dass die Menschen die Wahrheit erfahren, die Wahrheit über diese Welt, die ihnen die Heilige Kirche vorenthält. Das war der Grund dafür, dass ich Benjamin Rashi angesprochen habe. Es ging mir darum, die 200 Drucke verschwinden zu lassen, denn aufgrund des neuen Vorworts waren sie Fälschungen. Ich wollte Petreius dazu bringen, sie neu zu setzen, unverfälscht. Deshalb habe ich ihm das Manuskript wieder zugespielt. Er sollte es so drucken, wie Kopernikus es tatsächlich vorgesehen hat. Ein Buch, das den Menschen die Augen öffnet. Das ihnen die Wahrheit sagt. Und ihnen deutlich macht, dass die Heilige Kirche die Menschen über Jahrhunderte belogen hat. Das, was Ihr hier seht, ist die Wahrheit." Er zeigte auf den Globus, der sich noch immer um sich selbst drehte. „Und die Wahrheit ist es auch, dass die Sonne Mittelpunkt der Welt ist, nicht die Erde. Beides sind Einsichten, die den Glauben der Menschen erschüttern werden."

„Richtig, das werden sie", wandte Alanus ein. „Wenn die Menschen das erfahren, was Kopernikus erkannt hat. Sie werden beginnen, an denen zu zweifeln, die ihnen etwas anderes gesagt haben. Sie werden an den Geistlichen zweifeln. An ihren Landesfürsten. Und schließlich am Kaiser und der Heiligen Kirche. Es könnte wieder zu Erhebungen kommen, so wie vor 20 Jahren, als Bauernhorden sich auf Martin Luther beriefen, die Kirchen stürmten und das Land verwüsteten. Im Namen der Wahrheit. Und das ist auch Euer Ziel, Ibn-al-Cordobes. Nicht wahr?"

Der Araber schwieg betroffen.

„Es geht Euch nicht um die Wahrheit", fuhr Alanus fort. „Es geht Euch darum, Verwirrung zu stiften, die verschiedenen Parteien gegeneinander aufzubringen. Und ich glaube, es ist nicht einmal Euer eigener Plan, den Ihr in dieser Stadt verfolgt. Könnte es sein, dass diejenigen, die Euch beauftragten, das christliche Abendland in Unruhe zu versetzen, weit entfernt von uns leben?"

Julia schaute Alanus verblüfft an und bemerkte zugleich, dass der Araber nicht mehr fähig war, etwas zu sagen.

„Was geht hier eigentlich vor?", fragte sie wütend. „Ibn-al-Cordobes! Was habt Ihr uns verschwiegen?"

Einige Augenblicke war Stille.

„Es geht nicht um die Wahrheit", sagte Alanus leise. „Es gibt Kräfte, die ein Interesse haben, der christlichen Welt zu schaden. Das kann man erreichen, indem man ihr Weltbild untergräbt und Streit zwischen den Menschen sät. Seit das christliche Abendland in seinem Glauben zerstritten ist, seit sich die Mächtigen der alten und der neuen Kirche bekriegen, versuchen äußere Feinde diese Gelegenheit zu nutzen. Denkt an die Belagerung von Wien. Die Hohe Pforte in Konstantinopel hat ein großes Interesse daran, die Geschlossenheit der christlichen Welt zu brechen. Und dazu kann es auch helfen, ein Weltbild zu untergraben. Nimmt man den Menschen den Glauben, sind sie leichter zu besiegen. Nicht wahr, Ibn-al-Cordobes? Es ist bei weitem nicht die Wahrheit, die Euch antreibt."

Der Araber hatte sich wieder auf seinen Stuhl gesetzt und blickte zu Boden.

„Alles, was Ihr sagt, ist richtig, aber ich möchte Euch bitten, auch Benjamin Rashi zu helfen. Er stand in meiner Schuld, und ich habe ihn genötigt mitzumachen. Auch er muss fliehen."

„Das ist sehr ehrenwert", stellte Julia fest. „Aber wir sind noch nicht fertig. Erklärt mir: Warum wurde mein Lagerhaus angezündet? Und wer hat Siegfried Zell umgebracht?"

Der Araber hob den Kopf und schaute sie an.

„Ich weiß es nicht", sagte er leise und schüttelte den Kopf. „Ich kann Euch sagen, an welchem Ort Ihr die 200 Bücher findet. Aber glaubt mir: Ich hatte keinen Grund, Euer Lagerhaus anzuzünden. Und wer Zell umgebracht hat? Ich habe selbst lange hin und her überlegt. Aber mir ist nichts eingefallen. Er hat noch gelebt, als ich ihn verließ. Das ist sicher. Wer immer ihn erstochen hat, muss nach mir die Werkstatt betreten haben ..."

KAPITEL 8

Nürnberg, 26. Mai 1543,
Nachmittag

Unmittelbar am Fluss spiegelten sich die Häuserfronten der unteren Kreuzgasse im Wasser. Johannes Kettler stand auf der Steinernen Brücke und beobachtete dieses Schauspiel schon eine ganze Weile. Manchmal schien die Pegnitz wellenlos dahinzufließen, und dann sah es so aus, als würden diese hohen Gebäude entlang einer magischen Linie verdoppelt. Genau so, wie sie in den Himmel ragten, zeigten ihre Fassaden spiegelverkehrt auch nach unten. Unwillkürlich musste der Junge an das neue Weltbild denken, von dem Alanus gesprochen hatte. Wenn die Erde tatsächlich eine Kugel war, dann gab es kein Oben und kein Unten mehr. Dann konnte man dem, was man sah, nicht mehr uneingeschränkt trauen. Johannes wollte Angelina auf seine Beobachtung aufmerksam machen, doch die tat so, als würde sie den Sinn seiner Worte nicht verstehen, und schaute gelangweilt in die Ferne.

„Wie ist Julia nur darauf gekommen, dich ausgerechnet an diesem Ort abzuholen?", fragte sie.

Johannes wusste, dass sie keine Antwort auf ihre Frage erwartete. Angelina langweilte sich nur. Sie hatte sich über die Mauer der Brücke gelehnt, schaute hinab auf die Wellen und schien ganz in Gedanken versunken, bis sie merkte, dass der Junge sie dabei beobachtete. „Was ist?", hatte sie ihm zugerufen, war dann auf- und abgegangen, hatte ihr Haar mit einem Schwung nach hinten geworfen und war schließlich zur Mauer zurückgekehrt, um erneut ungeduldig auf die Pegnitz zu schauen. Sie trug noch immer ihr dunkelrotes Kleid. Jeder, der über die Steinerne Brücke kam, wurde auf sie aufmerksam, denn es war ungewöhnlich, dass eine so gut gekleidete Patrizierfrau wie Angelina barfuß ging. Doch all das schien ihr nichts auszumachen. Im Gegenteil. Sie setzte sich auf die Mauer und ließ die Füße herabbaumeln. Dabei wanderte ihr Blick selbstverliebt die schlanken Beine entlang. Schließlich hob sie den Kopf und schaute zu Johannes. Der wagte nicht, den Blick von ihr zu wenden. Sie erwiderte sein Lächeln, sprang zu Boden, lehnte sich wieder über die Brückenmauer und schaute hinab.

Dann sah er Julia und Alanus. Sie kamen aus der vorderen Negelesgasse und hatten es offenbar eilig. Auch Angelina war inzwischen auf die beiden aufmerksam geworden.

„Endlich", sagte sie und ging Julia entgegen. „Wir warten schon eine Ewigkeit."

Johannes bemerkte, dass Julia etwas bei sich trug.

„Das haben wir beim Araber gefunden", sagte sie und übergab ihrer Schwester drei schwere Bücher.

„Beim Araber?", fragte Angelina. Sie konnte die Bände kaum halten.

„Bring sie ins Kontor. Ich erkläre dir später, was es damit auf sich hat. Wir haben keine Zeit, müssen sofort aufbrechen."

Angelina nickte nur und stellte keine Fragen. Sie umarmte Julia und wünschte ihr Glück. Dann sah sie den dreien nach, wie sie eilig die Brücke verließen.

Johannes blickte noch einmal zurück, doch Alanus zog ihn unsanft hinter sich her und ermahnte ihn, nicht zu trödeln.

Sie ließen den Platz hinter sich, überquerten eine breite Straße und eilten durch die Fröschaugasse. Plötzlich blieb Julia stehen und zeigte auf das Gasthaus.

Etwas später saßen sie in einem kleinen, schlecht erleuchteten Schankraum. Außer ihnen war zu dieser Zeit niemand dort und es dauerte einen Moment, bis der Wirt erschien und sie nach ihren Wünschen fragte. Nachdem er ihnen drei Krüge gebracht hatte, ließ er seine Gäste allein.

Das kühle Apfelwasser war erfrischend. Während sie so dasaßen und langsam zur Ruhe kamen, erfuhr der Junge von Alanus, was im Hause des Ibn-al-Cordobes geschehen war.

„Diese Fälschung ist unglaublich", sagte Johannes schließlich. „Habt Ihr einen Verdacht, wer das getan hat?"

Alanus schüttelte den Kopf. „Noch nicht", antwortete er. „Aber nur wenige Menschen kommen dafür in Frage. Ich bin sicher, mit den 200 Büchern finden wir auch ihren Fälscher."

„Und der Mord an Zell?"

„Der Araber wusste nichts", sagte Julia. „Und ich glaube ihm."

„Könnte es derjenige gewesen sein, der auch das Buch gefälscht hat?"

„Gut möglich", sagte Alanus. Dann blickte er den Novizen eindringlich an.

„Johannes, du hast uns bislang sehr geholfen, aber jetzt müssen wir getrennte Wege gehen."

Der Junge verstand nicht, war von einem Augenblick zum nächsten wie verwandelt und konnte seine Enttäuschung nicht verbergen. Längst hatte er die Suche der beiden zu seiner Sache gemacht. Und nun, kurz vor der Lösung, sollte das nicht mehr so sein? Er blickte auf die Tischplatte und war unfähig, etwas zu sagen, spürte nur, dass Alanus ihn noch immer ansah.

„Es wird jetzt gefährlich", sagte der.

Das war einer jener Sätze, wie sie Johannes nur zu gut kannte. Erwachsene benutzten sie und unterstellten damit den Jüngeren, dass sie zu bestimmten Dingen einfach noch nicht in der Lage waren oder manches nicht verstanden. Abrupt erhob er sich, aber Alanus hielt ihn fest und zog ihn auf die Bank zurück.

„Es ist nicht so, wie du glaubst. Ich benötige deine Hilfe. Und ebenso wenig werde ich dich im Stich lassen. Du weißt, welches Amt ich innehabe. Ich werde all meine Macht einsetzen, dir zu helfen. Doch so weit ist es noch nicht. Wir haben ein Verbrechen aufzuklären. Und nun brauchen wir dich als unseren Boten. Bist du bereit?"

Johannes hatte noch immer nicht verstanden, was eigentlich geschehen sollte.

„Ich habe dir erzählt“, fuhr Alanus fort, „wo sich die gestohlenen Bücher befinden. Julia und ich werden uns dorthin auf den Weg machen. Du musst zu Tolosani gehen und ihm berichten. Es ist wichtig, dass er ebenfalls dorthin kommt. Er weiß, was zu tun ist.“

Johannes sah Alanus an. Noch immer drehten sich seine Gedanken im Kreis. Dann blickte er zu Julia.

„Jemand muss wissen, wo wir sind“, sagte sie.

Der Junge nickte. Er nahm einen großen Schluck aus seinem Becher.

„Wo finde ich Tolosani?“, fragte er.

„Im Gasthof in der Wolfsgasse. Er wartet dort auf meine Nachricht.“

Johannes nickte.

„Aber sei vorsichtig“, sagte Julia. „Vielleicht sucht man nach dir.“

„Keine Sorge“, antwortete er. Und dann ließ er sich von ihr genau schildern, welchen Weg sie nehmen würden.

Was Julia ihm verriet, war so außergewöhnlich, dass es ihm die Sprache verschlug. Schließlich nickte er nur, erhob sich und ging zur Tür. Bevor er das Gasthaus verließ, blickte er noch einmal zu ihr und lächelte zuversichtlich.

Tolosani ging die schmale Treppe hinauf und atmete tief durch, als er sein Ziel erreicht hatte. Leitner war nicht in der Regimentsstube, und so befahl er einem der Wächter, ihn schnell herbeizuholen. Dann hatte er Zeit, sich zu setzen und in Ruhe durchzuatmen. Eines der großen Fenster war geöffnet und ein leichter Windhauch zog durch den Raum.

Als Leitner hereinkam und ihn begrüßte, wusste Tolosani, dass er neue Nachrichten von ihm erwartet hatte. Doch die konnte der Alte ihm nicht geben.

„Habt Ihr Rashi schon verhört?“, fragte er.

Leitner schüttelte den Kopf. „Noch nicht. Ich hatte gehofft, Ihr hättet noch etwas in Erfahrung gebracht, mit dem wir ihn in die Enge treiben können. Nun müssen wir also versuchen, ihn zu überlisten."

Er gab der Wache ein Zeichen. Der Mann verstand und verließ den Saal.

„Befragen wir ihn also. Er sitzt zwar erst einige Stunden im Keller, aber Kälte, Finsternis und die Angst vor dem Ungewissen haben bislang jeden beeindruckt und zum Sprechen gebracht. Sagt mir, Monsignore, konntet Ihr inzwischen in Erfahrung bringen, wo sich Alanus von Buchholz aufhält?"

„Das entzieht sich meiner Kenntnis", antwortete der Alte. „Solange Alanus annehmen muss, dass Ihr ihn verfolgt, wird er verborgen bleiben."

Leitner nickte nur und ging dann unruhig auf und ab. Schließlich hörte man Geräusche von der Treppe.

Als der Gefangene hereingeführt wurde, hielt er sich zunächst die Hände vor das Gesicht, denn das helle Licht blendete ihn. Sein Umhang war zerrissen, und er blutete am rechten Arm. Leitner forderte ihn auf, sich zu setzen, und da Rashi noch immer orientierungslos war, half ihm der Wächter dabei.

„Ihr habt mich angelogen", begann Leitner betont selbstbewusst. „Statt uns dabei zu helfen, dass die fürchterlichen Geschehnisse der letzten Tage endlich aufgeklärt werden, habt Ihr mit uns Katz und Maus gespielt. Aber damit ist jetzt Schluss."

Benjamin Rashi blinzelte und bemerkte nun auch Tolosani.

„Wir wissen, dass jemand Euch genötigt hat, ihm bei seinem abenteuerlichen Vorhaben zu helfen. Euer Plan war gut und er wurde auf bemerkenswerte Weise ausgeführt. Aber Ihr habt Euch damit keinen Gefallen getan. Wenn Ihr verhindern wollt, dass Ihr den Rest Eurer Tage im Turm verbringt, führt Ihr uns jetzt zu den Büchern."

Die Worte zeigten Wirkung. Leitner hatte sich mit seinen Vermutungen weit vorgewagt, aber der Umstand, dass Rashi nach diesen Worten noch tiefer in den Stuhl gesunken war, schien seinen Verdacht zu bestätigen. Der Gefangene schaute nun nacheinander erst ihn, dann Tolosani an, wohl in der Hoffnung, aus ihren Blicken erahnen zu können, wie viel die beiden wirklich wussten.

Plötzlich drang Lärm von unten herauf. Männer riefen durcheinander. Etwas schlug krachend gegen das Treppengeländer. Jemand schrie auf, als hätte ihn ein Schlag getroffen. Und dann betraten drei Wachen den Raum. Sie zerrten einen Jungen hinter sich her, der wild um sich schlug und ohne Unterlass fluchte. Erst als er bemerkte, wo er sich befand und wer im gegenüber stand, hielt er inne und schluckte.

„Der verschwundene Novize!" entfuhr es dem Bürgermeister. „Johannes Kettler!"

„Endlich", stellte Tolosani fest. „Der Abt des Klosters Michaelsberg macht sich Sorgen. Wir werden dich sofort zurückbringen."

„Wartet", wandte Leitner ein. „Wir sollten ihn zunächst verhören."

„Richtig, aber er steht unter dem Schutz der Heiligen Kirche. Ihr könnt ihn nicht verhören wie einen Verbrecher."

Leitner zögerte einen Moment, sah dann aber ein, dass er Tolosani nichts entgegenhalten konnte.

„Wir lassen ihn solange hier, bis er sich beruhigt hat", stellte er fest. „Dann könnt Ihr ihn mitnehmen und dem Abt übergeben."

Johannes war völlig außer Atem und schaute den Alten verzweifelt an. „Aber ...", begann er. „Aber ich muss Euch etwas mitteilen ..."

Die Wachen hinderten ihn erneut daran, sich loszureißen.

„Ich muss Euch dringend eine Nachricht überbringen", rief er. „Es eilt. Wir dürfen keine Zeit verlieren. Alanus von Buchholz und Julia Fugger haben sich bereits auf den Weg gemacht."

Tolosani schaute den Jungen überrascht an. Dann wurde ihm schlagartig klar, dass sie tatsächlich keine Zeit mehr zu verlieren hatten.

Im Schankraum des Gasthauses war es nun ganz still. Alanus lauschte, doch von draußen hörte er nur vereinzelte Stimmen, wie von weit her, so, als würde die Welt an diesem Nachmittag für einige Augenblicke den Atem anhalten.

Er musste an die Sonnenuhr im Kreuzgang des Klosters denken. Vielleicht war es ja doch möglich, dass ihr Schatten in besonderen Augenblicken einfach stehenblieb.

Er sah noch immer zu Julia, hatte das Gefühl für Zeit endgültig verloren und konnte nicht sagen, wie lange sie so beisammen saßen. Ohne ein Wort zu sagen. Da war Julias Lächeln. Da war ihre Hand, die sich unsicher an seinem Arm entlang tastete, ihr Haar, das in Locken die Schulter hinabfiel. Und da waren ihre Augen, in denen er sich unendlich verlor.

Johannes Kettler schilderte ausführlich, was Alanus und Julia in Erfahrung gebracht hatten. Alle hörten gebannt zu. Und als er zum Ende gekommen war, sagte zunächst niemand etwas. Zu sehr hatte der Bericht des Jungen sie alle überrascht.

„Zweimal ist der Araber also in die Druckerei eingedrungen“, begann Tolosani. „Zwar erklärt sich damit noch nicht alles, aber es ist ein Anfang. Auch wissen wir nicht, ob Ibn-al-Cordobes wirklich die Wahrheit gesagt hat. Er streitet den Mord an Zell ab. Aber kann man ihm glauben?“

„Das werden wir herausfinden.“ Leitner strahlte nun wieder Zuversicht aus. „Endlich haben wir klare Anhaltspunkte und können handeln. Wir müssen die Felsenkeller finden, von denen der Araber erzählt hat.“

„Ich hoffe, es ist Euch klar, dass Ihr all dies letztlich Alanus verdankt?“

Leitner blickte betroffen zu einem der großen, lichtdurchfluteten Fenster.

„Ich muss gestehen“, sagte er, „dass ich mich in ihm getäuscht habe. Das ist bedauerlich. Umso besser, dass wir diese reichlich verworrenen Dinge nun aufklären können. Wenn es richtig ist, was der Araber Alanus mitteilte, dann weiß Rashi umso genauer, wo sich die gestohlenen Bücher befinden."

Mit den letzten Worten hatte er sich wieder dem Gefangenen zugewandt. Der war, als Johannes über die Machenschaften des Arabers berichtete, sichtlich blass geworden.

„Ich glaube, Ihr habt nur noch eine Möglichkeit", stellte Leitner nüchtern fest. „Wagt jetzt keine Spielchen mehr."

Rashi nickte nur.

„Ihr müsst uns durch die Felsengänge führen", betonte Tolosani. „Wir würden den Weg sicherlich auch allein finden, aber die Zeit drängt. Und wir wollen wissen, was uns dort erwartet, um nicht in eine Falle zu laufen."

„Ihr habt gehört, was wir von Euch erwarten", ergänzte Leitner. „Wenn Ihr uns von nun an unterstützt, dürft Ihr die Stadt als freier Mann verlassen. Entscheidet Euch schnell. Es eilt."

Benjamin Rashi wusste, dass Leitner sein Versprechen vielleicht nicht halten würde. Aber es blieb ihm keine Wahl. Er nickte. „Ich werde Euch durch das Labyrinth führen."

Leitner erhob sich. „Dann lasst uns keine Zeit verlieren."

„Wartet", sagte Rashi. „Ich muss Euch noch etwas mitteilen."

Der Bürgermeister blieb neben ihm stehen.

„Sprecht. Aber schnell."

„Vor etwa einer Stunde, ich weiß es nicht genau, hatte ich in der Zelle Besuch. Der Mann setzte mich unter Druck, so dass ich ihm mein Geheimnis verraten musste."

„Wer war es?"

Rashi schluckte, blickte verzweifelt in den Raum.

„Es war Andreas Osiander. Der Prediger."

Leitner und Tolosani wechselten vielsagende Blicke.

Johannes Kettler konnte sich nicht mehr zurückhalten. „Das ist doch kein Zufall", entfuhr es ihm.

„Nein, das ist es sicher nicht", stimmte der Alte ihm zu. „Mein Gott, ich ahne, was geschehen sein muss."

„Die kleine Gasse führt zum Milchmarkt“, sagte Julia. „Dort befindet sich der Röhrenbrunnen. Aber besser ist, wir steigen dort ein, wo das Wasser unterirdisch gesammelt wird. Das ist weiter nördlich, in einem geheimen Keller.“

Sie lief so schnell, dass Alanus kaum Schritt halten konnte. Er hörte, was Julia sagte, verstand es aber nicht recht. Er wusste nicht, wo sich der Milchmarkt befand, und in seinem Kopf wirbelten Gedanken und Gefühle ziellos durcheinander. Er sah, wie der Wind durch Julias Haar wehte und für einen kurzen Augenblick ihren schlanken Hals freigab, meinte, den Duft ihrer Haut wahrzunehmen, und war wie verzaubert, als sie sich umwandte, um zu sehen, wo er blieb, und ihn dann anlächelte, als wüsste sie nur zu gut, was in ihm vorging.

„Komm“, sagte sie. „Wir haben keine Zeit. Bald werden wir wissen, wer wirklich hinter allem steht. Und wir werden frei sein.“

Sie nahm seine Hand und zog ihn weiter.

„Das, was der Araber gesagt hat, ist glaubhaft. Ich kenne ihn gut. Er kann ein charmanter Lügner sein, aber so, wie wir ihn eben angetroffen haben, ist er nur noch ein Schatten seiner selbst. Er muss jetzt seine Haut retten. Er hat nichts mehr zu verlieren. Und keinen Grund mehr, uns die Wahrheit zu verschweigen.“

Alanus nickte nur und ging schnellen Schrittes neben ihr her.

„Die Fälschung, von der er sprach, ist ein Skandal“, fuhr Julia fort. „Es gibt nicht viele, die zu so etwas in der Lage sind. Aber wer hat den Mord begangen, wenn der Araber es nicht war? Es muss jemand nach ihm in die Werkstatt gekommen sein. Aber wer? Wer hatte einen Grund, Zell zu töten? Und dann der Brand unseres Lagerhauses. Ich spüre, dass wir der Lösung ganz nahe sind.“

Sie blieb stehen, musste einmal durchatmen, und als sie zu Alanus blickte und sah, dass auch ihm bei dieser Eile die Luft wegblieb, musste sie lachen. Und sie freute sich darüber, dass er ihr Lachen erwiderte.

„Wohin gehen wir jetzt?", fragte Alanus, noch immer außer Atem.

„Vor uns liegt der Milchmarkt. Links geht es zu jenem Haus, von dem ich dir erzählte. Dort befindet sich im Keller ein Sammelbehälter für das Wasser, das vom Kühberg unterirdisch bis zum Thiergärtnertor und weiter zum Milchmarkt und schließlich zum Rathaus geleitet wird."

„Willst du damit sagen, dass es eine unterirdische Wasserleitung gibt, die so lang ist?"

„Es ist nicht die einzige. Es gibt viel Geheimnisvolles unterhalb der Stadt. Den Bürgern sagt man nichts Genaues darüber. Alles wird geheim gehalten. Stell dir vor, bei einer Belagerung wüsste der Feind darüber Bescheid. Ganz undenkbar. Und deshalb wissen nur wenige davon. Jeder sieht die Brunnen, aber nur wenige fragen danach, woher das Wasser kommt. Es gibt viele Gerüchte und geheimnisvolle Geschichten. Aber die haben nur selten etwas mit der Wahrheit zu tun."

„Und woher weißt du das alles?"

„Erinnere dich an den Plan, den ich dir im Kontor gezeigt habe. Als ich ihn damals kaufte, ahnte ich noch nicht, wofür dieses Wissen einmal gut sein würde."

„Und die unterirdische Wasserleitung ..."

„... kommt vom Rathaus und führt vom Keller am oberen Milchmarkt zum Thiergärtnertor. Aber auf halbem Wege gibt es eine Abzweigung, die uns unmittelbar unter den Burgberg und zu den großen Felsenkellern führt. So zumindest hat es der Araber beschrieben, und ich vermute dort die gestohlenen Bücher."

Alanus nickte. „Und wie hoch ist dieser Schacht?"

„Die Leitungen selbst sind nicht groß. Sie verlaufen am Boden des Ganges und sind mit Steinplatten abgedeckt, damit sie nicht verschmutzen. Manchmal gibt es auch Röhren aus Holz. In den Felsengängen, durch die sie verlaufen, kannst du aufrecht stehen.

Es ist ganz einfach. Du wirst sehen, dass ..."

Julia hielt inne. Inmitten der Menschen auf dem Milchmarkt hatte sie einen Mann bemerkt, der eilig über den Platz lief. Jetzt wurde auch Alanus auf ihn aufmerksam.

„Wer ist das?"

„Das ist Andreas Osiander", sagte Julia und blickte gebannt dorthin, wo der Mann verschwunden war.

„Ist das jener Gelehrte, der das Buch des Kopernikus für den Druck durchgesehen hat?"

„Richtig", antwortete sie kurz und dachte nach. „Der Araber hat gesagt, der Sinn des Buches sei verfälscht worden und er habe das rückgängig machen wollen. Indem er die Drucke an sich brachte und Petreius nötigte, das Buch noch einmal zu drucken, und zwar in der richtigen, von Kopernikus gewollten Form."

Sie blickte noch immer dorthin, wo der Mann verschwunden war. Dann wandte sie sich Alanus zu.

„Wer hätte die Gelegenheit gehabt, das Buch zu fälschen?"

„Du meinst, es war Osiander?"

Julia nickte.

„Er hat daran gearbeitet. Er hat es für den Druck bearbeitet und an Petreius weitergegeben. Wir sollten ihm folgen."

„Aber er geht nicht zum Brunnen", entgegnete Alanus. „Sein Ziel ist die Kirche. St. Sebald."

„Nein, das glaube ich nicht", sagte Julia und lächelte vielsagend. „Ich glaube, er hat etwas ganz anderes vor ..."

Rashi hatte die Männer die Drahtschmiedsgasse entlang zum östlichen Panersberg geführt. Von hier aus konnten sie bereits den Fröschturm sehen. Nun blieb er rechts vor einem Haus stehen und wandte sich zu Leitner um. Der nickte nur, forderte ihn auf, das große Tor zu öffnen und sich nicht darum zu kümmern, was der Besitzer des Hauses dazu sagen würde. Bald standen sie in einer großen Vorhalle. Tolosani hatte vermutet, dass darin Pferdewagen abgestellt seien, doch als er sich umsah, wurde ihm schnell klar, wie sehr er sich getäuscht hatte. Dort erblickte er ein rechteckiges, gemauertes Becken, das mit Holzbrettern verschlossen war.

„Es ist also nicht der Felsenkeller unterhalb der Burg, den wir suchen“, stellte Leitner fest.

Rashi nickte. „Es wäre zu umständlich gewesen, die Bücher dorthin zu bringen. Und man hätte sie da auch zu schnell gefunden.“

„Und nun?“, drängte Leitner. „Sind es die Keller nördlich des Panersbergs?“

Rashi nickte erneut. „Sie befinden sich unter den Häusern, die dort angrenzen. Es sind ganz viele, sehr unterschiedliche Gewölbe. Manche haben untereinander eine Verbindung. Es ist sehr verwirrend da unten. Man kann sich schnell verlaufen.“

„Ich weiß.“ Leitner nickte. „Aber warum steigen wir hier ein und nicht an der Tetzelgasse?“

„Der Weg von da durch die Felsengänge ist viel länger und manchmal auch unsicher. Außerdem ist es dort an einigen Stellen feucht, und Wurzelwerk hängt herunter.“

„Gut. Dann lasst uns aufbrechen. Ihr führt uns!“

Rashi war zu eingeschüchtert, um noch etwas sagen zu können. Stattdessen begann er damit, den Holzverschlag abzunehmen. Leitners Männer mussten ihm dabei helfen. Jetzt erst sah man, dass dort eine Steintreppe in die Unterwelt führte. Der Bürgermeister ließ Fackeln verteilen und Rashi vorangehen. Tolosani stieg als letzter hinab.

Es waren etliche Stufen, bis er den Boden erreicht hatte. Unten angekommen bemerkte er zunächst ein großes Becken, das zur Hälfte von Holzbrettern abgedeckt war. Hier schien sich das Wasser zu sammeln.

„Es kommt von weit her“, erklärte ihm Leitner. „Der Felsengang führt von hier nach Norden und weiter den Stadtgraben entlang bis unter die Kaiserstallungen. Das Wasser fließt von dorther in einer Steinrille. Die Strecke, die es zurücklegt, beträgt gut tausend Schritt.“

Tolosani nickte beeindruckt. „Wo entspringt das Wasser? Befindet sich dort eine Quelle?“

„Das weiß nur der Röhrenmeister“, antwortete Leitner kurz. Dann wandte er sich um und folgte Rashi, der bereits in den Schacht vorgedrungen war.

Der Alte betrachtete zunächst den Wasserlauf, eine armbreite Rinne am Boden des Felsenganges, und sah dann zu den Wänden, die von den Fackeln in goldgelbes Licht getaucht waren. Sie bestanden aus purem Felsgestein. Es musste eine unglaubliche Mühe gewesen sein, diese Gänge freizuschlagen und die Steine fortzuschaffen. Tolosani fragte sich, wer diese Sklavenarbeit wohl verrichtet hatte. Die Wände waren mannshoch, so dass man ohne Schwierigkeiten aufrecht gehen konnte und schnell vorankam. Aber der Abstand zwischen beiden Seiten betrug nur zwei Ellen, und schnell stellte sich ein beklemmendes Gefühl ein. Die wild flackernden Lichter und das Geräusch der Schritte, die von den Wänden zurückhallten, verstärkten diesen Eindruck noch. Man musste vorsichtig gehen, um nicht in die Wasserrinne zu treten, denn sie war nicht überall von Steinplatten abgedeckt. Unmittelbar vor ihm stolperte einer von Leitners Männern, stürzte zu Boden, rappelte sich schnell wieder auf und fluchte. Seine Fackel war ins Wasser gefallen und ausgegangen. Von irgendwo her hörte man etwas knirschen. Rashi schien sich um all das wenig zu kümmern, und auch Leitner zeigte sich unbeeindruckt. Tolosani aber spürte, dass ihm schwindelig wurde und ganz flau im Magen. Noch gelang es ihm, sich zu beherrschen und den anderen zu folgen, doch schon jetzt wünschte er sich nur noch, heil aus dieser dämonischen Unterwelt herauszukommen.

Plötzlich hörte er Geräusche hinter sich. Und Stimmen.

Geistesgegenwärtig zog Leitner den Alten in eine Nische und befahl seinen Leuten, die Fackeln zu löschen.

Alanus und Julia war es gelungen, Osiander einzuholen. Tatsächlich ging der eilig an der Kirche St. Sebald und am Rathaus vorbei. Bevor sie den Heumarkt erreichten, verschwand er links in einer kleinen Gasse.

Die beiden folgten ihm. Und dann sahen sie, wie er rechts an einer Haustür klopfte. Eine Magd öffnete und ließ ihn eintreten.

Julia blieb stehen und fasste Alanus am Arm.

„Langsam", sagte sie. „Er darf uns nicht bemerken."

Sie warteten einen Augenblick, näherten sich dann vorsichtig dem Gebäude und gingen daran vorbei, um nicht aufzufallen. Kurze Zeit später blieb Julia stehen, schaute zurück und lächelte ahnungsvoll.

„Was ist mit dir?", wollte Alanus wissen. „Kennst du das Haus?"

„Ich weiß nicht, wem es gehört, aber ich weiß, dass es ein Geheimnis birgt. Und Andreas Osiander scheint es zu kennen."

Alanus schaute sie fragend an. „Ein Geheimnis?

„Ich habe dir davon erzählt, dass es in dieser Stadt viele unterirdische Felsengänge gibt. In ihnen fließt das Wasser durch die Stadt. In dem Haus, das Osiander gerade betreten hat, endet einer dieser Gänge. Im Hof muss es einen Brunnen oder aber ein unterirdisches Sammelbecken geben. Das Wasser dort kommt von Norden. Es entspringt im Fels unterhalb der Festungsmauern, an die auch die Kaiserstallungen angrenzen. Du kannst durch den Gang dorthin gelangen."

„Woher weißt du das alles?"

„Wenn ich mir irgendetwas genau ansehe, dann hab ich dieses Bild für immer im Gedächtnis. Und so ist es auch mit der Karte der unterirdischen Gänge und Keller, von der ich dir erzählte. Ich kann mich an alles erinnern, was ich darauf gesehen habe."

Alanus schüttelte ungläubig den Kopf. „Du hast alles vor Augen?"

Julia nickte. „Vor vielen Jahren hat mein Vater diese Fähigkeit an mir bemerkt. Er sagte, dass nur wenige Menschen solch ein Gedächtnis besäßen und dass ich stolz darauf sein könne."

„Das kannst du. Und dort im Norden, unter der Erde, da vermutest du das Versteck der Bücher?"

„Nein", entgegnete sie. „Die Gewölbe dort sind zu klein und zu feucht, ganz ungeeignet. Aber du musst noch etwas anderes wissen.

Auf der Höhe der Drahtschmiedsgasse zweigt von diesem Schacht ein weiterer Gang in östlicher Richtung ab. Er führt an den Kellern vorbei, die sich nördlich vom Panersberg befinden. Das ist ein wahres Labyrinth. Wenn ich es recht überlege ein ideales Versteck. Sicherer als die Felsenkeller im Burgberg. Ja, ich glaube, Osiander ist auf dem Weg dorthin. Ich glaube, was der Araber uns erzählt hat, ist nicht richtig. Vielleicht wusste er es nicht besser, oder er hat uns in die Irre führen wollen."

Sie sah noch immer zu dem Haus, in dem der Prediger von Sankt Lorenz soeben verschwunden war.

„Wie kommen wir dort hinein?", fragte Alanus.

„Gar nicht", sagte Julia. „Es gibt noch einen anderen Weg."

Sie zog ihn mit sich fort und sie liefen weiter, bis die Gasse auf einen großen Platz führte.

Alanus sah sich um und erkannte die Häuser wieder. „Wir sind am Panersberg", stellte er fest. „Aber wie gelangt man von hier aus in die Felsenkeller?"

Julia lief weiter, brauchte etwas Zeit, um sich zu orientieren. Dann zeigte sie auf ein Gebäude, das sich südlich des Platzes befand.

„Das Tor dort ist offen."

Ohne zu zögern ging sie darauf zu und vergewisserte sich, dass Alanus ihr folgte. Im Vorhof des Hauses blieb sie stehen. Da war eine seltsame, rechteckig gemauerte Umrandung. Sie ging einige Schritte weiter, und plötzlich war sie sich ganz sicher. Sie hatte den Eingang zur Unterwelt gefunden: eine Steintreppe, die hinab in die Tiefe führte.

„Wie es auf der Karte verzeichnet ist", stellte sie fest. „Durch diesen Gang werden wir schneller in die Felsenkeller gelangen als Osiander."

Alanus bemerkte einige Bretter, die neben dem Einstieg auf dem Boden lagen.

„Ist das nicht seltsam? Man hat die Abdeckungen entfernt."

Julia achtete nicht darauf und stieg die Treppe hinab. Augenblicke später hatten sie den Boden erreicht und standen in einem Raum, der einzig von einer kleinen Fackel erleuchtet wurde. Als sich ihre Augen an das Dämmerlicht gewöhnt hatten, erkannten sie das Wasserbecken. Von hier führte ein Gang in die Finsternis. Er war mannshoch, doch höchstens zwei Ellen breit.

„Wir haben nur diese eine Fackel", stellte Alanus fest

Julia zögerte. „Der Gang verläuft schnurgerade, etwa 40 Schritt. So ist es auf der Karte verzeichnet. Wenn wir vorsichtig gehen, können wir das schaffen."

Alanus blickte Julia ungläubig an. „Wie stellst du dir das vor? Da drin herrscht völlige Dunkelheit. Wenn die Flamme erlischt, sehen wir nichts mehr. Absolut gar nichts."

Julia nahm die Fackel von der Wand und leuchtete in die Finsternis.

„Es wird schon gutgehen", sagte sie. „Nimm meine Hand."

Und ehe Alanus sich versah, zog sie ihn in den Schacht.

Tatsächlich hatte er sich nach den ersten Metern an die Enge des Gangs gewöhnt, denn im Licht der Fackel sah man, dass die Wände aus solidem Fels bestanden. Julia wandte sich kurz um und lächelte ihm zu. In ihren Augen war nicht das geringste Anzeichen von Furcht.

Sie hatten gut 20 Schritt des Felsengangs hinter sich gebracht. Dann geschah alles so plötzlich, dass Alanus nicht einmal der Schreck blieb. Jemand sprang ihm aus der Finsternis entgegen. Er spürte noch den harten Schlag gegen seine Schläfe. Und dann war nichts mehr.

Osiander hatte sich durch einige sehr schmale Gänge zwängen müssen. Für kurze Zeit war es nötig gewesen, auf allen Vieren voranzukommen. Erst als er die Felsenkeller erreicht hatte, fiel die Angst von ihm ab. Die Gewölbe hier waren ein einziges Labyrinth, und im Schein der Fackel wirkte alles geheimnisvoll und unergründbar. Aber Rashi hatte ihm den Weg genau beschrieben. Erst kam der Keller, in dem Bierfässer gelagert waren. Dann musste man eine Tür öffnen, ging durch ein weiteres Gewölbe, das offenbar nicht genutzt wurde, und stand im Felsengang einer Wasserleitung. Nach weiteren 20 Schritt sah Osiander eine hölzerne Pforte auf der linken Seite. Er öffnete sie, durchquerte einen Keller, in dem Weinflaschen übereinander gestapelt lagen, und hatte schließlich sein Ziel erreicht.

Zufrieden atmete er einmal tief durch. Und die Furcht, die er in den Felsengängen hatte ertragen müssen, fiel von ihm ab. Da waren die Bücher. Sorgsam übereinander aufgestapelt. Osiander nahm eines in die Hand, vergewisserte sich, dass es in gutem Zustand war, legte es wieder zurück, beugte sich hinab, betrachtete kurz die anderen Bände und atmete auf. Die Drucke waren unversehrt. So, als hätten sie die Werkstatt des Petreius nie verlassen. Kein Käufer würde bemerken, dass sie einige Tage in einem Keller gelegen hatten. Nun müsste man sie nur noch zurückbringen. Petreius würde ihm unendlich dankbar sein. Der Verkauf konnte beginnen.

Osiander hatte lange darüber nachgedacht, wie er mit der Schrift des Kopernikus umgehen sollte. Nach dem furchtbaren Schicksalsschlag des Frauenburger Astronomen war er es, der die Zukunft des Werkes in Händen hielt. Sicher, man konnte die Schrift nicht einfach verschwinden lassen. Aber durch gezielte Veränderungen des Textes und ein neues Vorwort war es ihm gelungen, der Theorie des Kopernikus den Stachel zu nehmen. Niemand würde bemerken, welche Brisanz in diesen Zeilen verborgen war. Und niemand würde die Lehre der Kirche hinterfragen. Osiander lächelte zufrieden. Er hatte gesiegt.

Plötzlich wurde das Tor hinter ihm aufgestoßen, und ehe er sich versah, drangen Männer in den Raum. Osiander wandte sich entsetzt um, als Tolosani, Leitner und seine Leute den Raum betraten. Und dann waren da auch Rashi und zwei weitere Gefangene, denen man Leinensäcke über die Köpfe gezogen hatte. Alles ging so schnell, dass Osiander nur sprachlos zusehen konnte, wie er binnen Sekunden von Menschen umringt war.

Leitner und Tolosani hatten die Bücher entdeckt und schauten ihn vorwurfsvoll an.

„Was tut Ihr hier?“, fragte der Bürgermeister.

Osiander war noch immer so konsterniert, dass ihm die Worte schwerfielen.

„Ich wollte Petreius helfen“, stammelte er. „Wenn er die Bücher nicht zurückbekommt, kann er seine Verbindlichkeiten nicht einlösen. Es schien mir so, als würde es niemandem gelingen, sie zu finden. Da habe ich ...“

„... die Suche auf eigene Faust aufgenommen“, unterbrach ihn Leitner. „Ist Euch eigentlich klar, dass es niemandem außer den 13 jungen Bürgermeistern der Stadt zusteht, Gefangene zu vernehmen?“

Osiander nickte nur.

„Was habt Ihr Rashi dafür versprochen, dass er Euch das Versteck der Bücher verriet?“

Wieder zögerte der Prediger von Sankt Lorenz, bevor er Antwort gab.

„Ich hätte Euch über alles informiert. Glaubt mir. Ich wollte zunächst sichergehen, dass Rashi wirklich die Wahrheit gesagt hat.“

Leitner schüttelte nur den Kopf. Dann zeigte er auf die beiden Gefangenen und gab seinen Männern den Befehl, ihnen die Leinensäcke vom Kopf zu nehmen.

Tolosani hatte das Gespräch aufmerksam verfolgt, und nun entging es ihm nicht, dass Osiander überrascht zusammenfuhr, als er Alanus von Buchholz und Julia Fugger wiedererkannte.

„Es wäre besser gewesen“, betonte Leitner, „wenn sich nicht von Beginn an alle möglichen Personen in meine Untersuchung eingemischt hätten.“

Julia hatte sich schnell an die Helligkeit der Fackeln gewöhnt und schaute Leitner wütend an.

„Es gibt da einen wesentlichen Unterschied", sagte sie mit fester Stimme. „Da sind einige, die zu Unrecht verdächtigt werden und keine andere Wahl haben, als ihre Unschuld zu beweisen. Und da sind andere, die ein übles Intrigenspiel betreiben."

Mit den letzten Worten blickte sie zu Osiander.

„Nicht wahr? So nennt man doch gewöhnlich das, was Ihr verfolgt?"

„Ich weiß nicht, wovon Ihr sprecht", entgegnete er. „Leitner, Ihr solltet lieber die Mörderin verhaften ..."

„Sie ist keine Mörderin", unterbrach ihn Alanus, der wieder Herr seiner Sinne geworden war. „Genauso wenig wie Ihr ein unbescholtener Bürger dieser Stadt seid. Andreas Osiander, wir wissen, was Ihr mit dem Werk des Nikolaus Kopernikus gemacht habt."

Alanus hielt inne und vergewisserte sich, dass er nun die Aufmerksamkeit aller besaß.

„Ihr habt das Buch des Gelehrten aus Frauenburg so gefälscht, dass es nun eine ganz andere Aussage hat. Kopernikus war von seiner Lehre überzeugt, und so wollte er sie auch dargestellt wissen. Ihr habt dem Buch ein Vorwort vorangestellt, in dem behauptet wird, das Ganze sei nur eine mathematische Spielerei, ohne irgendeine Bedeutung für unsere Vorstellung von der Welt. Ihr fürchtet, dass dieses Buch den christlichen Glauben erschüttert, weil es unser Weltbild widerlegt. Deshalb wollt Ihr Kopernikus mundtot machen. Auf die perfideste Art, die man sich denken kann: Man veröffentlicht ihn und verharmlost seine Worte."

Osiander gelang es nur mit Mühe, die Fassung zu bewahren.

„Das sind reine Hirngespinste, Alanus von Buchholz. Es gibt keine Anhaltspunkte, die Eure unerhörten Vorwürfe beweisen würden."

„Die gibt es sehr wohl", entgegnete Alanus. „Ich habe das Manuskript des Kopernikus in Händen gehalten. Und einen Druck aus der Werkstatt des Petreius. Ich habe beide vergleichen können. Und das Ergebnis ist eindeutig. Ibn-al-Cordobes kommt zu dem gleichen Ergebnis. Benjamin Rashi kann es ebenfalls bestätigen."

Er wandte sich an Leitner und Tolosani.

„Und auch Ihr werdet Euch davon überzeugen können, wenn Ihr Manuskript und Druckfassung vergleicht."

„Das ist doch alles blühende Fantasie", entgegnete Osiander. „Ja, ich habe ein Vorwort geschrieben. Ich hielt es für nötig, den Leser an die Gedanken des Kopernikus heranzuführen. Ansonsten wäre manch einer von der schroffen Art dieses Gelehrten verschreckt worden. Vielleicht hätte man das Buch sogar verboten. Das wollte ich verhindern. Ich habe Kopernikus nur Gutes getan."

„Das ist eine Lüge. Ihr seid ein übler Lump und Fälscher."

Mit diesen Worten ging Alanus wütend auf den Prediger los. Die Männern Leitners hatten alle Mühe, die beiden auseinander zu bringen.

„Verflixt", fluchte der Bürgermeister. „Was geht hier eigentlich vor! Mäßigt Euch gefälligst."

„Alanus hat Recht", sagte Julia ruhig und sachlich. „Osiander ist ein Fälscher."

„Wir prüfen, was es mit diesen Vorwürfen auf sich hat", erwiderte Leitner. „Aber vorerst können wir froh sein, dass die gestohlenen Bücher wieder da sind. Also stimmt es, dass Ibn-al-Cordobes für den Raub verantwortlich ist. Und wohl ebenso für den ersten Überfall auf die Werkstatt des Petreius. Vielleicht auch für den Mord."

„Das glaube ich nicht", warf Alanus ein, der sich wieder etwas beruhigt hatte. „Der Araber streitet den Mord ab. Als er die Werkstatt verließ, sei Zell bewusstlos gewesen, aber noch am Leben. Ich habe keinen Grund an seinen Worten zu zweifeln, denn es muss noch etwas geben, das wir übersehen haben, etwas, das den Mord erklärt und auch den Brand im Lagerhaus der Fugger."

„Wie könnt Ihr Euch da sicher sein", wandte Leitner ein. „Der Araber kann nicht wissen, ob Zell nicht vielleicht doch an seiner Verletzung gestorben ist."

„Zell wurde erstochen", erinnerte Julia. „Mit mehreren Messerstichen. Dahinter verbirgt sich eine andere Geschichte."

„Das ist bloße Spekulation."

„Josef Leitner, alles, was Ihr bislang erreicht habt, verdankt Ihr Alanus und mir. Daran solltet Ihr Euch erinnern."

Der Bürgermeister schwieg. Er sah aufgebracht zu Julia und war für einen Moment unsicher, was geschehen sollte. Dann dachte er an das Naheliegende, befahl einem seiner Männer, zum Rathaus zurückzukehren, die Wachen zu informieren und den Araber festzunehmen.

„Ihr kommt zu spät", stellte Alanus fest. „Der Araber hat längst die Stadt verlassen. Verhaftet lieber Osiander."

Der Prediger reagierte sofort und wollte protestieren, aber Leitner wies ihn zurecht. Dann wandte er sich an Tolosani.

„Monsignore, würdet Ihr Euch bereiterklären, das Manuskript und die Druckexemplare miteinander zu vergleichen?"

Der Alte nickte. „Es benötigt etwas Zeit, aber ich tue das gern."

Alanus war zu ihm getreten. „Es geht nicht nur um das Vorwort. Ihr müsst auch auf die Abweichungen im Hauptteil achten."

Tolosani sah ihn eindringlich an. „Beruhigt Euch und bedenkt, in wessen Auftrag Ihr hier seid. Das, was Osiander getan hat, könnte durchaus auch im Sinne der Heiligen Kirche sein."

„Kopernikus hat es so nicht gewollt", betonte Alanus.

Der Alte nickte. „Wir werden sehen", sagte er mit ruhiger Stimme.

Leitner hatte das Gespräch aufmerksam verfolgt und forderte zwei seiner Leute auf, Osiander abzuführen und zur Regimentsstube zu bringen. Dann blickte er dorthin, wo die Bücher übereinandergestapelt lagen.

„Wir bringen sie zurück", beschloss er.

Leitners Männer hatten im Kellerraum mehrere kleine

Handwagen gefunden und begannen damit, die Bücher darauf zu stapeln. Der Bürgermeister war noch immer im Gespräch mit Tolosani. Die beiden berieten sich über das weitere Vorgehen. Rashi stand apathisch im Raum und starrte vor sich hin. Osiander näherte sich Julia und Alanus.

„Haltet Euch zurück, was die Bücher angeht“, sprach er leise. „Wenn Ihr weiterhin behauptet, diese Drucke seien eine Fälschung, wird Euch das nicht von Vorteil sein.“

„Was sollte uns davon abhalten?“, zischte Julia verächtlich.

Osiander lächelte sie an.

„Ihr habt doch sicherlich kein Interesse daran, dass Leitner erfährt, wer für den Mord an Zell verantwortlich ist. Und für den Brand des Lagerhauses.“

Julia sah den Prediger ungläubig an.

„Ihr macht mir keine Angst“, sagte sie schroff, so dass auch die anderen es hören konnten.

„Überlegt es Euch gut“, flüsterte Osiander und wandte sich ab.

Dann trat er zu Leitner und teilte ihm mit, dass er in Sankt Sebald erwartet werde. Doch der Bürgermeister wies ihn an, seinen Männern zum Rathaus zu folgen. Es gebe noch einige Fragen. Unwillig ließ sich der Prediger abführen.

Tolosani hatte Julia beobachtet. Seinem aufmerksamen Auge war nicht entgangen, dass zwischen ihr und Osiander etwas geschehen war. Nun wandte er sich wieder an Leitner.

„Was habt Ihr vor?“

„Ich werde Osiander noch einmal vernehmen. Es wäre gut, wenn Ihr ebenfalls zugegen sein könntet. Und vielleicht sollten wir auch den Vertrauten des päpstlichen Legaten zu Rate ziehen.“

„Luca Baresi?“ Der Alte schüttelte den Kopf. „Das würde ich nicht tun.“

Leitner schaute auf. „Was spricht dagegen?“

„Der Mord an Zell und der Brand des Lagerhauses sind noch nicht aufgeklärt. Aber die Verdächtigen werden weniger. Der

Mörder Zells soll eine braune Mönchskutte getragen haben. Wie Euch sicher nicht entgangen ist, tut Baresi das auch. Er ist seit zwei Tagen immer wieder in der Stadt gesehen worden, und in seiner Funktion als Vertrauter Farsinis hat er mit großem Interesse den Verhören beigewohnt. Angeblich soll er auch ein Freund Zells gewesen sein. Findet Ihr es nicht auch seltsam, dass er gerade jetzt nicht hier ist?"

Der Bürgermeister hatte aufmerksam zugehört.

„Ich lasse ihn suchen. Und auch der Araber bleibt verdächtig. Er ist der Einzige, von dem wir mit Sicherheit wissen, dass er nachts in der Druckerei war."

Der Alte nickte zustimmend.

„Es könnte meinen Leuten gelingen, ihn aufzugreifen. Aber, ehrlich gesagt, habe ich keine große Hoffnung. Vielleicht hat er die Postkutsche in Richtung Süden genommen. Nach Innsbruck und weiter nach Verona. Um sechs Uhr in der Früh."

„Ja, er wird die Stadt längst verlassen haben", bestätigte Tolosani. „Schade. Das ist ein äußerst interessanter Mann. Er scheint in der Mathematik und Astrologie sehr bewandert zu sein. Ich hätte gern gewusst, in wessen Auftrag er gehandelt hat."

„Habt Ihr einen Verdacht?"

Der Alte schüttelte den Kopf. Er hatte nicht vor, Leitner in seine Vermutungen einzuweihen. „Wir wissen noch immer nicht, wer Zell ermordet hat. Immerhin sollte es jetzt klar sein, dass Alanus von Buchholz nichts mit der Sache zu tun hat."

Leitner blickte etwas beschämt. „Er ist frei. Aber Julia Fugger werde ich noch nicht gehen lassen. Zumindest so lange nicht, bis die Dinge geklärt sind."

„Das könnt Ihr nicht tun", warf Alanus ein, der die Worte des Bürgermeisters mitgehört hatte. „Sie ist nicht nur unschuldig. Ihr verdankt Julia Fugger, dass die Umstände des Diebstahls überhaupt aufgeklärt wurden. Allein hättet Ihr das nie geschafft."

„Alanus von Buchholz", erwiderte Leitner mit fester Stimme, „ich stehe in Eurer Schuld und bedauere, Euch so viele Umstände gemacht zu habe. Aber die Geschichte ist noch nicht zu Ende."

Mit diesen Worten gab er seinen Männern ein Zeichen. Umgehend griffen sie nach Julia, die sich nun mit allen Kräften wehrte, um sich schlug und Leitner wütend ansah.

„Ich bin unschuldig!", schrie sie ihn an. „Mein Vater wird Euch die Hölle heiß machen, wenn er hört, was Ihr Euch erdreistet!"

Alanus wollte ihr zur Hilfe kommen, aber Tolosani hielt ihn am Arm fest. „Seid vernünftig", flüsterte er ihm zu. „Ihr könnt Julia nur helfen, wenn Ihr weiterhin frei seid."

Inzwischen hatten die beiden Männer der Fuggerstochter die Hände zusammengebunden und verhinderten jeden ihrer Versuche, sich loszureißen.

Alanus ging auf sie zu, wies die Männer durch bloßen Blick in die Schranken und ließ sich nicht daran hindern, Julia zu umarmen.

Als sie sich voneinander lösten, schaute sie ihn eindringlich an. „Es gibt noch etwas, das du tun kannst, etwas, an das wir nie zu denken wagten", flüsterte sie und hielt einen Moment inne. „Erinnere dich an das Symbol der Venus. Zell meinte damit die Göttin der Liebe, die Liebe zu einer Frau. Ich habe einen fürchterlichen Verdacht"

Es war Abend geworden, als Alanus das Kontor der Fugger unmittelbar an der Pegnitz erreicht hatte. Er klopfte an das schwere Tor und musste eine Weile warten. Angelina öffnete selbst. Als sie Alanus erblickte, wollte sie ihren Augen kaum glauben.

„Ihr seid wieder da", sagte sie. „Kommt schnell herein."

Sie nahm ihn an der Hand, führte ihn in den Flur, schaute noch einmal nach draußen, um sich zu vergewissern, dass ihm niemand gefolgt war, und ging mit Alanus in jenes Zimmer, das er schon kannte. Mehrere Kerzen erhellten den Raum. Auf dem Tisch lagen die drei Bücher, die Julia ihr anvertraut hatte. Eines war aufgeschlagen. Alanus erkannte es wieder.

„Leitner ist es also nicht gelungen, Euch zu erwischen", stellte sie fest. „Aber was ist mit meiner Schwester?"

„Es ist nicht, wie Ihr denkt", entgegnete er. „Wir sind dem Bürgermeister in die Falle gegangen. Er hält Julia weiterhin fest."

Und dann berichtete Alanus, was geschehen war. Dass sie Osiander gefolgt waren. Wie Julia den geheimen Felsengang gefunden hatte. Und Leitner mit seinen Männern ebenfalls dortgewesen war. Er schilderte ihr, wie sie die Bücher wiedergefunden hatten, dass der Araber für all das verantwortlich war, und sprach von der Tat des Osiander. Schließlich unterbrach sie ihn ungeduldig.

„Was ist mit meiner Schwester?" Angelina hatte sich inzwischen auf den Tisch gesetzt und schaute ihn erwartungsvoll an.

„Sie ist nun Leitners Gefangene", stellte Alanus fest. „Er hält sie für schuldig an dem Mord und glaubt, sie selbst habe das Lagerhaus der Fugger in Brand gesetzt, um daraus einen Vorteil zu ziehen."

Angelina sah zu Boden.

„Und was glaubt Ihr?"

Alanus zögerte einen Augenblick und überlegte, was er sagen sollte.

„Ich weiß es nicht. Ich bin unsicher."

Angelina lächelte, stand auf und ging zum Fenster. Sie blickte hinaus in die nun einsetzende Dämmerung.

„Ihr habt Julia zu sehr vertraut", sagte sie ruhig. Dann wandte sie sich um und strich sich das Haar aus dem Gesicht. Alanus bemerkte wohl, auf welch gewinnende Weise sie ihn ansah.

„Ich mag Euch sehr, Alanus von Buchholz." Sie ging auf ihn zu und nahm seine Hand. „Es war ein Fehler, dass Ihr für Julia Gefühle entwickelt habt."

Sie sah ihm in die Augen und wirkte betroffen. „Glaubt mir, ich habe sehr gelitten, als ich mit ansehen musste, wie sie Euch gewissenlos für ihre Ziele missbraucht hat. Doch ich konnte nichts tun."

„Wie meint Ihr das?"

„Meine Schwester ist manchmal nicht bei Sinnen. Dennoch hat sie die Macht, über alle Geschicke dieses Hauses zu bestimmen. Ich habe Euch einiges über sie erzählt, erinnert Ihr Euch? Und ich hatte gehofft, es wäre Warnung genug. Aber ich kenne Julia, weiß um ihre Kunst, Menschen für sich zu gewinnen. Fast scheint es so, dass sie diese Kraft umso mehr besitzt, wenn sie waghalsige, wahnsinnige Dinge verfolgt. Es ist ein Glück, dass Ihr trotz allem frei seid."

Sie umarmte ihn und hielt ihn fest.

„Ich bin froh, dass alles so glücklich verlaufen ist. Leitner hat richtig entschieden."

Angelina löste sich von Alanus und ging zum Tisch zurück.

„Wisst Ihr, was das ist?"

Sie zeigte auf das geöffnete Buch.

„Ich kenne es sehr gut", antwortete Alanus. „Das vierte Buch der *Occulta Philosophia.* Eines der gefährlichsten schwarzmagischen Bücher."

„Richtig. Das ist Julias Welt. Die Welt der geheimen Kräfte, des Zaubers, der Verführung und der dunklen Intrigen."

„Das ist ihre Welt?", wiederholte Alanus ungläubig.

„Leitner hat Julia festgenommen. Er wird sie nicht freilassen, denn es ist ihm gelungen, sie zu durchschauen."

„Sie zu durchschauen? Seid Ihr nicht entsetzt darüber, dass Eure Schwester nun in ein Loch gesperrt wird, in das kein Licht mehr fällt?"

Angelina hatte aus dem Fenster gesehen. Nun wandte sie sich um und schaute zu ihm. Das Goldgelb der untergehenden Sonne ließ ihr Haar aufleuchten. In ihrem Blick sah Alanus nicht den Hauch eines Bedauerns.

„Ihr wisst nicht, welch ein Leben ich neben meiner Schwester führe. Ja, ich bin die leibliche Tochter meines Vaters. Nicht Julia. Sie ist nur adoptiert. Und dennoch muss ich erleben, dass sie mir vorgezogen wird. Das war nicht immer so. Vor sechs Jahren lernte ich die Liebe meines Lebens kennen. Einen tüchtigen Kaufmann, der bald auch das Wohlgefallen meines Vaters fand und einige wichtige Geschäfte der Familie mit großem Geschick leitete. Es war die schönste Zeit meines Lebens. Doch dann geschah etwas Entsetzliches. Mein geliebter Mann wurde in Venedig überfallen und niedergestochen. Niemand weiß, wieso es passiert ist. Die Nachricht von seinem Tod kam wie aus dem Nichts. Alles zerbrach. Da war kein Boden mehr, nichts, was mich halten konnte, nur dieser Schmerz, diese unendliche Leere. Ich war nicht mehr fähig, mich um irgendetwas zu kümmern, ging nicht mehr aus dem Haus, schloss mich in mein Zimmer ein, starrte stundenlang ins Leere, und wenn der Schmerz unerträglich wurde und nichts mehr half, stieß ich meinen Kopf so lange gegen die Wand, bis mir das Blut die Stirn herablief. Ich hatte diesen Mann geliebt, und nun war er mir genommen, für immer, und da war nichts mehr, versteht Ihr, nichts, weshalb es sich noch zu leben lohnte."

Angelina sah wieder zum Fenster.

„Da war nichts mehr", sagte sie gedankenverloren. „Einige Wochen ging das so. Ich war nicht einmal mehr in der Lage, mich um unser Kind zu kümmern. Dann, an einem der ersten Frühlingstage, verließ ich das Zimmer. Es war mir wieder möglich, in die Welt hinaus zu gehen, Menschen in die Augen zu blicken. Und ich hatte gelernt. Hatte verstanden, dass nichts verlässlich ist. In diesen Tagen war der junge Mathematiker Georg Joachim Rheticus bei uns zu Gast. Er wollte meinen Vater dafür gewinnen, das Buch eines Frauenburger Astronomen herauszugeben. Natürlich ging es um Geld. Rheticus hatte nicht die Mittel dazu. Er nahm sich viel Zeit, das Weltbild dieses Mannes zu erklären. Zwei Abende lang erzählte er, und ich saß neben meinem Vater und hörte zu, stellte Rheticus Fragen, wollte genauer wissen, wie es um die Welt und uns Menschen bestellt ist. Mein Vater beobachtete mein Interesse mit Freude. Es war ihm ein Zeichen, dass ich die dunklen Schatten hinter mir gelassen hatte.

Doch er verstand nicht. Das, was Rheticus erzählte, interessierte mich nur deshalb, weil es alles bestätigte, was ich aus meinem Schmerz gelernt hatte. Was, wenn wir uns nicht mehr auf unsere Augen verlassen können? Wenn sich das, woran wir bislang geglaubt haben, als Trugbild erweist? Wenn wir nur winzige, ahnungslose Schatten in einem unvorstellbaren, unendlichen Raum sind? Rheticus gab uns damals ein anschauliches Beispiel: Stellt Euch vor, Ihr steht auf einer riesigen Kugel aus Glas, Ihr könnt nach oben schauen, nach allen Seiten und durch die Kugel hindurch nach unten. Und wohin Ihr auch schaut, überall seht Ihr immer nur diesen schwindelerregenden, unendlichen Raum. Und Ihr bemerkt, wie winzig und unwichtig Ihr seid."

Sie blickte auf. „Haltet Ihr mich für verrückt?"

„Nein." Alanus schüttelte den Kopf. „Ganz und gar nicht."

Angelina vergewisserte sich, dass er es ernst meinte. Dann blickte sie wieder zum Fenster.

„Ich habe erlebt, was Gott zulässt. Grundlos reißt er die Liebenden auseinander. Fügt den Menschen Schaden und unsäglichen Schmerz zu. Nein, es gibt keinen gnädigen Gott. Unser Schicksal ist ein Abgrund. Jeden Augenblick kann es umschlagen. Eine kleine Wendung, und wir stürzen ab. Es zerschlägt unsere Seele. Auch die Welt ist ein Abgrund, eine Unendlichkeit, ohne Anfang und Ziel. Was die Kirche uns lehrt, dient lediglich dazu, die Menschen zu beruhigen. Aber wenn Ihr in den Abgrund geschaut habt, den Abgrund eines verletzten Herzens oder jenen unendlichen Abgrund, den wir Kosmos nennen, dann wisst Ihr, dass nichts mehr zählt, nichts mehr wichtig ist. Es ist gleichgültig. Und das Leben wird zu einem Spiel. Mehr bleibt nicht."

Alanus sah sie an, ganz verwundert über das, was Angelina zu denken wagte.

„Vater hat mir damals die Geschäfte meines verstorbenen Mannes übertragen", fuhr sie in nüchternen Worten fort. „Es lief ganz gut, aber da ich die Dinge mehr und mehr als ein Spiel ansah, war ich nicht immer erfolgreich."

„Stimmt es, was Leitner sagt? Dass Ihr Eure Familie ins Gerede gebracht habt?"

„Leitner hat nichts verstanden und wird nie etwas verstehen. Ja. Ich hatte mancherlei Abwechslung. Es ist nur eine Variante des Spiels. Versteht Ihr? Es ist egal. Ganz vorübergehend. Eigentlich unwichtig."

„Aber Euer Vater hat das anders gesehen."

„In den Augen meines Vaters war ich immer das zerbrechliche Kind, dem man nicht viel zutraut. Julia dagegen, Julia war klug, so dachte er. Julia war fleißig. Sie liebte die Mathematik, kümmerte sich früh darum, wie man die Bücher führt. War immer ganz die Tochter ihres Vaters. Er verstand nicht, dass sie in Wahrheit nur beabsichtigte, mich an die Wand zu drücken und dafür zu sorgen, dass mein kleiner Sohn in der Nachfolge des Hauses Fugger übergangen wird. Er unterschätzte mich. Weil er glaubte, ich sei zu flatterhaft, um von den anderen Kaufleuten ernstgenommen zu werden. Julia ist schön, auf eine Art, die es den Männern kaum erlaubt, Distanz zu wahren. Mein Vater meint, dass alle Männer, die sie sähen, sofort den Verstand verlieren würden. Vielleicht stimmt das, aber er will bis heute nicht einsehen, dass dies unvorhersehbare Verwirrungen in die Verhandlung mit Kaufleuten bringen kann."

Alanus hatte ihr aufmerksam zugehört. „Und nun?", fragte er.

„Nun", ergänzte Angelina, „nun wird die Gerechtigkeit wiederhergestellt." Sie lächelte und ging auf ihn zu. „Mein Vater wird über das, was geschehen ist, entsetzt sein. Und er wird einsehen, dass ich es bin, die unsere Familie hier in Nürnberg vertreten sollte. Nicht Julia."

Plötzlich knarrte eine Diele im Nebenzimmer. Angelina sah auf und horchte. Aber alles blieb ruhig.

„Seltsam", sagte sie nur. Alanus schaute sie an. „Habt Ihr nicht das geringste Mitleid? Julia ist immerhin Eure Schwester."

Angelina ging auf Alanus zu, nahm erneut seine Hand und sah ihm in die Augen. „Hat sie Euch den Kopf verdreht? Sie ist nur ein Teil des Spiels. Seid nicht dumm. Es ist ein Segen, dass Leitner Euch freiließ. Ich mag Euch sehr. Wenn Ihr wollt, könnt Ihr bleiben."

Sie ging zum Tisch, auf dem sich ein Krug befand, füllte zwei Gläser, kam zurück und reichte Alanus eines.

„Wein von der Gironde. Eine raue Landschaft. Und die Sonne scheint dort den ganzen Sommer über erbarmungslos. Ihr könnt es schmecken." Sie setzte ihr Glas an und trank es zur Hälfte aus. Alanus nahm nur einen kleinen Schluck.

„Was ist in der Nacht am Lagerhaus geschehen?", fragte er plötzlich.

Angelina blickte auf und lachte. „Ich habe es angesteckt."

„Ihr habt ..." Er hielt einen Moment inne. „Ihr seid es gewesen?"

„Nein. Zell ist es gewesen."

Alanus blickte sie ungläubig an.

Angelina fuhr sich durch das Haar. „Glaubt Ihr wirklich, ich würde das selbst tun? Die Gefahr, gesehen zu werden, ist viel zu groß. Nein, es war Zell."

„Aber ..." Alanus blieb sprachlos.

„Er hatte sich hoffnungslos in mich verliebt, dieser Narr. Und so habe ich von ihm einen Beweis seiner Liebe gefordert. Er war zu allem bereit."

„Was habt Ihr ihm versprochen?"

„Mich selbst."

Angelina nahm einen weiteren Schluck aus ihrem Glas und lächelte ihn vielsagend an. „Glaubt Ihr mir nicht?"

„Ich weiß nicht, was ich Euch glauben soll", sagte Alanus.

„Aber es ist doch so einfach", fuhr sie fort. „Wenn es mir gelingt, zu zeigen, dass Julia ihren Aufgaben nicht gewachsen ist, wird mein Vater sie das Kontor nicht mehr leiten lassen. Er wird mich, seine wahre Tochter, darum bitten, das zu tun. Und nun. Nun sitzt Julia im Turm. Sie hat verloren."

„Das glaube ich nicht. Ihr spielt mit mir."

„Vielleicht ist das ja so." Sie setzte sich auf die Tischplatte, sah hinab zu ihren Füßen und musste erneut lachen. „Der arme Zell."

„Was habt Ihr mit ihm getan?"

Spielerisch nahm sie den Saum ihres Kleides und ließ ihn sich durch die Finger gleiten. „An dem Abend, nachdem das Lagerhaus Feuer gefangen hatte, habe ich ihn in der Druckerei des Petreius aufgesucht. So war es vereinbart. Doch als ich kam, fand ich ihn am Boden liegend. Tot, so glaubte ich. Wie einfach die Welt doch sein kann. Dieser Mann tut mir einen Gefallen, und ich muss mir um eine Gegenleistung keine Sorgen mehr machen. Aber leider war es nicht so. Zell kam wieder zu sich. Mir wurde klar, dass ich in ihm für immer einen Mitwisser haben würde. So besann ich mich auf das kleine Messer, das ich immer bei mir führe. Es ging so einfach. Drei Stiche. Und es war getan."

„Das Symbol der Venus", flüsterte Alanus. „Das Zeichen für die Geliebte."

„Was sagt Ihr?"

„Nichts. Es ist unwichtig."

„Ja, es ist unwichtig", wiederholte Angelina. „Alles, was ich Euch gesagt habe, ist ebenfalls unwichtig. Ihr seid ein Mönch. Ihr müsst mir die Beichte abnehmen. Nun. Ich habe gebeichtet. Und Ihr werdet mir Absolution erteilen. Ihr müsst damit leben, dass Ihr die Wahrheit kennt und sie niemandem weitergeben könnt." Sie schaute auf. „Wie ist das, Alanus von Buchholz, mit einem blutigen Geheimnis leben zu müssen, ohne sich jemals davon befreien zu können? Mitwisser zu sein und zugleich unfähig, etwas dagegen zu tun?"

„Ihr wollt Absolution?", fragte Alanus.

„Ihr seid ein freier Mann. Ihr könnt gehen, wann immer Ihr wollt. Aber ich mag Euch, Alanus von Buchholz. Ihr solltet bleiben und mich von all meinen Sünden befreien."

Angelina schaute ihn herausfordernd an. Und dabei sah sie begehrenswerter aus als je zuvor.

„Dazu ist es noch nicht die Zeit", sagte er nüchtern.
Dann hörten sie erneut das Knarren der Dielenbretter.

Angelina fuhr zusammen, als Leitner den Raum betrat. Schlagartig wurde ihr klar, was geschehen war. Alanus musste ihm von dem geheimen Gang durch den Keller erzählt haben. Er hatte alles wohl bereits geahnt. Sie schlug die Hände vor das Gesicht, wollte aufschreien, aber es gelang ihr nicht. Dann ließ sie die Arme sinken, strich sich ihr Kleid glatt und schaute zu den beiden Männern.

„Ich habe genug gehört", sagte Leitner kurz.

Angelina reagierte nicht, blickte durch ihn hindurch.

„Kommt. Ich nehme Euch mit."

„Aber...", sagte sie zögernd, „... es war doch alles nur ... ein Spiel, um Alanus zu ..."

Sie brachte den Satz nicht zu Ende.

„Kommt", wiederholte Leitner.

Angelina sah zu Boden. „Ihr irrt Euch."

Der Bürgermeister schüttelte den Kopf. „Ich wünschte, es wäre so", sagte er leise und zeigte zur Tür. „Es ist Zeit aufzubrechen."

Sie ging nicht darauf ein und blickte zum Fenster. Die Sonne war inzwischen hinter dem Horizont verschwunden.

„Meine Männer haben das Haus umstellt", sagte Leitner. „Ihr könnt nicht fliehen. Versucht es also gar nicht erst."

Angelina nickte. „Bitte gebt mir einen Augenblick Zeit. Ich möchte etwas anderes anziehen. Und ein paar Dinge mitnehmen."

„Gut", stimmte der junge Bürgermeister zu. „Aber beeilt Euch."

Angelina ging an Leitner vorbei in den Flur und die Treppe hinauf. Die Stufen knarrten unter ihren Füßen.

Die beiden Männer warteten. Es war jetzt ganz still. Von oben hörte man Angelina Schritte auf dem Holzboden.

„Ein Spiel", stellte Alanus fest. „Für sie ist alles nur ein Spiel."

Leitner nickte nur.

Einige Augenblicke vergingen. Dann war es über ihnen ganz still geworden. Die beiden Männer sahen sich an.

Leitner war der erste, der die Treppe hinauflief. Er stieß die Tür auf. Alanus folgte ihm, trat ebenfalls in das Zimmer und sah Angelina bewusstlos am Boden liegen. Der Bürgermeister war stehen geblieben und starrte hilflos hinab.

Alanus erkannte, dass Angelina etwas in ihrer Hand versteckt hielt. Er kniete zu Boden, beugte sich hinab, öffnete ihre Finger, nahm den kleinen Flakon, hielt ihn gegen das Licht der Kerze, um die Farbe der seltsamen Flüssigkeit zu erkennen, und bemerkte jenen verfänglichen Duft.

Dann blickte er zu Leitner und schüttelte den Kopf.

EPILOG

Kloster Erlenberg, 11. Dezember 1543,
Nachmittag

DANN FIEL DER erste Schnee. Zunächst waren es nur einige Flocken, doch bald schien es so, als wolle sich die Welt in etwas Neues verwandeln.

Das Dorf am Fuße des Hügels war bereits in Weiß gehüllt. Alanus entdeckte einen Weg, der zum Kloster hinaufführte, und ließ sein Pferd Schritt gehen. Es war erschöpft und tat sich schwer. Schließlich stieg er ab, griff die Zügel und ging zu Fuß weiter.

Gut, dass es nun beginnt, dachte Alanus. Im Kloster würde er Schutz vor der Witterung finden. Und vielleicht auch noch etwas Ruhe. Wenigstens einige Stunden.

Über das, was ihn nun erwartete, hatte er auf der beschwerlichen Reise so oft nachgedacht, dass er es als Erlösung empfand, sein Ziel endlich erreicht zu haben. Dort oben sah er ein zweistöckiges Langhaus, hinter dem sich die übrigen Gebäude verbargen. Erst als der Weg einen weiten Bogen gemacht hatte, vorbei an Stallungen und uralten Bäumen, bemerkte Alanus den hohen Glockenturm.

War es richtig gewesen, sich noch einmal auf die Reise zu begeben? Julia hatte ihn gewarnt: Du wirst vielleicht nicht zurückkehren. Sie werden dich nicht ziehen lassen.

Auch er war unsicher gewesen. Doch trotz aller Gefahr musste noch etwas geklärt werden. Die Geschichte war noch nicht zu Ende. Nicht für ihn. Nicht für Tolosani. Nicht für die Heilige Kirche. Und nicht für die Gläubigen, von denen noch niemand ahnte, welch neue Gedanken in die Welt gekommen waren. Vielleicht werden sie dich töten, hatte Julia gesagt, als sie sich ein letztes Mal umarmten. Ist das eine Wahrheit wert?

Der Weg wurde schmaler. Flache Stufen führten den Hang hinauf. Schließlich sah er vor sich eine hohe, von Türmen gesäumte Mauer, in die eine schwere hölzerne Pforte eingelassen war. Als man ihm öffnete, führte Alanus das Pferd geradewegs weiter und stand schließlich in einem kleinen, von überdachten Säulengängen eingegrenzten Innenhof. Ein Mönch in dunkelbrauner Kutte kam ihm entgegen. Er lächelte freundlich.

„Ihr müsst Alanus sein“, sagte er leise. „Ich freue mich, dass Ihr heil und gesund zu uns gefunden habt.“

Die beiden umarmten sich.

„Ihr seid Abt Clemenza?“

„Richtig, Alanus. Ich bin erfreut, Euch als Gast im Hause des Heiligen Benediktus aufnehmen zu dürfen. Es ist uns eine große Ehre. Euer guter Ruf als Gelehrter eilt Euch voraus.“

Zwei junge Mönche waren hinzugetreten. Auf einen Wink des Abtes nahmen sie das Pferd und führten es davon.

„Es ist nicht üblich, in den Innenhof zu reiten“, sagte Clemenza und lächelte. „Aber das konntet Ihr nicht wissen.“

„Wo sind die Stallungen?“

„Sie befinden sich unmittelbar am Weg, den Ihr heraufgekommen seid.“

Alanus nickte. „Ja, ich habe sie bemerkt“, sagte er, sah den beiden Mönchen nach und erblickte die Spuren im Schnee.

„Sie werden Eure Habe in eine der Gästezellen bringen“, sagte der Abt und machte eine Handbewegung. „Lasst mich Euch führen.“

Alanus folgte ihm. Gemeinsam betraten sie den großen Speisesaal, in dem sich lediglich zwei lange Tischreihen und mehrere Holzbänke befanden, verließen ihn wieder auf der gegenüberliegenden Seite und traten hinaus in den Kreuzgang. Der große quadratische Innenhof war eine einzige strahlend weiße Fläche.

Als sie ihn überquerten, bemerkte Alanus, wie der Schnee kaum hörbar unter seinen Füßen nachgab. Feuchtigkeit drang in seine Schuhe. Er blickte sich um, erkannte zur Rechten das Langhaus, zur Linken die Abteikirche, eine schmucklose Basilika aus hellem Sandstein, und als er wieder hinabsah, blendete ihn Licht, das sich am Boden spiegelte. Dann hatten sie den Eingang zum Mönchshaus erreicht.

„Ist Tolosani bereits angekommen?", fragte er, als sie die Treppe zu den Schlafsälen hinaufstiegen.

„Wir erwarten ihn morgen in der Früh", antwortete der Abt. Er öffnete eine der Zellentüren und führte seinen Gast hinein. Der Raum war mit dem Nötigsten ausgestattet: Da waren ein Bett, ein Stuhl und ein Tisch, auf dem zwei Krüge mit Wasser standen. Mattes Licht fiel durch das Fenster.

„Ich lasse Euch jetzt allein. Ruht Euch ein wenig aus. Und seid am Abend zur Vesper unser Gast. Achtet auf die Glocke."

Alanus nickte.

Als er allein war, ging er zum Fenster und schaute hinaus. Er sah die Klosterkirche und den hohen Glockenturm, daneben einige kleine Wirtschaftsgebäude und das Langhaus. Alle Dächer hatten inzwischen die Farbe des Schnees angenommen. Alanus blickte in die Ferne, dorthin, von wo er gekommen war. Doch da war nur eine Wand aus weißen und grauen Schwaden. Geheimnisvoll und beängstigend schwebten sie über dem Kloster. Die Welt schien hinter einem undurchsichtigen, grauweißen Schleier zu verschwinden, so als wolle eine unbekannte Kraft alles, was in den Mauern der Abtei lebte, in tiefen Schlaf versenken.

Und es schneite weiter.

Nach der gemeinsamen Vesper mit den Benediktinerbrüdern ging Alanus noch eine Weile im Kreuzgang auf und ab. Man hatte ihm feste Schuhe gegeben, so dass seine Füße trocken blieben. Die Luft war klar. Der Atem verwandelte sich vor ihm in hellen Nebel. Dabei wurde Alanus wieder bewusst, wie sehr alles Belebte zu jeder Zeit mit der Welt verbunden ist. Ohne den Atem gab es kein Leben. Ohne den Boden würde alles in unendliche Tiefe fallen. Oder davonschweben. Ohne die Bahnen der Gestirne gäbe es keinen Halt, keine Ordnung. Und um jene Ordnung stritten sie. Was würde geschehen, wenn es keine Einigung geben konnte? Was würde es für die Menschen bedeuten? Und für ihn, Alanus, der nicht zum ersten Mal zu den Abtrünnigen gehörte? Der die Wahrheit höher schätzte als die Dogmen der Mächtigen. Aber was war die Wahrheit?

Alanus betrat das Mönchshaus, hörte das Holz der Treppenstufen unter seinen Füßen knarren, öffnete die Tür zu seiner Zelle und legte sich auf das schmale Lager. Tolosani würde sich nicht von seiner Meinung abbringen lassen, dachte er. Wie konnte ein so kluger und welterfahrener Mann nur so starrsinnig sein? Die Berechnungen des Kopernikus waren überzeugend, geradezu eine Beweisführung. Warum sollte nicht die Sonne das Zentrum der Welt sein? Ist sie es doch, die den Menschen Wärme gibt.

Er dachte an Julia, die in Nürnberg auf ihn wartete. Die nicht gewollt hatte, dass er ging. Tolosani würde ihm auch diese Liebe vorwerfen. Gab es überhaupt noch etwas, über das sie nicht streiten würden? Waren nicht längst alle Sachverhalte bekannt, alle Argumente ausgetauscht? Alanus erinnerte sich an den Weg hinauf zum Kloster. Er hatte sich die Lage der Stallungen gut eingeprägt. Vielleicht würde es nötig sein, das Kloster zu verlassen. Bevor es zu spät war.

Lange Zeit lag Alanus wach. Dann hörte er die Glocke, die zur Vigil rief.

Vigil, das war die Nachtwache, das erste Stundengebet des neuen Tages. Es war die Zeit des Nachthimmels und der Dunkelheit. Die Nacht, ein unergründliches göttliches Rätsel, in das wir alle eingebunden sind, dachte Alanus, als er die Treppe zum Kreuzgang hinabging. Die Dunkelheit hüllt uns ein. Dämonen lauern uns auf. Dürfen wir hoffen? Bleibt mehr von uns als das

Nichts? Wird der neue Tag geheiligt sein? Die Vigil ist das Symbol des Erwachens. Aus der Welt des Schlafes, des Traums führt sie in eine neue Wirklichkeit. Es gibt noch einen Neuanfang, einen neuen Tag, ein neues Leben. Und zugleich ist die Vigil Zeitlosigkeit. Weil so viel Verwirrung und Ruhelosigkeit in uns ist, mahnt sie uns zum Zuhören. Die Vigil macht alles neu.

Alanus überquerte den Innenhof des Kreuzgangs mit stillen Schritten, ging durch die Pforte der Klosterkirche und fand die Mönche im Chorraum zum Stundengebet bereit. Dann erfüllte der Gesang die Stille. Das Invitatorium erklang: Ein großer Gott ist unser Herr, ein großer König über alle Götter. In seiner Hand sind die Tiefen der Erde, sein auch die Gipfel der Berge. Sein ist das Meer – er hat es gemacht, sein auch das Festland – seine Hand hat es gebildet. Ziehet ein! Denn er ist unser Gott, und wir sind das Volk seiner Weide und die Schafe in seiner Hand.

Psalmgesang und Lesung folgten aufeinander. Alanus konnte nicht sagen, wie oft er die Vigil gefeiert hatte, Tag für Tag. Jahr um Jahr. Wie viel Vertrauen in diesem Stundengebet war! Konnte man einem Neuanfang so sehr vertrauen? Gehörte dazu nicht immer auch die Angst? Der Zweifel? Aber was bliebe uns, wenn nicht das Hoffen?

Als er gemeinsam mit den Mönchen das Benedicamus gesungen hatte, erteilte der Abt den Segen, und schließlich verließen sie die Klosterkirche, um in die Stille hinauszugehen.

Alanus stand wieder im Kreuzgang und blickte hinauf zum Himmel. Vergeblich suchte er nach den Gestirnen.

Ein Traum hatte ihn durch endlose Räume geführt, vorbei an immer gleichen fremdartigen Erscheinungen, hoffnungslos verloren in allem, was er sah. Dann war ihm bewusst geworden, dass es nur einen Weg gab, dem zu entkommen: Er musste aufwachen. Doch es gelang ihm nicht. Stattdessen verwandelten sich die Bilder vor seinen Augen.

Er sah weites Land, hellbraune Erdfarbe. Es reichte bis zum

Horizont. Einige wenige Bäume und Gebäude waren dort. Von oben fiel Wasser herab. Doch das war kein gewöhnlicher Regen. Das Wasser stürzte in Säulen herab, Säulen von unvorstellbarem Durchmesser. Dort, wo es auftraf, überflutete es das Land, schob sich in anwachsenden Wellen auf ihn zu. Wie weit mochte es noch entfernt sein? Mehr und mehr Säulen ragten vom Himmel herab. Es nahm kein Ende. Das Land würde nicht mehr sein, und auch er selbst würde nicht davonlaufen können. Es gab kein Entrinnen. Dann würde eine Wand von Wasser und Feuer über die Erde hinwegfegen. Die Himmel würden auf die Erde fallen und alles unter sich begraben. Und es würde nichts mehr sein.

Erneut verwandelten sich die Bilder. Plötzlich befand er sich in einem endlosen weißgrauen Nebel. Schatten kamen hervor, doch er konnte sie nicht genau erkennen. Es war, als würden sie ihn betrachten. Dann begannen sie untereinander zu sprechen: „... Finsternis und Dunkel müssen ihn überwältigen. Die Nacht muss ein Dunkel einnehmen; er darf sich nicht unter den Tagen des Jahres freuen, noch in die Zahl der Monde kommen. Siehe, die Nacht müsse einsam sein, und kein Jauchzen darin sein ... dass er des Tages in der Finsternis laufe und tappe im Mittag wie in der Nacht ... ins Land, da es stockdick finster ist, und da keine Ordnung ist, und wenn's hell wird, so ist es Finsternis ... Brüder, bringt heraus das Dunkel an das Licht ... er wird vom Licht in die Finsternis vertrieben werden und vom Erboden verstoßen ... solltest du denn nicht die Finsternis sehen ..."

Die Schatten nahmen mehr und mehr menschliche Gestalt an. Doch das waren keine Menschen. Eher noch ähnelten sie den Schimären, die hoch oben auf den Kathedralen das Böse abwenden sollten.

Sie kamen näher. Er konnte sich nicht bewegen, nicht davonlaufen, und voller Furcht hoffte er, dass sie ihn nicht berühren würden. Wieder hörte er sie sprechen: „... die Finsternis macht kein Ende mit dir ... denn wenn der Morgen käme, ist allen die Finsternis, denn sie sind bekannt mit diesen Schrecken ... die

Hölle ist aufgedeckt vor dir, und der Abgrund hat keine Decke ... er breitet die Mitternacht aus über das Leere und hängt die Erde an Nichts ... du wirst dein Auge auftun und da wird nichts sein ... es wird dich Schrecken überfallen wie Wasser ... des Nachts wird dich das Ungewitter wegnehmen ... du hoffst auf das Licht, aber es kommt Finsternis ... plötzlich müssen die Menschen sterben, und zu Mitternacht erschrecken und vergehen ..."

Plötzlich spürte Alanus eine Berührung. Entsetzt zuckte es durch seinen Körper. Er ahnte, dass dies der einzige Weg war, dem Schrecklichen zu entfliehen. Und etwas half ihm an die Oberfläche. Als sich seine Augen einen Spalt breit öffneten, erblickte er einen schwachen Lichtschein.

Nur langsam kam die Erinnerung zurück. Sie schwankte noch zwischen den letzten Eindrücken des Traums und dem wiederkehrenden Wissen davon, dass er nun in eine andere Wirklichkeit zurückkehren sollte. Zunächst war ihm nicht deutlich, wo er sich befand. Er spürte, wie jemand seine Schulter fasste und ihn schüttelte. Dann erblickte er Clemenza.

„Kommt zu Euch!" rief der Abt besorgt.

Es war bereits Mittag, als Alanus vom Klang der Glocke geweckt wurde. Er richtete sich auf und erinnerte sich an die schrecklichen Traumbilder der Nacht, an Clemenza, der ihn geweckt und beruhigt hatte, und an erneuten Schlaf, der tief und traumlos gewesen war. Warum hatten ihn all diese Schreckensbilder noch einmal überfallen? Warum hatten sich all die Albträume seiner Vergangenheit zu einer einzigen, nicht enden wollenden Vision der Hoffnungslosigkeit vereint, so, als wollten sie ihn endgültig niederschmettern? Warum war das Vergangene in solch blutigen, grausamen Farben zurückgekehrt und gebärdete sich als Blick in die Zukunft? Es waren nur Schattenbilder, die er noch immer nicht überwunden hatte. Aber er verfluchte diese Dämonen, die so mit ihm spielten, die ihm eine falsche Welt vorgaukelten. Er würde sich seine Kraft, seine Freude und seine

Offenheit gegenüber allem Wunderbaren und Schönen dieser Welt nicht von ihnen nehmen lassen. Darin bestand seine große Freiheit. Die Mächte der Finsternis hatten nur so viel Macht, wie er selbst ihnen zugestand.

Nun schob er, noch immer etwas benommen, die warme Decke zur Seite, erhob sich und blickte zum Fenster hinaus. Draußen war es diesig. Eine Weile blieb er sitzen und spürte, wie die Müdigkeit allmählich von ihm abfiel und seine Kräfte zurückkehrten.

Auf dem Weg die Treppe hinab kam ihm einer der älteren Brüder entgegen und grüßte stumm. Als er ins Freie trat, sah Alanus, dass es in der Nacht weiter geschneit haben musste.

Er begab sich zum Speisesaal und traf dort auf einen jungen Mönch. „Abt Clemenza hat mich gebeten, auf Euch zu warten", sagte er und zeigte zum Tisch. Dort standen zwei Schalen und ein großer Becher. „Ihr sollt Euch zunächst stärken", fuhr er fort. „Kommt danach bitte in den Lesesaal. Er befindet sich im Langhaus. Ihr werdet erwartet."

Alanus nickte nur. Dann setzte er sich an den Tisch und trank den Becher mit Wasser in wenigen Zügen leer. Von dem Haferbrei aß er nur wenig. Dann erhob er sich, verließ den Saal, ging die wenigen Schritte zum Langhaus und fand das Skriptorium ohne langes Suchen. An den Wänden des kleinen Raums entdeckte er mehrere Regale für Bücher und Pergamente. Auch zwei Stehpulte und ein Tisch fanden sich hier.

Am Fenster stand ein Mönch in dunkelbrauner Kutte mit leicht gebeugter Haltung, der sich nun umwandte und ihn freundlich anblickte.

„Alanus von Buchholz", sagte der alte Mann, kam auf ihn zu und umarmte ihn.

„Monsignore Tolosani", entgegnete Alanus. „Wie freue ich mich, Euch gesund wiederzusehen."

„Die Freude ist ganz bei mir. Ich hoffe, Ihr fühlt Euch wohl. Abt Clemenza sagte mir, Ihr hättet in der Nacht einen schrecklichen Traum gehabt."

„Nur einen Traum. Nicht zu vergleichen mit der Last eines Mannes, der in Würde alt geworden ist und noch immer ganze Wochen auf dem Pferd verbringt."

Der Alte lächelte. „Nun. So leicht, wie Ihr meint, fällt es mir nicht mehr. Aber ich will Euch nicht mit meiner Krankengeschichte behelligen. Wir dürfen dankbar sein für jeden Tag, der uns geschenkt wird. Setzt Euch doch."

Die beiden nahmen an einem kleinen Tisch nahe der Tür Platz.

„Ihr seid in Mainz gewesen?", erkundigte sich Alanus.

„Ja. Der Prozess zog sich hin. Aber es war ein schöner Sommer. Ich bereue es nicht, dort gewesen zu sein. Es wurde der Fall eines Buchdruckers verhandelt, der ritualmagische Schriften in Umlauf gebracht hatte."

„Um welche Schriften handelte es sich?"

„Dazu darf ich Euch nichts Genaueres sagen. Aber seid gewiss, es ging diesmal nicht um einen Mord und um keines der wirklich gefährlichen Bücher. Die Verhandlung zog sich allerdings in die Länge, weil dieser Mann einflussreiche Freunde hatte. Aber erzählt doch, wie es Euch in Nürnberg ergangen ist. Man sagt, Ihr hättet Euch nicht gelangweilt."

Alanus ging nicht auf die Anspielung ein.

„Ihr wisst", begann er, „dass dort im Januar wie schon in den Jahren zuvor der Reichstag abgehalten worden ist. Nun zeichnet sich ab, dass der Kaiser und die Landesherren künftig einen anderen Ort bevorzugen werden."

„Sehr bedauerlich. Das ist schlecht für die Stadt. Und besonders für den Handel. Aber sagt, was ist aus Petreius und Osiander geworden?"

„Bischof Tiedemann Giese und der Astronom und Mathematiker Rheticus haben vor dem Nürnberger Rat eine Klage gegen den Buchdrucker Johannes Petreius eingebracht. Sie beschuldigen ihn der Fälschung. Er soll das letzte Buch des Nikolaus Kopernikus so sehr verändert haben, dass es in seinen Kernaussagen nun völlig entstellt ist. In diesem Zusammenhang wurde auch der Verdacht geäußert, dass eigentlich Andreas Osiander für diese Fälschung verantwortlich sei, denn nur er besitze die nötigen Kenntnisse, so etwas zu tun."

Tolosani nickte nur und blieb stumm.

„Ihr seht also", fuhr Alanus fort, „dass es nicht gelungen ist, diese Tat zu verbergen."

„Und was geschieht nun mit Osiander und Petreius?"

„Der Rat hat die Klage abgewiesen, auch aufgrund der Aussage Josef Leitners."

„Nun", murmelte der Alte. „Dann können wir zufrieden sein."

„Zufrieden sein? Wie sollte man zufrieden sein, wenn die Wahrheit verschwiegen wird?"

„Alanus, nun kennen wir uns schon so lange. Was ist Wahrheit?"

„Monsignore, Ihr wisst, dass dies die Worte sind, die uns die Heilige Schrift von Pilatus überliefert hat, und Ihr wisst auch, in welchem Zusammenhang sie gefallen sind."

Tolosani blickte ihn an und schüttelte den Kopf.

„Mit Theologie ist uns hier nicht geholfen. Es geht darum, eine Revolution zu verhindern, eine Pest, die in den Köpfen der Gläubigen verheerend wirken würde. Das wisst Ihr doch ebenso wie ich. Ihr selbst habt nur allzu oft darauf hingewiesen."

„Es ist das eine, die Lehre des Kopernikus zu verschweigen. Und das andere, sie als Irrlehre zu verdammen. Ihr habt den Auftrag, für den Heiligen Vater einen Bericht zu schreiben. Eine Einschätzung. Wie werdet Ihr urteilen?"

„Ich werde darin jenes neue Weltbild verwerfen. Und das wird dazu führen, dass die Gelehrten sich nicht mehr darum kümmern."

„Das ist nicht Euer Ernst!"

„Das ist sehr wohl mein Ernst", fuhr Tolosani fort. „Die wenigen Drucke dieses Werkes werden selbst den Gelehrten nichts von der Bedeutung dieser Theorie verraten, denn Osiander hat mit seinem neuen Vorwort und weiteren Eingriffen in den Text alles dafür getan, dass selbst kundige Astronomen an der Nase herumgeführt werden. Erstaunlich, ich hätte nie gedacht, dass ein Lutheraner der Heiligen Kirche solch einen Dienst erweisen würde."

Alanus griff den Alten am Arm.

„Monsignore, Ihr könnt noch so viel verschweigen, aber das ändert nichts daran, dass Kopernikus recht hat."

Tolosani stand auf und ging zum Fenster. „Glaubt Ihr allen Ernstes, was Ihr da sagt? Ihr hattet die Gelegenheit, dieses Buch genau zu studieren. Es muss Euch doch aufgefallen sein, welch abstruse Überlegungen darin zu finden sind. Aber bitte. Schaut einmal hinaus. Schaut einfach aus dem Fenster."

Alanus blieb am Tisch sitzen. „Was wollt Ihr mir zeigen?"

„Kopernikus lehrt, dass die Sonne das Zentrum der Welt sei. Genau genommen sagt er, dass die Himmelskreise ihren Mittelpunkt irgendwo in der Nähe der Sonne finden. Glaubt Ihr das? Glaubt Ihr, dass dem Schöpfer solch ein Unfug unterlaufen wäre? Der Mittelpunkt der Kreisbahnen, irgendwo in der Nähe der Sonne? Und dann sagt Kopernikus, die Erde kreise ebenfalls um dieses Zentrum. Und zudem drehe sie sich um ihre eigene Achse. So ein Irrsinn. Wenn Ihr Euch die enormen Geschwindigkeiten vor Augen führt, mit denen Kopernikus rechnet, dann sollte Euch doch klar sein, dass wir diese in irgendeiner Weise bemerken müssten. Wir würden ständig Winde von unglaublicher Geschwindigkeit erleben. Und nun schaut hinaus! Bemerkt Ihr dort auch nur den geringsten Windhauch?"

„Aber die Berechnungen des Kopernikus sind dennoch richtig", entgegnete Alanus. „Und seine Beobachtungen des Sternenhimmels völlig überzeugend. Er hat lange mit sich selbst gerungen und schließlich mutig seine Schlüsse daraus gezogen, die einzigen Schlussfolgerungen, die man aus diesen Beobachtungen ziehen konnte."

„Welchen Schluss zieht Ihr aus der Beobachtung, dass es draußen nicht stürmt?"

„Ich weiß es nicht. Es muss eine andere Erklärung geben."

„Eine andere Erklärung? Nein, Alanus, das ist doch alles unglaubwürdig."

„Und die Theorie des Aristarch von Samos?"

„Vor vielen Jahrhunderten von Hipparch und Ptolemäus widerlegt."

„Und Kardinal Nikolaus von Kues? Der Ähnliches lehrte? Der die Welt für räumlich unendlich hielt, weil sie das fassbare Abbild der Unendlichkeit Gottes darstelle?"

„Ein Sonderling, der auf fragwürdigen Wegen in sein Amt gekommen ist. Mit diesen ungewöhnlichen Aussagen steht er ganz allein da."

„Eben nicht", entgegnete Alanus. „Kopernikus hat die Kreisbahnen berechnet, und er kommt zu dem Ergebnis, dass die Entfernung von der Erde zur Sonne geradezu unbedeutend ist im Vergleich zur Höhe des Firmaments. Schon die Zahlen, die Ptolemäus nennt, kann man sich schwer vorstellen, aber Kopernikus errechnet Entfernungen, die für den menschlichen Geist völlig unfassbar sind."

Tolosani lief ungehalten im Raum auf und ab. Jetzt wandte er sich erneut Alanus zu und blickte ihm direkt in die Augen.

„Was wollt Ihr? Nikolaus von Kues gibt uns doch selbst die Antwort: Die Unendlichkeit des Alls, wenn es sie denn tatsächlich geben sollte, verdeutlicht die Unendlichkeit Gottes. Damit ist doch alles erklärt."

„Aber so einfach ist es nicht. Die Berechnungen des Kopernikus sind stimmig. Und sie zeigen uns, dass wir getäuscht werden. Kopernikus weist nach, dass sich alle Gestirne um die Sonne bewegen, auch unsere Erde, die nur ein Planet unter anderen ist. Dieser Planet dreht sich um die eigene Achse. Und alles, was an Bewegung am Sternenhimmel sichtbar wird, ist nicht von sich aus so, sondern von der Erde aus gesehen. Unsere Erde dreht sich in täglicher Bewegung einmal um ihre unveränderliche Achse. Die Sterne bleiben dabei unbeweglich. Uns erscheint es aber, als würden sich die Gestirne um uns drehen. Auf eben diese Weise täuschen wir uns, weil wir meinen, wir seien das Zentrum der Schöpfung, jene Wesen also, die im Mittelpunkt der Zuneigung Gottes stehen. Gerade dieses Denken führt zu falschen Meinungen. So ist es mit den Gestirnen, und so könnte es auch mit anderen Dingen sein. Wir Menschen halten uns für so wichtig, dass wir uns einbilden, alle Welt wäre nur für uns so eingerichtet worden. Aber wir sind nicht der Mittelpunkt der Schöpfung, sondern nur Reisende auf einem der vielen Planeten, die sich um die Sonne drehen. Nichts Besonderes. Nur Staubkörner im unendlichen All."

„Das, was Ihr da sagt, Alanus," entgegnete Tolosani, „basiert lediglich auf Hypothesen. All das ist bloße Theorie, nicht mehr. Und auch Ihr solltet daraus nicht mehr machen."

„Aber man darf diese Theorie nicht gänzlich verschweigen. Die Arbeiten des Kopernikus sind seriös und glaubwürdig."

Tolosani kam zum Tisch, beugte sich hinab und ergriff Alanus an der Kutte.

„Mein Gott, begreift Ihr nicht! Theorien hat es immer gegeben! Aber wir haben eine Verantwortung gegenüber den Gläubigen! Habt Ihr die Bauernkriege schon vergessen? Die Revolte der Landesfürsten? Den Bruch, der durch die Kirche ging, nur weil ein eigensinniger Mönch nicht widerrufen wollte? Wie viel Schmerz, wie viele Menschenleben hat all das gekostet? Nein, Alanus. Es geht nicht um die Wahrheit. Ich gestehe, ich weiß nicht, was die Wahrheit ist. Aber selbst wenn wir sie besäßen, gäbe uns das nicht das Recht, den Menschen ihre Sicherheit zu nehmen und neue Unruhen zu provozieren, noch mehr Tote, noch mehr Leid!"

Die Glocke hatte zum Stundengebet gerufen und ihr Gespräch unterbrochen. Während sie gemeinsam mit den Mönchen im Chorraum der Klosterkirche beteten und ihre Gesänge in ununterbrochenem Wechsel das Gefühl von Zeit aufzuheben schienen, bemerkte Alanus, dass es Tolosani schwer fiel, sich auf den Beinen zu halten. Es war ihm nicht vergönnt, den Zauber dieses Augenblicks zu erfahren.

Als sie wenig später im Kreuzgang wieder aufeinandertrafen, forderte der Alte ihn auf, ihm noch einmal ins Skriptorium zu folgen.

„Es ist der einzige Ort, der beheizt wird", sagte Tolosani. „Meine Knochen vertragen die Kälte nicht mehr so recht."

Alanus nickte und ging langsamer.

„Ich bin manchmal nicht mehr so ganz bei der Sache", fuhr der Alte fort. „Ich muss zugeben, dass ich während des Gebets darüber nachgedacht habe, ob Ihr nicht doch im Recht seid. Und ob man den Menschen das Weltbild des Kopernikus nicht doch zugänglich machen sollte."

„Und? Zu welchem Ergebnis seid Ihr gekommen?"

„Für das einfache Volk wäre diese Theorie zu kompliziert und unverständlich, ja geradezu gefährlich. Dazu habe ich vorhin alles gesagt, und hier bleibe ich bei meiner Meinung. Und was die Gelehrten oder jene Herrschaften angeht, die von sich meinen, sie würden zu den Weltweisen gehören. Alanus, schätzt die Menschen nicht zu hoch ein. Sie beschäftigen sich lieber damit, dem neuesten Tratsch nachzulaufen und ihr Geld in Wirtshäusern zu verprassen. Selbst Könige gehen lieber auf die Jagd, als ihre Regierungsgeschäfte ernst zu nehmen. Diese Menschen würden sich nicht um die Sache des Kopernikus kümmern. Und selbst wenn wir von den Gutwilligen sprechen, von jenen, die gern in neue Gedankenwelten eintauchen. Sie würden den sperrigen Text bald beiseitelegen, denn sie hätten nicht die Zeit, verwinkelte wissenschaftliche Konstrukte zu lesen. Und das ist auch sehr verständlich. Mir selbst ginge es wohl genauso. Es sei denn, es käme jemand darauf, die Dinge inmitten einer spannenden Geschichte zu verdeutlichen, ähnlich den Rittersagen und Heldenepen. Es müssten Menschen aus Fleisch und Blut darin vorkommen. Es muss um Liebe und Tod gehen, um Verbrechen und Treue, um Gut und Böse, um Hinterhältigkeit und den Wunsch nach Gerechtigkeit und Wahrheit, kurz: um all jene Dinge, die zwischen Menschen geschehen."

Alanus musste lachen.

„Monsignore, jetzt geht die Phantasie mit Euch durch. Was wäre das für ein seltsames Buch?"

„Seltsam?", verteidigte sich Tolosani. „Im Gegenteil, es ließe sich viel daraus lernen. Denkt nur an das, was wir an zwei Tagen und zwei Nächten in Nürnberg erlebt haben. Welch eine Geschichte. Sie wäre deutlich unterhaltsamer und erfreulicher als jeder wissenschaftliche Traktat. Ist es nicht wünschenswert, das Schöne und das Wahre, die Irrtümer und Irrwege der Menschen in einem Werk vereint zu sehen?"

„Monsignore, Ihr nehmt mich nicht ernst."

„Nein, Alanus", sagte Tolosani und lächelte vielsagend. „Das war auch nicht ernst gemeint."

Sie hatten das Langhaus erreicht und betraten den Lesesaal. Kopfschüttelnd setzte sich Alanus neben dem Alten an den Tisch.

„Wie wollt Ihr nun mit der Lehre des Kopernikus verfahren?"

„Alanus, für den Fall, dass sein Buch tatsächlich erscheinen würde, kann ich mir nur zwei möglich Reaktionen vorstellen. Die Menschen nehmen es nicht wahr und kümmern sich nicht darum; oder sie verstehen es falsch, und die Folgen wären verheerend. Nein, ich möchte aus Kopernikus keinen zweiten Luther machen."

Für einen kurzen Moment zuckte der Alte zusammen und fasste sein rechtes Bein. Er streckte es langsam, doch der Schmerz schien nicht nachzulassen.

„Die lange Reise hat mir doch mehr zugesetzt, als ich wahrhaben wollte", sagte er. „Es ist wohl besser, wenn ich mich eine Weile in meine Zelle zurückziehe und etwas zur Ruhe komme.

Aber wir sollten uns zum späten Abend noch einmal hier treffen. Ich habe Euch einen Vorschlag zu unterbreiten."

Mit diesen Worten erhob er sich, legte Alanus freundschaftlich die Hand auf die Schulter, verließ dann den Lesesaal und schritt langsam hinaus in den Kreuzgang.

Alanus blieb zurück, blickte zum Fenster. Es hatte erneut zu schneien begonnen.

Bis zum Abend wartete er vergebens. Der Alte ließ sich nicht blicken und besuchte auch nicht die Stundengebete. Alanus ging so vieles durch den Kopf, dass er keinen klaren Gedanken fassen konnte. Kurz verließ er das Kloster und folgte dem Weg hinab in das kleine Dorf. Die Sicht war so schlecht, dass die wenigen Menschen, die ihm begegneten, unmittelbar aus dem Nebel hervorzutreten schienen. Bald wusste er selbst nicht recht, was ihn eigentlich hierhergeführt hatte, und so kehrte er schließlich um. In den Stallungen vergewisserte er sich, dass sein Pferd gut versorgt war.

Zur Vesper, dem gemeinsamen Mahl der Brüder, fehlte Tolosani noch immer. So legte sich Alanus schlafen und erwachte erst, als die Glocke das letzte Gebet des Tages, die Komplet, einläutete. Zur mitternächtlichen Stunde traten die Mönche noch einmal zusammen, um sich auf den Übergang von der Nachtwache in den Schlaf vorzubereiten. Sie baten Gott um Vergebung, um Schutz und Geborgenheit, darum, dass er sie nicht ins Chaos, ins Nichts fallen ließ. Sie waren mitten in der Nacht aufgestanden, um gegen die Nacht aufzustehen. Der Ungewissheit der Finsternis und des unausweichlichen Todes stellten sie ihr Vertrauen entgegen. Ihre Worte und Gesänge erinnerten Alanus an jene Welten, die ihn all die Jahre beschäftigt hatten.

Als die Mönche das Salve Regina anstimmten, bemerkte er Tolosani. Der Alte sah zu ihm herüber und nickte kurz. Nachdem der Abt die letzten Segensworte gesprochen hatte, trafen sich Alanus und Tolosani im Kreuzgang. Gemeinsam gingen sie zum Skriptorium. Nur eine Kerze erhellte den Raum. So saßen sie noch einmal in dieser Nacht um den kleinen Tisch.

„Die Worte des Stundengebets", begann Alanus. „haben viel mit dem zu tun, worüber wir vorhin sprachen."

„Aber ja", stimmte Tolosani zu. „Der Gedanke der Vergänglichkeit beunruhigt die Menschen zu allen Zeiten. So steht am Ende des Tages die Hoffnung auf ein Erwachen. Das gilt auch für unser Leben. Das Stundengebet der Komplet spricht unsere letzte Stunde an. Die Mönche erleben es jeden Tag. Bis sie eines Tages tatsächlich an ihre letzte Stunde gelangen."

„Während des Gebets musste ich erneut an die Welten um uns denken, daran, dass wir winzige Staubkörner in einem unendlichen All sind. Nichtig und unbedeutend. Ich selbst bin eines dieser unbedeutenden Staubkörner, an irgendeinen Ort gestellt, zu irgendeiner Zeit, beliebig und vergänglich. Von allen Seiten umgibt mich Unendlichkeit, aber ich bin ein Nichts, ein Schatten, der nur einen Augenblick dauert. Ich schaue zum Himmel. Und diese Räume machen mir Angst."

Der Alte betrachtete Alanus mit ernster Miene.

„Ich verstehe Euch. Auch mir sind derartige Gedanken gekommen. Aber selbst wenn Euch Euer Verstand diese Bilder vor Augen führen mag, so muss Euch Euer Herz doch sagen, dass all diese wundersamen Zusammenhänge Ausdruck und Beweis der Allmacht Gottes sind."

„Mein Herz will Euch nur allzu gern zustimmen. Aber mein Verstand sagt mir beständig etwas anderes. Wenn ich an die kurze Dauer meines Lebens denke, bald aufgezehrt von der Ewigkeit vorher und nachher und bald verschlungen in den unendlichen Räumen, die ich nicht begreife, dann lässt mir das keine Ruhe."

„Vielleicht macht Ihr gerade jenen Fehler, den Kopernikus den Menschen vorwirft. Ihr geht ganz von Euch aus. Nehmt aber einmal die Sicht des Universums an: Wenn es selbst empfinden könnte, würde es dann angesichts des Menschen nicht hocherfreut sein und diesen Gipfel allen Werdens bewundern?"

„Eine seltsame Vorstellung. Die Welt ist doch kein denkendes Wesen."

„Aber immerhin dient all der Aufwand der Planeten und Gestirne, dieser unendlichen Räume, die Kopernikus beschreibt, letztlich dazu, dem Menschen sein Dasein zu gewähren."

„Das ist wahr", gab Alanus zu. „Doch was ist das für ein Dasein, das uns zum Tode verurteilt?"

„Für den, der an die Unsterblichkeit der Seele glaubt, gibt es diese Furcht nicht. Sie lässt den Menschen über die Unendlichkeit des Raumes triumphieren. Diese Unsterblichkeit liegt dem Universum als höhere Wirklichkeit zugrunde. Die Allgegenwart Gottes und unsere eigene Unsterblichkeit machen all die Schrecken dieser unendlichen Räume unwichtig. Ist nicht die Tiefe unserer Seele selbst ein Universum, vor dem die Außenwelt erblasst?"

„All dies setzt voraus, dass wir glauben, trotz all dem, was wir an Unbegreiflichem, an Elend, Schmerz, Trauer und Vergänglichkeit in dieser Welt erleben. Ihr habt das Buch des Kopernikus aufmerksam studiert. Es nährt unseren Zweifel. Es zeigt uns unsere Bedeutungslosigkeit."

„Ich bin mir nicht sicher, ob er das so gemeint hat", erwiderte Tolosani. „An vielen seiner Äußerungen kann man ablesen, dass er den Glauben nicht in Zweifel zog. Aber selbst wenn es so wäre. Würde mich das überzeugen? Nein. Theorien kommen und gehen. Ich will Euch nichts vormachen. Wir alle sind umgeben von Geheimnissen. Aber denkt an Euren Traum in der letzten Nacht, er löste sich auf. Und so werden sich dereinst auch alle Geheimnisse vor unseren Augen auflösen. Da bin ich sicher. Das ist der Kern meines Glaubens. Und in gewisser Weise ist das auch der Glaube der einfachen Menschen. Auch sie hoffen auf Erlösung, darauf, dass sie eines Tages aufwachen, dass sich der Schleier vor ihren Augen lichtet und sie die Herrlichkeit Gottes erfahren."

„Aber kann man auf diese Weise glücklich werden? Indem man darauf hofft, dass alles, was unsere Erfahrung uns lehrt, schließlich zerfällt wie ein Traum und etwas Neues hervortritt? Das ist nicht mehr als eine vage Hoffnung."

„Es ist wahrer Glaube. Und was das Glück betrifft: Das ist eine zweifelhafte Sache. Manchmal scheint es mir, als würden sich die Menschen auf der Suche nach ihrem vermeintlichen Glück nur quälen."

„Ich habe das Glück erlebt. Und für einen Augenblick das Gefühl der Ewigkeit."

Tolosani schaute ihn vorwurfsvoll an.

„Was Ihr mit Julia Fugger erlebt habt, mag das Gefühl der Zeitlosigkeit gewesen sein, nicht das der Ewigkeit. Ihr seid Mönch, Alanus. Eine solche Erfahrung solltet Ihr im Gebet machen. Oder in der Meditation. Dort treten wir hinaus aus der Welt, die uns umgibt, und spüren die Zeit nicht mehr, erleben, was Ewigkeit bedeutet. Und je mehr wir dies tun, erahnen wir, wie es sein wird, wenn wir dieses Leben verlassen."

„Ich verstehe sehr wohl, was Ihr meint", entgegnete Alanus. „Aber das, was ich erleben durfte, ist anders. Und es ist nicht verwerflich, wie Ihr meint."

Der Alte schüttelte den Kopf und schwieg einen langen Augenblick.

„Alanus, ich bin gekommen, Euch ein Angebot zu machen", sagte er schließlich und schaute auf. „Ich werde mit den Reitern, die mich begleiten, morgen nach Rom aufbrechen. Es wäre schön, wenn Ihr mit mir kommt. Jenes Amt, das ich innehabe, kann ich nicht mehr lange ausüben. Meine Kräfte schwinden, und es ist nicht abzusehen, wie lange ich noch zu leben habe. Ihr seid einer der gelehrtesten Männer, die mir begegnet sind. Ich würde Euch gern als meinen Nachfolger sehen. Dazu müsstet Ihr Euch allerdings von allem trennen, was Euch an Nürnberg bindet. Ich bin sicher, am Heiligen Stuhl wird man, was diese Dinge angeht, nachsichtig sein."

Alanus schaute den Alten ungläubig an.

„Sorgt Euch nicht", fuhr Tolosani fort. „Vergesst Eure Bedenken. Findet zurück zu dem, was wirklich bedeutsam ist. Ich bin sicher, letztlich wird es Euch gelingen. Und Ihr werdet erfahren, dass es der richtige Weg ist. Aber Eure Entscheidung sollte in dieser Nacht fallen, denn am Morgen muss ich aufbrechen."

Tolosani war gegangen, nicht ohne ihn noch einmal eindringlich darin zu bestärken, dieses Angebot nicht auszuschlagen.

Alanus blieb im Skriptorium zurück. Etwas ließ ihn wie betäubt dasitzen. Wieder hatte er den Alten als einen umsichtigen, verständigen, warmherzigen Gelehrten erlebt, der ihm mit Wohlwollen zur Seite stand. Wer sonst hätte einem abtrünnigen Mönch wie ihm eines der angesehensten Ämter am Heiligen Stuhl angeboten. Wieder einmal schien alles wie verwandelt.

Aber welche Bedenken galt es zu überwinden? Er hatte Fehler gemacht, hatte Dinge falsch eingeschätzt. Manches von dem, was in seinem Leben geschehen war, tat ihm heute leid. Doch darum schien es Tolosani gar nicht zu gehen. Alanus sollte vergessen, dass die Dinge, die er in Nürnberg erlebt hatte, ein Skandal, ein beschämendes Schauspiel waren. Er sollte vergessen, dass er Zweifel an dem hatte, was die Heilige Kirche lehrte. Und er sollte seine Liebe zu Julia verleugnen.

Alanus musste sich entscheiden. Und was er auch tat: Es gab keine Entscheidung ohne Reue.

Da war Rom, die Möglichkeit, endlich Einfluss zu nehmen und die Dinge zum Guten zu bewegen. Längst schien es ihm nötig, dass Männer wie er die Kirche auf ein neues Fundament stellten. Aber er wusste auch, wie Rom in der Vergangenheit mit jenen umgegangen war, die zu viel gewagt hatten. Dennoch wäre es die Mühe wert. Die Menschen brauchten eine Kirche, die ihnen auch weiterhin ein Hort des Glaubens und der Geborgenheit sein konnte. Doch wenn er nach Rom ging, würde er einem Menschen das Herz brechen.

Da war Nürnberg, jener Ort, an dem er tiefe Liebe erfahren hatte. Und Freiheit. Und die Reinheit des Herzens. Er würde dort ein erfülltes Leben führen können. Auch wenn die Dinge nicht einfach waren. Es gab viele Neider. Die würden jede Gelegenheit nutzen, den gefallenen Mönch zu verunglimpfen. Auch Julia müsste darunter leiden. Aber sie könnten ihr Glück leben, was immer die Leute sagten.

Alanus erhob sich vom Stuhl, trat an das Fenster und blickte hinaus in die Nacht. Seltsam, dachte er. In der letzten Stunde musste sich der Nebel aufgelöst haben. Da draußen war es mondlos finster, und man konnte die Sterne erkennen, in einer Klarheit, wie er es lange nicht erlebt hatte. Da waren sie wieder, die altbekannten Begleiter. Er würde diese Welten nie verstehen, würde nie begreifen, wozu all das gut war, wozu er selbst da war inmitten dieser Unendlichkeit, und was geschehen würde, wenn sein Leben zu Ende ging. Niemand konnte all das verstehen. Und man durfte denen nicht trauen, die vorgaben, eine Erklärung zu haben. Es gab keine Erklärung. Man musste seinem Herzen folgen.

Aber was bedeutete es, seinem Herzen zu folgen? Ruhe zu finden in Gott? Oder an der Seite einer geliebten Frau das Glück zu erleben?

Er blieb lange wach. Schließlich, er hätte nicht sagen können, wie viel Zeit verstrichen war, wandte er sich um und sah auf einem der Lesepulte Papier liegen. Er selbst hatte es dort abgelegt. Es war ein Brief von Severin. Alanus hatte ihn vor einigen Tagen erhalten. Severin bat ihn, nach Sponheim zu kommen, in das Kloster, das sie beide gut kannten. Es würde einiges zu erzählen geben.

„Vielleicht ist es dies", dachte Alanus. „Vielleicht braucht alles seine Zeit ..."

Wenig später legte er eine kurze Nachricht für Tolosani auf den kleinen Tisch in seiner Zelle. Dann griff er den Leinensack, in dem sich all seine Habe befand, und machte sich auf den Weg. Severins Brief hatte er noch immer in der Hand.

Dann schritt er durch den Kreuzgang und den von einer Kerze erleuchteten Speisesaal, gelangte zur großen Pforte und öffnete sie. Niemand hatte ihn bemerkt.

In den Stallungen fand er sein Pferd, führte es hinaus in die Freiheit und ging mit ihm den Hügel hinab. Er würde in der Nacht nur langsam vorankommen. Und dann waren es noch fünf Tagesritte durch Schnee und Kälte. Aber er konnte keinesfalls länger warten. Es war nicht gewiss, was geschehen würde. Er musste fort sein, bevor Tolosani etwas bemerkte.

Alanus blieb noch einmal stehen, schaute zurück zum Kloster, dann hinauf zu den Gestirnen, erblickte am Südhimmel den Orion, dann Mars und verlor sich im Anblick dieser unbegreiflichen Unendlichkeit. Es liegt alles offen vor uns, dachte er. Seit Jahrtausenden sehen die Menschen diese Sterne. Sie sind ergriffen, denn dieser Anblick ist überwältigend schön. Und doch können sie nicht begreifen, was sie da sehen. Wird es jemals gelingen, dieses Wunder zu erklären, den Sinn dieser Welt aufzudecken, die Geheimschrift des Unendlichen zu lesen? Wie klein sind wir Menschen angesichts dieser Vollkommenheit! Wie unwissend und ahnungslos.

NACHWORT

Im November 2008 geschehen in Frauenburg (Frombork) seltsame Dinge. Im Dom des polnischen Städtchens, gelegen am Frischen Haff in Ostpreußen, beginnen Archäologen mit Grabungen. Dreißig Zentimeter unter dem Marmorboden stoßen sie auf Särge, die sie freilegen und öffnen. Die Skelette darin sind gut erhalten. Im dreizehnten Sarg finden sie, was sie suchen: den Schädel eines Mannes, der im Alter zwischen sechzig und siebzig Jahren gestorben sein muss. Zwei Haare aus einem Buch des Gesuchten helfen beim DNA-Abgleich. Das Ergebnis ist eindeutig. Die Forscher haben den Schädel des Nikolaus Kopernikus gefunden, jenes Mannes, der im 16. Jahrhundert eine naturwissenschaftliche Revolution einleitete.

„Seither liegt alles in Trümmern", klagte schon ein Jahrhundert später der englische Dichter John Donne. Friedrich Nietzsche kommentierte 1885: „Seit Copernicus rollt der Mensch aus dem Centrum ins X." Und für Sigmund Freud gehört die Kopernikanische Wende neben Darwins Evolutionstheorie und seiner eigenen Psychoanalyse zu den großen Kränkungen des menschlichen Selbstverständnisses. Kopernikus nimmt den Menschen aus dem Zentrum der göttlichen Aufmerksamkeit, Darwin erklärt ihn wie alle anderen Gattungen zu einem Ergebnis der Evolution, und Freud zeigt anhand der Mechanismen des Unbewussten und Unterbewussten, dass der Mensch nicht einmal Herr im eigenen Hause ist.

Die enorme geistesgeschichtliche Bedeutung des Kopernikus steht in keinem Verhältnis zu seiner eher unauffälligen Vita. Nach dem frühen Tod des Vaters, eines erfolgreichen Kaufmanns aus Thorn, wird Nikolaus Kopernikus (1473-1543) von seinem

Onkel Lukas Watzenrode, dem Bischof des Emslands, großgezogen. Der schickt ihn an die Universität Krakau, wo sich Kopernikus erstmals für Astronomie interessiert. Noch bevor er sein Studium abgeschlossen hat, gelingt es dem Onkel, ihm die Stelle eines Domherrn in Frauenburg zu verschaffen. 1496 erhält Kopernikus vom Domkapitel die Erlaubnis, zunächst nach Bologna und dann nach Padua zu gehen, um den für das Amt notwendigen akademischen Abschluss nachzuholen. Auch in dieser Zeit nutzt Kopernikus die Gelegenheit zum Studium der Astronomie. 1503 kehrt er nach Frauenburg zurück, das er von nun an nur noch selten verlassen wird. Sein Leben ist ganz von den vielfältigen Pflichten eines Domherrn geprägt.

In der freien Zeit, die ihm bleibt, richtet sich Kopernikus eine kleine Sternwarte ein. Fernab von den großen Universitätsstädten beobachtet er den Himmel, studiert die astronomischen Werke des Ptolemäus, findet Ungereimtheiten und macht sich daran, nach Verbesserungen zu suchen. 1510 veröffentlicht er ein kleines Büchlein, den *Commentariolus*. Es enthält bereits seine Lösung der Probleme des Ptolemäus: Kopernikus setzt die Sonne in den Mittelpunkt aller Sphären. In Rom wird man auf die mathematischen Fähigkeiten des Kopernikus aufmerksam und bittet ihn 1514 um eine Stellungnahme zur Kalenderreform.

Dann gerät der Mann aus Frauenburg allmählich in Vergessenheit. Seine jahrzehntelange Forschung geschieht nahezu im Verborgenen. Die eigene Theorie stimmt noch nicht eindeutig mit den Himmelsbeobachtungen überein. Kopernikus zweifelt zunehmend an den antiken und mittelalterlichen Daten. Noch gibt es keine Teleskope. Die Arbeit braucht Zeit. Erst 1541 sendet Kopernikus *De revolutionibus orbium coelestium*, die Quintessenz seiner jahrzehntelangen Forschung, auf Anraten seines Schülers Georg Joachim Rheticus zur Veröffentlichung nach Nürnberg. Der protestantische Pfarrer Andreas Osiander wird mit den Vorarbeiten zur Drucklegung betraut. Eigenmächtig ergänzt er ein Vorwort, in dem der heliozentrische Ansatz des Kopernikus als bloße mathematische Hilfskonstruktion dargestellt wird. Gegen diese grundlegende Verfälschung werden Freunde des Kopernikus zu Felde ziehen. Bischof Tiedemann Giese klagt vor dem Nürnberger Rat gegen den Verleger Petreius. Ohne Erfolg. Die Sache wird abgewiesen. 1543 geht das 400 Seiten starke Buch in den Druck. Kopernikus, der inzwischen einen Schlaganfall erlitten hat, wird von alldem nichts mehr erfahren haben. Er stirbt am 24. Mai 1543.

Einige Jahrzehnte vergehen, bis Astronomen die Sprengkraft seines Werkes erfassen und es erneut zum Leben erwecken. 1590 lernt Johannes Kepler das Buch des Kopernikus kennen und bemerkt sehr schnell, dass es darin um mehr geht als um ein hypothetisches Modell. Kepler verteidigt das neue Weltbild und baut darauf auf. Galileo Galilei und Isaac Newton werden ihm darin schon bald folgen.

Mit Kopernikus beginnt die Entzweiung von Astronomie und Theologie. Sie polarisiert die Figuren dieses historischen Romans. Tolosani und Alanus, Osiander und Petreius, Ibn-al-Cordobes und Angelina Fugger, Rheticus und Schöner, sie alle wissen um das neue Weltbild und haben dazu kontroverse Meinungen. Das Geschehen in Nürnberg kommt deshalb auch ohne die physische Anwesenheit des großen Astronomen aus. In den Köpfen der Beteiligten ist Kopernikus längst angekommen. Und auch die Gelehrten der Vergangenheit, Aristarch von Samos und Ptolemäus, Nikolaus von Kues und Regiomontanus, spielen aus der Entfernung mit, ebenso wie Martin Luther, Philipp Melanchthon und Papst Paul III. Selbst Albrecht Dürer steuert Visionäres bei.

In dieser Dichte entwickelt sich das mysteriöse Spiel vor historischer Kulisse. Im Nürnberg des Jahres 1543, in einer der blühendsten Städte des Reiches. Fernhändler haben sich hier niedergelassen. Die Produkte der Nürnberger Handwerker sind weithin bekannt und geschätzt. Wissenschaftler und Künstler leben und arbeiten in der Stadt, in der noch 1543 der Reichstag stattfindet. Wenn man heute durch die Straßen der Nürnberger Altstadt gehen möchte, könnte man sich an einem Stadtplan aus dem 16. Jahrhundert orientieren. Viele der dort verzeichneten Gebäude, Straßen und Plätze lassen sich wiederfinden. Für den Roman wurde sorgfältig recherchiert. Er ist, von wenigen Abweichungen abgesehen, historisch präzise und detailgetreu. Noch heute findet man die große Burganlage, das Haus des Petreius, neben dessen Eingang eine Gedenktafel daran erinnert, dass hier 1543 das große Werk des Kopernikus gedruckt wurde; das Tiergärtnertor, unter dem schon damals eine große Wasserleitung in Richtung Rathaus verlief, St. Sebald mit der Schutzmantelmadonna, das Rathaus mit dem großen Saal und der Regimentsstube, das Lochgefängnis, das ehemalige Haus der Fugger am Weinmarkt, den Marktplatz mit dem Schönen Brunnen und der Frauenkirche, die Fleischbrücke, die Steinerne Brücke, das Heilig-Geist-Spital und St. Egidien. Östlich des Rathauses würde uns ein Plan des 16. Jahrhunderts allerdings nicht mehr weiterhelfen. Viele Gebäude sind verschwunden, die Straßenführung ist eine andere. So findet sich die Wolfsgasse, in der Tolosani wohnte, nicht mehr. Der Platz rund um St. Egidien hat sich ebenso verändert wie der Paniersplatz. Geblieben sind die Wasserleitungen und Felsengänge. Auch dieses unterirdische Nürnberg schildert der Roman authentisch. Die Lochwasserleitung vom Tiergarten zum Rathaus, das „Hallersche Wasser" und das „Imhoffsche Wasser", sind im Roman ebenso von Bedeutung wie die Keller unter dem Paniersplatz. Die erwähnten Gaststätten, der „Gläserne Himmel" und das „Gasthaus an der Fröschaugasse", sind hundert Jahre später von der Karte verschwunden. Lediglich das Kontor und das Lagerhaus der Fugger am Südufer der Pegnitz hat es nicht gegeben; sie „entstanden" zugunsten der Dramaturgie.

Authentisch sind auch die meisten Figuren dieses Romans. Das gilt für all jene, die aus der Vergangenheit heraus auf das

Denken der Handelnden einwirken: Aristarch von Samos (310-230 v. Chr.), Claudius Ptolemäus (83-161), Nikolas von Kues (1401-1464), Albrecht Dürer (1471-1528); und für jene, die als Zeitgenossen abwesend sind und dennoch mitgedacht werden: Martin Luther (1483-1546), Philipp Melanchthon (1497-1560), Tiedemann Giese (1480-1550), Georg Joachim Rheticus (1514-1576) und natürlich Nicolaus Kopernikus (1473-1543). Unter den Akteuren in Nürnberg sind der Reformator Andreas Osiander (1498-1552), der Dominikanermönch, Mathematiker und päpstliche Legat Giovanni Maria Tolosani (1471-1549), der Astronom und Mathematiker Johannes Schöner (latinisiert auch Johannes Schonerus, 1477-1547) sowie der Verleger Johannes Petreius (1497-1559) authentisch. Aber auch Helena Morgenbach, eigentlich Helene Magenbuch (1523-1597), die Tochter des berühmten Nürnberger Arztes und Apothekers Johann Magenbuch. Und dann sind da die erdachten Personen, sie alle insoweit authentisch, als sie wie Menschen ihrer Zeit denken und handeln. An ihnen ist nichts, was für ihre Zeit untypisch wäre.

„Ich sehe diese furchtbaren Räume des Weltalls, die mich umschließen, und ich finde mich an einem Winkel dieser unermesslichen Ausdehnung gebunden, ohne zu wissen, warum ich gerade an diesen Ort gestellt bin und nicht an einen anderen ..." Etwas mehr als ein Jahrhundert nach Kopernikus zieht der Mathematiker Blaise Pascal in seinen *Pensées sur la religion* von 1669 eine nüchterne Bilanz: „Bedenke ich die kurze Dauer meines Lebens, aufgezehrt von der Ewigkeit vorher und nachher, bedenke ich das bisschen Raum, den ich einnehme, und selbst den, den ich sehe, verschlungen von der unendlichen Weite der Räume, von denen ich nichts weiß und die von mir nichts wissen, dann erschaudere ich ..." Ein weiteres Jahrhundert später schreibt Immanuel Kant: „Der erste Anblick einer zahllosen Weltenmenge vernichtet gleichsam meine Wichtigkeit ..." Seither sind die Zahlen, mit denen Astronomen jonglieren, weiter angewachsen. Wer kann sich ernsthaft vorstellen, dass unsere Galaxie aus hundert Milliarden von Sonnensystemen besteht? Dass es wiederum hundert Milliarden Galaxien gibt? Und all das wohl nur ein Zehntel des Universums ausmacht? Glückliche Zeiten, da die Erde noch als Mittelpunkt der Welt galt. Umgeben von einem wohlgeordneten Himmelszelt. Als der Mensch sich noch geborgen wissen konnte in der Schöpfung Gottes.

Darf man mit Theorien arbeiten, die dazu führen, den Menschen Glauben und Geborgenheit zu nehmen? Diese Frage bestimmt auch das Ringen der Figuren im Roman. Sie ahnen die Sprengkraft, die das neue Buch beinhaltet. Kopernikus hat den Mut, die Dinge unbeeindruckt weiterzudenken. „Die Früchte vom Baum der Erkenntnis sind es wert, dass man um ihretwillen das Paradies verliert", wird Ernst Haeckel Ende des 19. Jahrhunderts formulieren. Diesen Satz hätte Kopernikus wohl eher nicht unterschrieben. Osiander wollte die Verbreitung des neuen Weltbildes verhindern. Sicherlich zweifelte er auch daran, dass Kopernikus wirklich die Wahrheit gefunden hatte. Und tatsächlich war der Gelehrte aus Frauenburg zum Teil von falschen Voraussetzungen ausgegangen. Aber einen Weg zurück in die alten Geborgenheiten gab es danach nicht mehr.

Die Geschichte zeigt, wohin es führt, wenn man Theorien verbietet, die dem vorherrschenden Glauben widersprechen: Wissenschaftler haben für ihre Aufrichtigkeit mit dem Leben bezahlt. Kopernikus blieb das erspart. Vielleicht ahnte er die Gefahr und zögerte deshalb so lange mit der Veröffentlichung seines großen Werkes. *De revolutionibus orbium coelestium*, der Auslöser der Entzweiung von Astronomie und Theologie, wurde 1616 auf den *Index librorum prohibitorum* gesetzt und blieb dort bis 1757. Langfristig zeigte sich, dass man wissenschaftliche Erkenntnis nicht dauerhaft unterdrücken kann.

Das, was Kopernikus angestoßen hat, lässt der Roman in vielen Facetten nachempfinden. Auch die Frage, ob diese unvorstellbaren kosmischen Größenordnungen mit dem Glauben an einen göttlichen Schöpfer vereinbar sind, den wir als „Vater unser“ ansprechen dürfen. Sie beschäftigt uns bis heute.

Wenn wir den Blick zum Himmel richten, können uns nach wie vor zwei sehr unterschiedliche Gefühle ergreifen: Das große Staunen. Oder das große Schaudern. Seit Kopernikus ist unser astronomisches Wissen enorm angewachsen. Noch immer geht es uns wie Alanus: „ Es liegt alles offen vor uns. Seit Jahrtausenden sehen die Menschen diese Sterne. Sie sind ergriffen, denn der Anblick ist überwältigend schön. Und doch können sie nicht begreifen, was sie da sehen. Wird es jemals gelingen, dieses Wunder zu erklären, den Sinn dieser Welt aufzudecken, die Geheimschrift des Unendlichen zu lesen? Wie klein sind wir Menschen angesichts dieser Vollkommenheit! Wie unwissend und ahnungslos ...“

Dem ist nichts hinzuzufügen.

Minden, den 18.06.2015

Christoph Andreas Marx

DANKSAGUNG

Beim Schreiben dieses Romans hatte ich das große Glück, von Menschen umgeben zu sein, die mich auf ganz unterschiedliche und vielfältige Weise unterstützt haben. Ihnen gilt mein herzlicher Dank:

Lukas Trabert, Leiter des Verlags Karl Alber, der diesen Roman von Beginn an begleitet und viele wichtige Impulse gegeben hat. Franz Wolff, langjähriger Vorsitzender des Fördervereins Nürnberger Felsengänge, ohne dessen Wissen, großzügigen Rat und eindrucksvolle Stadtführung dieser Roman nicht so authentisch geworden wäre, wie er nun ist. Dr. Horst-Dieter Beyerstedt, Leiter am Stadtarchiv Nürnberg, für freundliche Unterstützung bei der Recherche. Sabine Brokate, Dr. Daniel Heuermann, Anja und Magdalene Marx für stilsicheren Rat und eine Fülle wertvoller Hinweise. Gerhard Lunde für viele Anregungen und gute Gespräche über Kopernikus, die Faszination des Kosmos und die Grenzen unserer Erkenntnis; ihm ist dieser Roman gewidmet. Prof. Dr. Dr. Dieter Hattrup für wichtige Impulse zum Verhältnis von Astronomie und Theologie und nicht zuletzt für das Geleitwort zu diesem Roman. Ariane Hug, Lektorin des Verlags Herder, für kompetente, freundliche und engagierte Unterstützung.